Un homme rebelle

LINDA LAEL MILLER

Un homme rebelle

Prélud'

éditions HARLEQUIN

Collection : PRÉLUD'

Titre original : BIG SKY MOUNTAIN

Traduction française de FRANÇOISE RIGAL

ÉDITIONS HARLEQUIN

83-85, boulevard Vincent Auriol, 75646 PARIS CEDEX 13.
Service Lectrices — Tél. : 01 45 82 47 47
www.harlequin.fr

ISBN 978-2-2803-1418-3 — ISSN 1950-277X

1

Un filet de sueur coulait sur les tempes de Hutch Carmody. Soudain, un spasme lui tordit l'estomac, comme pour l'avertir qu'il s'apprêtait à être broyé entre les dents acérées d'une scie circulaire. Son smoking de location pesait une tonne. Son col empesé l'étranglait chaque fois qu'il respirait.

En cette belle journée ensoleillée de la mi-juin, l'atmosphère dans la petite église surchauffée était lourde, poisseuse, presque écœurante. Trop de fleurs, sans doute. Parmi les nombreux invités, il vit quelques femmes qui se tamponnaient les yeux, et bon nombre de visages sceptiques.

Soudain, son garçon d'honneur, Boone Taylor, s'agita nerveusement à côté de lui.

L'organiste plaqua quelques accords discordants, avant d'entamer un air vif et guilleret que Hutch ne reconnut pas. La première des demoiselles d'honneur, affublée comme ses deux compagnes d'une robe rose ridicule — et à son avis plus appropriée à une fillette en bas âge qu'à une femme adulte — remonta l'allée d'un pas solennel pour venir se poster de l'autre côté de l'autel.

La tête de Hutch se mit à tourner, mais il se ressaisit en se rappelant que, son ranch étant situé à quelques kilomètres de la ville, il serait obligé de continuer à fréquenter ces gens. S'il tournait de l'œil au beau milieu de son mariage, on se gausserait de lui jusqu'à la fin de ses jours — dût-il vivre quatre-vingt-dix ans.

La deuxième demoiselle d'honneur s'avança à son tour. Il fit de son mieux pour ne pas regarder vers le fond de l'église où Brylee Parrish, sa future épouse, attendait auprès de son frère, Walker. Il ne savait que trop bien à quel point elle était belle dans son voile vaporeux et sa sublime robe de mariage piquetée de strass, héritée de sa grand-mère.

Oui, Brylee était belle avec sa cascade de cheveux auburn qui, dénoués, lui descendaient jusqu'à la taille, et ses grands yeux noisette. Passionnée, intelligente et pleine d'humour, dotée du solide bon sens propre aux gens de la campagne, Brylee était une femme formidable.

Bref, il avait tout pour être un homme heureux.

C'était Brylee qui avait fait un marché de dupes en s'amourachant d'un numéro tel que lui.

Soudain, il croisa le regard de son demi-frère, Slade Barlow, assis dans les premiers rangs, près de sa femme Joslyn. Sa mine lugubre lui donnait plus l'air d'assister à un enterrement qu'à un mariage.

L'estomac de Hutch se tordit en une boule compacte et douloureuse.

La troisième et dernière demoiselle d'honneur était arrivée à son poste.

Ainsi que le pasteur.

Et les premiers accords de *La Marche nuptiale* retentirent.

Submergé par l'entêtante odeur de fleurs, Hutch eut l'impression que la nef — ou plutôt la planète entière — se mettait à tourner.

Walker chuchota quelque chose à l'oreille de Brylee qui, rayonnante à travers le tulle diaphane de son voile, hocha la tête. Tous deux commencèrent à s'avancer d'un pas solennel.

Brusquement, Hutch se précipita au milieu de l'allée, les bras levés comme un arbitre s'apprêtant à déclarer un hors-jeu.

— Attendez ! Stop ! s'écria-t-il.

La musique s'arrêta net.

Brylee et son frère semblèrent pétrifiés en plein élan.

La foule des invités cessa de respirer.

Les oreilles bourdonnantes, Hutch se redressa pour déclarer piteusement :

— C'est une erreur.

Pour sa défense, personne ne pourrait prétendre qu'il n'avait jamais abordé le sujet avec Brylee. Cela faisait des semaines qu'il cherchait une issue afin de s'extraire de ce guêpier. Pas plus tard qu'hier soir, il avait emmené Brylee au snack-bar, le Silver Lane, où il lui avait avoué sans détour qu'il doutait sérieusement d'avoir envie de se marier, qu'il avait besoin de prendre du recul, de réfléchir.

Brylee avait éclaté en sanglots. Puis, barbouillée de mascara, le bout du nez tout rouge, elle lui avait sorti la sempiternelle rengaine qu'elle lui sortait chaque fois qu'il tentait de freiner des quatre fers avant de faire le grand plongeon :

— Tu ne le penses pas vraiment, tu es juste un peu nerveux, c'est normal, mais tu verras, une fois le mariage terminé, quand nous partirons en lune de miel…

Hutch, qui avait horreur de voir une femme pleurer, et plus encore d'être la cause de son chagrin, avait cédé — comme les fois précédentes — en s'efforçant de se persuader que Brylee avait raison. S'il souhaitait reculer, c'était parce qu'il avait la trouille. Ce détail serait vite réglé.

Mais aujourd'hui, le doute n'était plus permis. C'était le moment ou jamais de réagir.

Alors qu'il s'approchait de Brylee, l'univers se remit en marche, telle une énorme machine aux rouages rouillés, et les foudres de l'enfer se déchaînèrent dans l'église.

Brylee jeta son bouquet à terre et le piétina rageusement, puis elle tourna les talons et se rua hors de l'église. Walker s'élança à sa poursuite, non sans avoir auparavant lancé à Hutch un regard singulièrement dénué d'aménité.

Les invités, choqués et stupéfaits, se mirent à discuter

à voix haute, laissant échapper quelques expressions que Hutch aurait aimé ne pas entendre.

Car, si ce genre de choses pouvaient se produire dans les romans ou les films, elles étaient inconcevables à Parable, Montana.

Du moins jusqu'à aujourd'hui, songea Hutch qui, horriblement mal à l'aise, se sentait toutefois soulagé.

Et maintenant, même s'il n'avait pas la moindre idée de ce qu'il allait bien pouvoir expliquer à sa fiancée, il était de son devoir de lui dire quelque chose. Il se dirigea donc vers la sortie, tâche rendue difficile par la foule qui avait envahi l'allée, mais avant même qu'il ait fait deux pas, Slade et Boone le saisirent fermement par le bras.

— Laisse-la partir, ordonna Boone à voix basse.

— Tu ne peux rien faire pour elle, renchérit Slade.

Puis tous d'eux l'entraînèrent rapidement dans la petite sacristie adjacente. Etait-ce dans le but de lui éviter de se faire lyncher par la foule en colère ?

— Tu as vraiment choisi ton moment pour te décider à rompre, lui reprocha Boone sur un ton léger et avec, dans les yeux, une étincelle qui ressemblait fort à du soulagement.

Hutch dénoua son nœud papillon, le fourra dans la poche de sa veste, puis dégrafa son col et inspira à fond.

— J'ai essayé de le lui dire, marmonna-t-il.

Bien sûr, c'était une piètre excuse, mais c'était la vérité.

— Viens donc à la maison, lui proposa Slade. Mieux vaut faire profil bas pendant quelques heures, le temps de laisser Brylee et Walker se calmer.

Hutch lui jeta un regard surpris. Slade et lui avaient beau avoir le même père, cela ne les avait pas empêchés d'être à couteaux tirés durant la plus grande partie de leur existence. Ce n'était qu'après la mort récente de John Carmody, suivie d'une période agitée, que leurs rapports avaient commencé à s'améliorer. Néanmoins, ils ne se considéraient pas comme des copains, et encore moins comme des frères.

Toutefois, l'invitation de Slade était la bienvenue, car ces derniers temps Hutch se sentait bien seul dans son ranch de Whisper Creek. Voilà probablement pourquoi il s'était laissé convaincre de demander Brylee en mariage.

— Il faut que j'aille lui parler, répéta-t-il en se raidissant.

— Tu auras tout le temps de le faire plus tard, lui conseilla Slade.

— Slade a raison, intervint Boone. Brylee doit être folle de rage. Laisse-la se calmer.

Sans doute venait-il de se souvenir que Brylee était une fine gâchette, aussi à l'aise pistolet au poing qu'un fusil à l'épaule — à défaut d'un canon de la guerre de Sécession. Et, considérant ce qui venait de se passer, elle devait déjà être en train de s'entraîner à tirer au mortier !

— D'accord, murmura Hutch. Je vais passer quelques heures chez toi. Mais d'abord, je dois m'arrêter à la maison pour enlever ce costume de pingouin.

— Très bien, répondit Slade. Je rassemble les filles et on se retrouve à Windfall dans une heure ou deux.

Par « les filles », son frère entendait sa charmante femme, Joslyn, sa belle-fille adolescente, Shea, et Opal Dennison, la force de la nature qui régentait la maisonnée Barlow. La mère de Slade, Callie, avait eu la sagesse de ne pas se montrer à la cérémonie ; dans une petite ville comme Parable, les scandales avaient la vie dure, et le souvenir de son ancienne liaison avec John Carmody — dont Slade était le fruit — restait encore vif dans les mémoires.

Qu'importe ! Le petit esclandre d'aujourd'hui allait rapidement reléguer ces vieilles histoires aux oubliettes. Les mauvaises langues devaient déjà s'en donner à cœur joie et la médisance aller bon train ! Y compris sur les réseaux sociaux, car, avant même que Boone et Slade l'aient entraîné, Hutch avait eu le temps de repérer plusieurs invités en train de sortir leur téléphone, puis se mettre à pianoter et à mitrailler fébrilement à l'aide de ces appareils omniprésents et multifonctionnels.

Accablé à la pensée de cette meute de reporters du dimanche, il ferma les yeux en soufflant :

— Quelle merde !

— Ça, mon vieux, je ne te le fais pas dire, renchérit Slade.

Kendra Shepherd était installée à l'antique table, dans la cuisine de sa meilleure amie, Joslyn, Callie Barlow assise en face d'elle. Tous les habitants du ranch étant au mariage, il régnait dans la maison un calme inhabituel.

Elle jeta un regard par-dessus son épaule pour vérifier que Madison, la fillette de quatre ans qu'elle venait d'adopter, dormait toujours avec Rupert, son kangourou en peluche bien serré dans ses bras, dans le fauteuil capitonné sous la fenêtre. La chevelure de l'enfant, aussi brillante qu'un penny flambant neuf, encadrait de boucles folles son visage de chérubin. En la regardant, Kendra ressentit l'habituelle bouffée d'amour fou qui l'envahissait chaque fois qu'elle considérait cette fillette tellement désirée, interminablement attendue et gagnée de haute lutte.

Ce miracle absolu.

Toutes les femmes n'auraient peut-être pas envisagé la situation d'un si bon œil, se dit Kendra. Après tout, Madison n'était-elle pas la preuve vivante que son mari, Jeffrey Chamberlain, lui avait été infidèle ? Un rappel constant du péril et de la folie qu'il y avait à aimer un homme et à lui accorder sa confiance ? Mais elle, elle n'en avait cure. Le fait d'avoir grandi auprès d'une grand-mère indifférente, d'avoir été livrée à elle-même dès son plus jeune âge, créait entre elle et Madison une affinité particulière. De plus, son mari, qui avait mis fin prématurément à leur union en retournant en Angleterre, venait de mourir après une longue maladie.

Confrontés à la même situation, beaucoup d'hommes se seraient tournés vers leur famille pour obtenir de l'aide, d'autant plus que celle de Jeffrey était aussi riche qu'influente. Malheureusement, dans son cas, il ne pouvait en être question. A présent âgés, ses parents, des hobereaux dotés d'une ribambelle de titres, de vastes domaines et d'une fortune remontant à l'âge d'or de la Compagnie des Indes, n'étaient pas plus enclins à pouponner aujourd'hui qu'ils ne l'avaient été quand leurs deux fils étaient petits. Après avoir abandonné Jeffrey et son frère aux soins de nurses et de gouvernantes pratiquement le lendemain de leur naissance, ils s'étaient empressés de les expédier en pension dès l'âge de six ans.

Il était compréhensible que Jeffrey n'ait pas souhaité pour sa fille la même enfance solitaire et glacée.

C'était la raison pour laquelle, se sachant perdu, il avait imploré Kendra de venir le voir, invoquant une importante révélation à lui faire.

Elle avait donc entrepris le premier d'une longue série de voyages en Angleterre, afin de veiller au chevet de son ex-mari qui oscillait entre coma et conscience à l'hôpital.

Celui-ci était tout de même parvenu à lui révéler l'existence de Madison. La petite fille vivait quelque part aux Etats-Unis, mais il ignorait où. Il l'avait implorée de la retrouver et de l'adopter afin de l'élever dans l'amour et la sécurité. Pour lui, elle était le seul être sur cette terre à qui il fasse suffisamment confiance pour s'occuper de son enfant.

Cela avait été un choc pour Kendra. Elle avait toujours rêvé de fonder une famille, mais, durant son bref mariage, Jeffrey avait toujours repoussé ses fréquentes demandes de lui faire un enfant. Apprendre qu'au moment même où il lui refusait un bébé il avait engrossé une femme rencontrée par hasard, au cours d'un voyage d'affaires, avait été terrible pour elle.

Elle avait pourtant fait ce que Jeffrey lui avait demandé. Pas tant pour lui — même si elle avait été amoureuse ou s'était imaginé l'être — que pour Madison. Et pour elle-même.

En dépit des fonds que Jeffrey avait mis de côté à cet effet, l'enquête n'avait pas été simple. Cela avait exigé de nombreuses heures de recherches sur internet, une kyrielle de coups de téléphone et d'e-mails, de multiples déplacements, et généré tant de déceptions que Kendra avait, plusieurs fois, failli baisser les bras.

Puis, l'impossible s'était produit. Elle avait retrouvé Madison.

Si elle ignorait ce qu'elle éprouverait devant la fille de son ex-mari, tous ses doutes éventuels s'étaient évaporés à la seconde où elle avait rencontré la charmante et farouche Madison.

La première rencontre avait eu lieu dans le bureau miteux de l'assistante sociale d'une petite ville poussiéreuse, au fin fond du désert californien. Pour Kendra, ce fut le coup de foudre.

Un amour destiné à durer toujours.

Après des mois de tracasseries administratives, Madison et elle étaient enfin mère et fille, aux yeux de Dieu, comme à ceux de la loi, et Kendra avait la certitude qu'elle n'aurait pu aimer davantage la fillette — l'eût-elle portée neuf mois dans son ventre.

Callie s'empara de la théière posée au milieu de la table et lui remplit sa tasse, la faisant brutalement retomber sur terre.

— La cérémonie doit être terminée, maintenant, fit remarquer Kendra.

Callie lui sourit et jeta un coup d'œil à l'horloge.

— Probablement.

Puis, sans un mot, elle lui prit la main et la serra affectueusement. Elle allait ajouter quelque chose quand Madison s'agita sur son fauteuil en marmonnant :

— Maman ?

— Je suis là, mon cœur, répondit Kendra.

Sa fille avait beau s'adapter rapidement à sa nouvelle vie avec cette incroyable facilité des petits enfants, elle faisait encore des cauchemars et avait tendance à paniquer dès que sa mère n'était plus dans son champ de vision.

— Tu as faim, ma chérie ? lui demanda Callie.

Madison secoua la tête, puis s'approcha de Kendra pour grimper maladroitement sur ses genoux.

— Le déjeuner est déjà loin, lui fit remarquer cette dernière en la serrant dans ses bras. Tu n'as pas envie d'un verre de lait ou d'un biscuit d'Opal aux raisins et flocons d'avoine ?

La fillette secoua de nouveau la tête en se blottissant contre elle.

— Non merci.

Kendra sourit. Madison ressemblait davantage à une adulte miniature qu'à une fillette de quatre ans.

Toutes deux étaient arrivées au ranch la veille au soir, et, littéralement kidnappées par Joslyn, avaient passé la nuit dans la chambre d'amis des Barlow.

La vieille bâtisse — le cœur battant du ranch de Windfall — était en pleine rénovation, ce qui rajoutait encore au joyeux chaos habituel. Depuis leur arrivée, Madison, effrayée, était restée sur ses gardes, se méfiant de tout le monde, à l'exclusion d'Opal, la gouvernante de la famille.

Jasper, le chien de la maisonnée, qui jusqu'ici ronflait tranquillement dans son panier, devant la cheminée, se redressa brusquement en lançant un jappement intrigué. Ses oreilles tombantes frémirent et il resta en arrêt, alors que Lucy-Maude, le chat de Joslyn, affichait une suprême indifférence.

Madison fixa le chien avec un intérêt craintif, hésitant entre faire connaissance avec lui et garder prudemment ses distances.

— Eh bien, ils rentrent tôt, remarqua Callie en se levant pour aller regarder par la fenêtre au-dessus de l'évier. Ils ont dû décider d'écourter la réception, conclut-elle au moment où un bruit de moteur retentissait dans l'allée.

Avec un aboiement joyeux, Jasper se rua vers la porte.

Callie le laissa sortir et se retourna vers Kendra, l'air préoccupé.

— C'est bizarre, dit-elle. J'espère que Joslyn va bien.

Shea, la belle-fille de Slade, une jolie brunette de dix-sept ans, fit irruption la première dans la maison, ses yeux violets brillant d'excitation.

— Mamie, tu ne vas pas le croire ! lança-t-elle, hors d'haleine. La musique était partie, les demoiselles d'honneur étaient toutes là, le pasteur avait déjà son missel en main, prêt à entamer la cérémonie, et tu ne devineras jamais ce qui est arrivé !

Kendra sentit son cœur s'affoler, mais elle n'ouvrit pas la bouche. Nombre de scenarios catastrophe lui traversaient l'esprit : un invité terrassé par une crise cardiaque, un poids lourd chargé de bestiaux percutant le mur de l'église, un éclair déchirant le toit de l'édifice et foudroyant le futur époux sur place… Elle repoussa ces visions dantesques et attendit la suite, une boule dans la gorge.

— Quoi donc ? demanda Callie.

— Hutch a stoppé le mariage ! s'écria Shea. Il a tout annulé !

— Oh mon Dieu…, murmura Callie, sidérée.

Réalisant brusquement qu'elle étouffait Madison dans ses bras, Kendra relâcha son étreinte. Par la porte ouverte, elle entendit la voix de Joslyn, puis celle d'Opal, comme au travers d'un brouillard. Slade les accompagnait certainement, mais à son habitude, il ne disait rien.

Opal, toujours aussi impressionnante, franchit le seuil la première. Elle était sur son trente et un, vêtue d'une robe en jersey confectionnée par ses soins et d'un chapeau à l'ancienne mode, orné d'une voilette et d'un oiseau empaillé. Hochant la tête avec une mine accablée, elle posa son sac sur une chaise.

Slade et Joslyn entrèrent sur ses talons, le ventre énorme de Joslyn la précédant « d'une bonne demi-heure », comme se plaisait à dire Slade.

Satisfaite d'avoir lâché sa bombe, Shea sourit à Madison, dont elle s'efforçait depuis le début de gagner l'affection.

— Salut ma puce ! lança-t-elle. Puisque je suis privée de pièce montée, j'ai décidé de me lancer dans une orgie de cookies. Tu viens m'aider ?

A la grande surprise de Kendra, Madison se laissa glisser de ses genoux et, sans lâcher Rupert le kangourou, s'approcha de Shea.

— D'accord, répondit-elle timidement, même si les mots « pièce montée » et « orgie » lui échappaient.

Joslyn marcha pesamment vers la table, tira une chaise et s'y laissa tomber. Elle semblait étouffer dans sa robe de maternité bleue à pois blancs. Après s'être éventée avec sa fine pochette blanche, elle s'affala sur la table.

— Tu ne veux pas aller t'étendre ? lui suggéra Callie, inquiète, en posant une main sur son épaule.

— Non, je vais bien, je vous assure, répondit Joslyn.

Opal noua un tablier autour de sa taille.

— Les filles, interdiction de vous bourrer de gâteaux ! ordonna-t-elle. On va dîner bientôt. Pauvre Brylee, ajouta-t-elle en ouvrant la porte du réfrigérateur.

— Peut-être, n'empêche qu'elle n'a eu que ce qu'elle méritait, intervint Slade. Hutch affirme qu'il lui a seriné sur tous les tons qu'il ne voulait pas se marier et qu'elle n'a rien voulu entendre.

Puis, ayant décidé que l'incident était clos, il monta l'escalier quatre à quatre, certainement pour aller se changer. A part les banquiers et les avocats, peu d'hommes portaient le costume dans l'Etat rural du Montana. Ce genre de tenue était réservée à la messe du dimanche, aux enterrements et… aux mariages — avortés ou pas.

Shea, Jasper et Madison filèrent dans le salon en emportant le bocal de cookies, et Callie leur emboîta le pas, pressée d'obtenir un compte rendu exhaustif des événements.

Kendra n'avait pas ouvert la bouche depuis l'annonce de l'annulation du mariage, essayant de mettre de l'ordre dans ses pensées. Bien qu'elle s'efforce de rester impassible, elle savait que Joslyn, qui l'observait du coin de l'œil, n'avait aucun mal à déchiffrer le tourbillon qui s'agitait en elle. Non seulement toutes deux étaient amies depuis l'enfance, mais elles étaient associées — pendant que Kendra courait le pays à la recherche de Madison, Joslyn avait repris les rênes de son agence immobilière.

— Dieu soit loué ! Hutch a retrouvé ses esprits, déclara Joslyn avec sa franchise coutumière. Brylee est une fille formidable, mais on ne peut imaginer couple plus mal assorti. Ils n'auraient pas tenu un an.

— Quelle histoire ! De ma vie, je n'ai vu une chose pareille…, marmonna Opal, qui pesait de la farine dans son coin pour préparer une nouvelle fournée de ses incontournables biscuits.

Joslyn plaqua la main sur son ventre rebondi en gémissant.

— Ce bébé fait du rodéo, affirma-t-elle. J'ai l'impression qu'on chevauche un taureau, là-dedans !

Kendra se mit à rire, autant pour l'image que pour soulager la tension qui s'était emparée d'elle à l'annonce de Shea, tension qui ne l'avait pas quittée. Hutch avait annulé son mariage…

— Le moins que tu puisses faire pour ce bout de chou serait d'accoucher tout de suite, pour lui permettre d'entamer sa carrière de cow-boy, dit-elle, la voix étranglée par l'émotion.

— Oh non ! Monsieur n'est pas pressé, répondit Joslyn, aussi sereine et épanouie qu'une madone de Botticelli. Au fait, Kendra, je dois te prévenir que Slade a invité Hutch à dîner chez nous ce soir, enchaîna-t-elle en la scrutant attentivement, quelque peu inquiète.

Puis elle embraya, comme si de rien n'était, expliquant que les deux frères iraient certainement faire une balade à cheval avant le dîner.

Mais Kendra ne l'entendait plus. Elle ne se sentait absolument pas prête à rencontrer Hutch Carmody, même sous le toit de sa meilleure amie. La dernière fois qu'elle l'avait vu, elle lui avait décoché un bon coup de pied dans le tibia. Et pourquoi ?

Parce qu'il l'avait embrassée.

Parce qu'il venait de risquer sa vie sans la moindre raison valable dans une stupide course de cheval avec Slade.

Parce qu'elle n'était qu'une de ses innombrables conquêtes, un cœur brisé de plus qu'il traînait dans son sillage.

Et aussi parce que pour l'empêcher de participer à cette course ridicule, elle avait roulé trois jours et, malgré une bonne nuit de sommeil et deux douches successives, elle se sentait sale et moche.

Brusquement, elle se leva, résolue à prendre sa fille sous le bras et à retourner chez elle en vitesse. A présent, elle regrettait de ne pas avoir rejoint directement le manoir, cette gigantesque bâtisse qu'elle avait aimée, où elle avait vécu et qui, aujourd'hui, était bien trop grande pour elle, et bien trop pleine de souvenirs.

— Assieds-toi, lui ordonna gentiment Joslyn.

Slade les rejoignit, de nouveau égal à lui-même dans son jean usé, sa chemise en flanelle délavée et ses bottes. Passant devant Joslyn, il se pencha pour planter un baiser sur son front.

— Ne va pas accoucher sans moi, dit-il, un sourire radieux aux lèvres, en posant sa main sur le ventre de son épouse.

« Ces deux-là réussiraient à vous faire croire de nouveau en l'amour », songea Kendra en se rasseyant à contrecœur.

— Aucune chance, cow-boy, répliqua Joslyn, en lui rendant son sourire. Nous avons fait ce bébé ensemble, nous le mettrons au monde ensemble.

Kendra commençait à se sentir de trop, quand Opal sortit enfin du cellier. Après avoir observé Slade à travers les verres épais de ses lunettes, elle l'interpella :

— Dis donc, Slade Barlow ! Où t'en vas-tu, comme ça ? Je viens d'annoncer que le dîner allait être servi.

— Allons, vous n'allez pas vous fâcher, répliqua-t-il. Je vais voir les chevaux, pas conduire un troupeau au Texas.

— Tu me prends pour un perdreau de l'année ? lança Opal avec une bonne humeur bourrue. Il suffit de te regarder pour savoir que tu projettes de sauter en selle et de me jouer les filles de l'air.

Slade éclata de rire, puis il traversa la pièce pour aller récupérer son Stetson suspendu à un crochet près de la porte.

— Je vous promets de rentrer, à la minute où sonnera la cloche du dîner, affirma-t-il en le coiffant.

Amusée, Opal le chassa de la main en bougonnant, avant de retourner à ses préparations.

Joslyn se tourna vers Kendra et reprit la conversation, comme s'il n'y avait pas eu d'interruption :

— Tu devrais rester ici et affronter Hutch. Après tout, Parable est une petite ville. Tôt ou tard, tu tomberas sur lui à l'improviste. Alors autant que ce soit aujourd'hui.

Le pétillement dans ses yeux aurait pu énerver Kendra, si elle n'avait été aussi attachée à son amie. Comme tant de gens heureux en ménage, Joslyn souhaitait que la lumière touche tous ceux qu'elle aimait et qu'ils se marient la minute suivante.

Kendra ne répondit pas. L'image de Brylee Parrish surgit inopinément à son esprit, et elle ressentit un pincement de chagrin pour la jeune femme. Elle aurait pu la prévenir qu'être amoureuse de Hutch Carmody était une source de tourments — elle en savait quelque chose !

Malheureusement, Brylee ne l'aurait pas écoutée. Elle la comprenait, du reste. Elle-même n'avait écouté personne quand elle avait épousé Jeffrey ; elle avait refusé d'entendre ses amies qui affirmaient qu'elle se mariait par dépit et l'imploraient de réfléchir avant de plonger, tête la première, dans un monde totalement étranger.

— Je dois aller installer Madison, dit-elle soudain.

Et aussi acheter des provisions. Et puis ça fait trop longtemps que je néglige mon entreprise, et…

— Ton entreprise se porte très bien, la coupa Joslyn. Et Madison aussi.

Comme par un fait exprès, la fillette éclata de rire dans la pièce à côté.

C'était si rare, ce rire de petite fille heureuse, que Kendra sentit ses yeux la picoter.

— Je ne sais pas si je pourrais supporter de revoir Hutch, avoua-t-elle à voix basse. Je pensais avoir le temps de me préparer…

— Mais si, tu le peux, assura Joslyn en lui pressant affectueusement la main. Kendra, fais-toi un peu confiance. Rien ne peut arriver entre vous, si tu n'y es pas décidée.

— C'est bien le problème, marmonna-t-elle. Désirer un homme, désirer *Hutch*, et savoir que c'est une grossière erreur… Tu comprends ce que je veux dire…

— Oui, je comprends.

— Et puis maintenant, j'ai une fille. J'ai très envie que Madison grandisse à Parable, qu'elle fréquente les mêmes écoles que nous, qu'elle vive en sécurité, entourée d'une communauté soudée. Mais rester à proximité de Hutch serait la pire erreur à commettre.

— Tu crois ? demanda Joslyn, dubitative.

— J'en suis persuadée, assura-t-elle avec conviction. Cet homme m'a brisé le cœur en mille morceaux, tu l'as oublié ? Aujourd'hui, il vient d'abandonner sa fiancée au pied de l'autel. Preuve qu'il n'a pas changé !

— Il ne t'est pas venu à l'idée que Hutch pourrait avoir abandonné Brylee simplement parce qu'elle n'était pas toi ?

— Non, ça ne m'a pas effleurée, répliqua-t-elle fermement, malgré le choc que lui causait cette idée. S'il l'a fait, c'est parce qu'il est incapable d'un engagement à long terme. Que la seule chose qui compte pour lui c'est son ranch. Et parce que c'est un fieffé salaud, coureur de jupons et dénué de cœur !

Avant que Joslyn ait eu le temps de trouver une réplique, Madison, Shea, et Callie revinrent dans la cuisine. Le sujet « Hutch Carmody » était clos.

Kendra n'en resta pas moins bouleversée. Son cœur battait la chamade, sa gorge était sèche. Elle sentait poindre une légère migraine. Est-ce qu'elle couvait quelque chose ? Son instinct lui criait de rentrer chez elle *tout de suite*, mais cela aurait été de la lâcheté. Et puis Madison commençait déjà à s'intégrer au petit groupe. Alors si elle filait en quatrième vitesse, cela risquait de perturber la fillette.

Elle décida donc de rester, au moins jusqu'à la fin du dîner.

Joslyn avait raison. Elle était une adulte et une mère. Il était temps de se faire confiance. D'accord, Hutch avait toujours exercé sur elle une attraction presque démoniaque, mais aujourd'hui, elle était plus âgée, plus mûre et se contrôlait mieux. Si elle le décidait, il n'aurait aucun pouvoir sur elle.

L'heure suivante ne fut qu'allées et venues et joyeux bavardages. Comme promis, Slade revint juste à temps de l'écurie et, après être allé se doucher à l'étage, fit promettre à toute la maisonnée de ne pas harceler de questions Hutch sur son mariage calamiteux.

Comme si elle allait lui parler, songea Kendra, déterminée à n'échanger avec lui que de vagues paroles de politesse.

Elle se sentait forte, confiante et prête à affronter l'épreuve !

Certitude qui s'évanouit à l'instant où Hutch entra dans la cuisine.

En la voyant, il crispa les mâchoires et jeta un regard accusateur en direction de Slade.

— Je ne t'avais pas dit que Kendra était chez nous ? lança innocemment ce dernier, brisant le silence pesant qui s'était installé.

En une fraction de seconde, Hutch retrouva ses bonnes

manières coutumières. Il alla jusqu'à adresser un sourire éclatant à Kendra, qui fut bien obligée de le lui rendre.

— Bonjour, Kendra, dit-il en ôtant son chapeau.

— Hutch, répondit-elle, regrettant amèrement de ne pas s'être éclairci la gorge avant de parler.

Elle le vit poser un regard interrogateur sur Madison, mais la fillette brandit Rupert vers lui, et il s'empressa de dissimuler ses questions informulées sous un sourire.

— Hello, toi ! s'exclama-t-il, charmeur. Ai-je la berlue ou cette bestiole est bien un kangourou ?

2

Dans l'idée de Hutch, une bonne semaine aurait dû largement suffire à apaiser la déflagration causée par ce mariage qui n'avait jamais eu lieu. Mais quand, le samedi après-midi, éreinté d'avoir arpenté le ranch depuis l'aube en compagnie de ses vachers, il s'assit devant le vieux secrétaire à rouleaux qui était dans sa famille depuis la présidence de Lincoln pour ouvrir son ordinateur et jauger de l'ampleur des dégâts, il eut tôt fait de déchanter.

Le lynchage médiatique n'avait fait que croître.

Apparemment, il remplissait tous les critères du « salaud » dans le cyber-espace, non seulement localement mais sur un plan mondial. D'aussi loin que l'archipel des Philippines, des femmes indignées clamaient que l'on aurait dû l'enduire de goudron et de plumes. Pire, deux amies de Brylee, animées d'un saint esprit de vengeance, avaient créé une page spéciale sur un des plus importants réseaux sociaux, uniquement dans le but d'avertir leurs sœurs du monde entier d'éviter Hutch Carmody comme la peste.

Une sorte de version inversée de l'affiche « *Wanted* » du vieil Ouest, songea-t-il avec une ironie sinistre.

Bien sûr, puisque l'on était à l'âge du numérique, on trouvait moult photos de l'esclandre. Brylee, rouge de colère dans sa magnifique robe de mariée, en train de piétiner son bouquet au milieu de l'église. Brylee, dehors au grand soleil de juin, arrachant rageusement le bandeau « Nouveaux Mariés » du pare-chocs de la limousine destinée à les transporter à la salle des fêtes pour la réception, puis jetant le carton déchiré en deux dans le caniveau. Brylee, encore, quelques heures plus tard, les cheveux tirés et noués à la diable, le visage gonflé et sans maquillage ; elle avait échangé sa robe pour un jean et un T-shirt orné du slogan : « Les hommes, ça craint ! », et était entourée d'une douzaine d'amies à une table de la Boot Scoot Tavern, avec en toile de fond le juke-box allumé, qui, sans nul doute devait jouer une romance du genre « un salaud m'a piétiné le cœur ».

Hutch soupira. Lui-même n'avait pas échappé aux paparazzi amateurs — de nos jours, le premier débile venu possédait un Smartphone et le dégainait plus vite que son ombre.

Un cliché mémorable le montrait debout au centre de l'église, manifestement gêné aux entournures dans son costume de pingouin loué chez Wally's Wedding World, à Three Trees, la ville voisine. Le visage blême, il semblait résolu à ne pas se marier quoi qu'il lui en coûte. On ne parlait là que des photos, car nombre de vidéos illustraient le désastre. Dans un chef-d'œuvre de trente secondes, on le voyait grimper dans son pick-up pourri sur le parking de l'église, et dans le plan suivant, foncer vers l'horizon dans un nuage de poussière.

Oui, c'était bien lui qui battait en retraite, la queue entre les jambes, comme un couard.

Et cela lui laissait un goût amer dans la bouche.

Un jour, quand Brylee aurait rencontré son prince charmant, qu'elle serait casée pour de bon, avec une ribambelle d'enfants, elle le remercierait d'avoir annulé leur mariage, lui évitant ainsi une catastrophe annoncée. Mais, pour l'heure, ce jour était encore loin.

Fourbu, il éteignit son ordinateur, se leva de son fauteuil et s'étira longuement. Puis il récupéra sa tasse de café et quitta le petit bureau.

Suivant le conseil de Slade, depuis ce fameux jour qui, à l'instar du bombardement de Pearl Harbor et des attentats du 11 Septembre, resterait marqué du sceau de l'infamie dans les annales, il faisait profil bas. Il n'était pas allé voir Brylee, ne l'avait pas contactée et ne lui avait même pas envoyé d'e-mail.

Il n'avait pas non plus passé beaucoup de temps à se torturer l'esprit et à se reprocher son geste. Preuve, s'il en était besoin, qu'il était bien un « bâtard narcissique, égoïste et sans cœur », comme s'accordaient à le penser, unanimes, les membres du comité de soutien de Brylee. Du moins sur le site accessible — car le groupe devait disposer à présent d'une page réservée.

Bien sûr, il regrettait d'avoir blessé Brylee, et, s'il l'avait pu, lui aurait volontiers épargné l'humiliation de cette fracassante rupture publique. Cependant, le sentiment qui dominait chez lui était un soulagement si intense qu'une semaine après, il en restait encore tout étourdi.

Déraillement ? Evité.

Apocalypse ? Evitée.

Tant mieux !

Il n'empêche que tomber sur Kendra Shepherd chez Slade et Joslyn, juste après cette débâcle, l'avait achevé. Le choc avait été aussi violent que s'il s'était écrasé au sol après avoir été éjecté par un taureau vicieux.

Autrefois, il avait aimé Kendra et avait cru qu'elle répondait à son amour.

Il s'était attendu à passer le reste de son existence avec elle, avait rêvé de lui faire des enfants, de diriger Whisper Creek en sa compagnie. Il ne désirait qu'une chose : que Kendra l'accompagne tout au long de sa vie.

Mais c'était sans compter sur ce Jeffrey Chamberlain, avec ses titres de noblesse et ses innombrables domaines. Aux yeux d'une femme comme Kendra, élevée dans un trou du Montana par une grand-mère qui s'occupait d'elle contrainte et forcée, Chamberlain était apparu comme un prince. Un beau jour, sir Jeffrey, en visite chez des amis — des gens d'Hollywood qui caressaient l'illusion d'être de vrais ranchers de luxe —, avait engagé la conversation avec Kendra à la poste. Au cours des semaines suivantes, il s'en était suivi une liaison si farfelue qu'elle ne pouvait que mal finir.

Au début, Hutch n'avait eu aucun soupçon. Kendra n'avait pas eu de coup de foudre immédiat pour son Anglais. Du moins lui jurait-elle qu'il n'était qu'un ami, intéressant et drôle. Malgré son agacement grandissant, il avait accepté ses explications ; bien à contrecœur toutefois, car au fond de lui, il était fou de jalousie. Inévitablement, entre Kendra et lui, les chamailleries n'avaient pas tardé à commencer.

Chamberlain, parfaitement conscient de la crise qu'il provoquait, avait trouvé divers prétextes pour s'attarder à Parable. Là, patient, il avait attendu son heure.

Mais de la patience, Hutch n'en avait pas, lui. Comme il fallait s'y attendre, les disputes entre Kendra et lui avaient dégénéré en violentes querelles et, pire, en brefs échanges de mots cinglants, entrecoupés de longs et douloureux silences.

Finalement, Kendra lui avait lancé un ultimatum : soit lui faire confiance soit la quitter.

Vu qu'il était un cow-boy têtu et obstiné, issu d'une longue lignée de cow-boys têtus et obstinés, il avait choisi la seconde option. Incapable d'imaginer que Kendra puisse rompre, et encore moins ne pas revenir vers lui. La vox populi ne clamait-elle pas qu'ils étaient faits l'un pour l'autre ? Pourtant, après un délai à peine raisonnable, elle s'était enfuie avec Jeffrey.

Il y avait encore des moments où il n'arrivait toujours pas à y croire. Comme aujourd'hui, par exemple.

Debout dans la cuisine, il ferma les yeux, revoyant défiler le passé…

Quand, trois jours après s'être mariée à Las Vegas, Kendra lui avait téléphoné, il avait voulu lui dire que c'était stupide, lui demander de rentrer à Parable. Mais son orgueil obstiné l'en avait empêché. A la place, il avait souhaité à « lady Chamberlain » d'être heureuse et lui avait raccroché au nez.

Par la suite, ils s'étaient croisés plusieurs fois, surtout après que Chamberlain avait fui les liens du mariage en traversant l'océan pour reprendre sa vie de noble anglais, pendant que Kendra, restée à Parable, tournait en rond dans leur manoir démesuré.

La ville étant petite, tous deux avaient failli plusieurs fois se rabibocher, repartir de zéro. Mais les choses avaient toujours mal tourné. Probablement parce qu'ils se méfiaient trop l'un de l'autre pour se jeter à l'eau ensemble.

Samedi soir, chez Slade, à la bruyante tablée du dîner, ils s'étaient montrés courtois l'un envers l'autre, mais dès le repas terminé et la vaisselle dans la machine, Kendra, qui semblait à cran, était repartie en ville dans sa grosse voiture familiale, sa fille dans les bras.

Qu'était donc devenu son petit cabriolet décapotable ? Et d'où diable sortait cette fillette qui l'appelait « maman » ?

— Elle ne s'attendait pas à te voir ce soir, lui avait expliqué Joslyn, après leur départ.

— Je connais bien cette sensation, avait-il répondu en lançant un regard meurtrier à Slade, qui semblait très fier de lui.

Cette satanée journée de samedi était à enterrer à six pieds sous terre ! Il devait aller de l'avant.

Son déjeuner n'était plus qu'un lointain souvenir et voilà qu'après une éreintante journée de labeur, il se retrouvait seul dans cette cuisine ridiculement grande à essayer de se concentrer sur la préparation d'un semblant de repas. Mais les bizarres expérimentations culinaires échouées dans son réfrigérateur n'avaient rien d'appétissant. Quant au silence qui régnait dans la grande maison, il ne le supportait plus. Au lieu de résonner de cris d'enfants et d'aboiements de chien, ainsi qu'elle l'aurait dû, la bâtisse était propre, froide et silencieuse comme la mort.

En soupirant, Hutch fourragea dans ses cheveux, et referma la porte du réfrigérateur.

Il alla prendre une douche rapide, enfila un jean propre, une chemise blanche et ses bottes du dimanche.

Cela faisait trop longtemps qu'il se cachait. Bon sang ! Il en avait sa claque de faire profil bas.

Il allait prendre un des camions du ranch, aller jusqu'au Butter Biscuit Café, réquisitionner un des tabourets au comptoir et commander son menu habituel : cheeseburger, milk-shake et frites. Quant aux blagues, aux questions et aux regards interrogateurs qu'il risquait d'essuyer…

Il s'en fichait comme d'une guigne !

Kendra avait eu une semaine pour digérer sa rencontre inattendue avec Hutch, et elle y était presque arrivée.

Presque.

Il faut dire qu'elle avait été débordée de travail. D'abord, elle avait dû superviser le déménagement de son agence immobilière du manoir au petit local situé près du Butter Biscuit Café, inscrire Madison au jardin d'enfants, ce, tout en consultant une foule de listings pour sélectionner les annonces de maisons de trois ou quatre pièces dans un rayon raisonnable autour de Parable.

Dans ce genre de ville, les petites propriétés étaient difficiles à trouver. Quand les gens se retiraient en Floride, en Arizona ou en maison de retraite, ils ne vendaient pas nécessairement leurs logements, mais les transmettaient généralement à la génération suivante.

En l'occurrence, son choix se résumait à un double mobil-home dans le campement même où elle avait passé une enfance sinistre auprès de sa grand-mère — et ça, il n'en était pas question ! A un genre de poulailler rénové au fin fond de Three Trees, à près de cinquante kilomètres. Ou à un minuscule appartement sur Cinch Buckle Street, au-dessus du garage de la vieille Mme Lund, au prix exorbitant, alors qu'il ne disposait même pas d'entrée indépendante.

Son manoir de cinq mille mètres carrés, déjà sur le marché, était envahi par les peintres et une entreprise de nettoyage, afin de le préparer aux visites. Madison et elle avaient dû se replier dans la maison d'amis au fond du parc.

Tout portait à croire que la vieille demeure trouverait rapidement acquéreur, car, dans cette région du Montana, les biens haut de gamme s'arrachaient comme des petits pains. Les membres de la jet-set se jetaient dessus, pour ensuite n'y revenir qu'une fois tous les cent sept ans.

D'ailleurs, deux acheteurs potentiels, aussi sérieux l'un que l'autre, avaient déjà manifesté leur intérêt pour le manoir. Elle n'avait donc pas l'intention de rester au cottage, même si l'endroit était agréable et pratique. En tout cas, pour l'heure, il comblait parfaitement leurs besoins. Madison adorait l'immense parc, les massifs débordant de fleurs et la balancelle de la véranda du manoir. La fillette était ravie de partager l'unique chambre avec elle, de prendre ses repas dans la cuisine exiguë, inondée de soleil, et de passer une heure ou deux au jardin d'enfants, avec des camarades de jeu de son âge — et, ô miracle, elle ne pleurait plus à la perspective d'être séparée quelque temps de sa mère.

En fin d'après-midi, alors que Kendra s'apprêtait à fermer boutique pour aller avec sa fille chercher un repas à emporter au Butter Biscuit Café en vue de le déguster sur la petite table blanche en fer forgé, devant la roseraie, Tara Kendall débarqua à l'improviste à l'agence. Elle entra en coup de vent au moment où Madison demandait pour la énième fois :

— Maman, on peut avoir un chien ?

Tara était charmante avec ses cheveux châtains impeccablement coupés au carré et son maquillage si parfait qu'il semblait naturel. Sa robe d'été jaune vif ajustée mettait en valeur sa silhouette menue d'une féminité inouïe. Nouvelle venue à Parable, elle s'était liée, dès son arrivée, avec Kendra et Joslyn, transformant leur duo en trio. Depuis, les trois jeunes femmes étaient les meilleures amies du monde.

— Un chien ? J'ai peut-être ce qu'il te faut ! lança-t-elle avec un grand sourire. La petite sœur de Lucy, mon golden retriever, cherche encore un foyer.

— Ah bon ? Merci beaucoup pour ta suggestion, Tara, marmonna Kendra, peu enthousiaste.

— Oh oui ! Un chien à moi ! s'écria Madison en sautillant de joie.

— Youpi, renchérit Kendra d'un air morne.

— Oups ! lança Tara avec un manque flagrant de conviction. Aurais-je mis les pieds dans le plat ?

— Je dirais que tu as sauté dedans à pieds joints, répliqua Kendra. Nous ne sommes pas encore prêtes à accueillir un chien. Nous n'avons pas encore d'endroit où nous installer.

— Mais si ! s'exclama Madison. Nous avons une maison, et un jardin. Et puis la sœur de Lucy pourra dormir avec nous.

— Voyez-vous ça ! répliqua Kendra, se souvenant soudain qu'à son âge, elle avait désespérément désiré un animal.

Mais sa grand-mère lui avait toujours refusé ce plaisir, prétendant qu'elle avait assez de travail à s'occuper d'un enfant et qu'elle refusait, en plus, de s'encombrer d'un animal.

— Tu as promis, lui rappela Madison, redevenue sérieuse.

Elle ressemblait tellement à Jeffrey… Les mêmes yeux, la même chevelure auburn, la même certitude insouciante d'obtenir tout ce qu'elle voulait — y compris un golden retriever dont la sœur s'appelait « Lucy ».

— J'ai dit que nous aurions un chien *quand nous serons installées*, corrigea Kendra, après avoir lancé un regard de reproche à Tara, qui ne montra pas le moindre signe de repentir. Nous allons bientôt déménager.

— La chienne aussi, annonça Tara. Martie Wren ne peut plus la garder au refuge. Elle va partir… on ne sait où.

— *Encore* merci, Tara, maugréa Kendra.

A l'évidence, son amie voulait bien faire. Malheureusement, le bon sens n'était pas sa qualité première. N'avait-elle pas laissé tomber une superbe situation à New York, à la direction d'une entreprise de cosmétiques mondialement connue, pour acheter un élevage de poulets aux environs de Parable ?

— Personne ne veut de la sœur de Lucy ? bredouilla Madison, les larmes aux yeux.

Tara sembla soudain comprendre sa bévue.

— Non, non, c'est un très beau chien ! répondit-elle. Quelqu'un va sûrement l'adopter très vite.

— Pourquoi pas toi ? suggéra Kendra.

— C'est vrai qu'elle pourrait cohabiter un moment avec Lucy et moi, reconnut Tara.

— On pourrait au moins voir Emma, non, maman ? insista Madison en prenant la main de sa mère.

— Emma ? répéta Kendra, abasourdie.

Emma. Le nom de la mère biologique de Madison. Est-ce que la fillette le savait ? Non. Impossible. Elle avait à peine un an quand cette femme l'avait abandonnée.

Elle eut soudain l'impression de danser sur la glace, tel Bambi patinant sur ses jambes chancelantes.

— C'est le nom que je vais donner à la sœur de Lucy, déclara Madison sur le ton de l'évidence.

— Pourquoi « Emma » ? s'enquit Kendra en marchant sur des œufs, espérant dissimuler sa consternation à l'enfant.

— Parce que c'est un joli nom, tu ne trouves pas maman ?

— Oui, très joli, répondit-elle, embarrassée. Maintenant, on devrait aller chercher quelque chose à manger. Tara, tu te joins à nous pour le dîner ? Oh ! Ce sera un repas tout simple. Des plats à emporter. Mais nous serions ravies de le partager avec toi.

Tara, qui avait noté le petit instant de flottement autour du nom d'Emma, ne répondit pas tout de suite.

— Eh bien…, hésita-t-elle.

— Ce serait rigolo de rencontrer Lucy, intervint Madison. Elle est avec toi ?

— En fait, oui. Elle attend dans la voiture. Nous arrivons directement de chez le vétérinaire et…

— Vous êtes toutes deux les bienvenues, Lucy et toi, insista Kendra.

— Alors d'accord, murmura Tara avec un petit sourire contrit.

— Allons-y ! lança Kendra en faisant tinter le trousseau de clés qu'elle venait de prendre dans son sac.

Elle éteignit les lumières, et verrouilla la porte, puis toutes trois traversèrent la rue pour rejoindre le Butter Biscuit Café. La rutilante voiture de sport de Tara était garée sur la chaussée en face du restaurant. A l'intérieur, une boule de poils jaune pressait son museau contre la fenêtre du passager, embuant la vitre.

En voyant le chiot, Kendra sentit son cœur fondre, et Madison fonça vers la voiture. Elle se haussa sur la pointe des pieds et plaqua ses mains contre la vitre en criant gaiement :

— Salut, Lucy !

Ravie, la chienne se mit à aboyer et, les yeux illuminés par une adoration sans borne, commença à lécher la vitre avec enthousiasme.

— Tu vois ? C'est le destin, fit remarquer Tara.

— Tu me le paieras, gronda Kendra à mi-voix.

— Non, c'est toi qui me remercieras. Je parie qu'Emma va te faire craquer.

Seule la perspective de son dessert préféré arracha Madison à la voiture et au chien, et Kendra dut la faire taire lorsqu'elles entrèrent au Butter Biscuit Café.

Il régnait là l'effervescence habituelle : cliquetis de

vaisselle, discussions animées, serveuses courant dans tous les sens, tout cela sur fond d'une vieille chanson de Randis Travis.

Cependant, tout ce bruit et toute cette agitation s'arrêtèrent net — du moins Kendra en eut l'impression — quand son regard se posa par mégarde sur Hutch Carmody, assis seul au comptoir devant un demi-cheeseburger, un reste de frites et des pickles, ridiculement beau dans son jean basic, sa chemise blanche et ses bottes noires.

La situation aurait été bien moins embarrassante s'il ne l'avait pas remarquée. Mais il se tourna aussitôt vers elle, comme s'il était équipé d'un radar spécialement dirigé sur elle.

Les commissures de ses lèvres se retroussèrent en un sourire nonchalant, et une lueur d'intérêt ironique étincela dans ses yeux bleu-vert.

Comme s'ils étaient de vieux amis, Madison se rua droit sur lui en gazouillant :

— On va avoir un chien ! Enfin, *peut-être*.

Hutch lui sourit.

— C'est vrai ? demanda-t-il. Un chien mauve, comme ton kangourou ?

— Bien sûr que non, idiot ! répondit Madison en riant. Les chiens mauves, ça n'existe pas !

— Les kangourous non plus, d'après mon expérience. Je n'ai pas vu beaucoup de ces bestioles bondir dans les vastes plaines du Montana.

— Parce qu'ils vivent en Australie, expliqua Madison avec un grand sérieux. Rupert est mauve parce que c'est un *jouet*.

— Ah, c'est pour ça, murmura Hutch en hochant la tête. Je comprends mieux, maintenant. Quelle chance que la question des kangourous mauves soit résolue ! Elle commençait à sérieusement me turlupiner.

Kendra avait suivi cet échange sans intervenir, surprise de découvrir un Hutch qu'elle ne connaissait pas. Il y avait une telle tendresse en lui, quand il souriait à Madison.

Jamais, même dans leurs moments les plus intimes, elle n'avait eu droit à de tels sourires, elle !

Lorsqu'il releva la tête et plongea son regard dans le sien, elle lut sa question sans ses yeux aussi nettement que si elle avait été écrite sur une feuille de papier.

Il aurait bien voulu savoir comment elle avait fait pour fabriquer un enfant sans jamais avoir été enceinte.

S'il croyait qu'elle allait le lui dire !

— Bonjour, Hutch, dit-elle d'une voix étrangement pâteuse.

Il daigna à peine hocher la tête.

— Comment ça va ? s'enquit Tara.

Une lueur vacilla dans les yeux de Hutch.

— Très bien, à part, évidemment, cette histoire de mariage raté, répondit-il sur un ton neutre et dénué de rancœur.

— Tant mieux, murmura Tara.

— Nous ferions mieux de passer nos commandes, enchaîna vivement Kendra. Je veux dire… avant qu'il y ait encore plus de monde…

Elle se sentit idiote. Elle qui s'exprimait d'ordinaire avec aisance…

— En plus que Lucy est enfermée dans la voiture, fit remarquer Madison.

— En plus !

— Lucy ? demanda Hutch, intrigué.

— Mon chien, répondit Tara.

— Je comprends. Ravi de vous avoir rencontrées, mesdames, conclut-il sans cesser de fixer Kendra, éveillant en elle un flot de souvenirs indésirables.

Quand il la regardait ainsi, elle avait l'impression que ses vêtements étaient en Cellophane, que sa peau crépitait — sans parler de ses seins qui, Dieu merci, étaient dissimulés sous un large T-shirt. Mais quand il la regardait ainsi, elle sentait presque la chaleur de ses mains sur ses cuisses nues, le velours de ses lèvres caressant sa gorge…

Elle se détourna brusquement sous prétexte d'étudier l'ardoise du menu suspendue derrière la caisse, mais n'en continua pas moins de percevoir la présence de Hutch et celle de Madison, visiblement en adoration devant lui.

Tara, qui cherchait à raccrocher le fil décousu de la conversation, lança gaiement :

— Le rodéo annuel aura lieu bientôt. Y participerez-vous, Hutch ?

— Bien sûr, répondit-il.

Depuis la nuit des temps, Parable accueillait le rodéo du comté durant le week-end de la Fête de l'Indépendance, avec fête foraine et feux d'artifice. Le public venait de plusieurs kilomètres à la ronde déguster des grillades dans le parc, encourager ses cow-boys et ses cow-girls préférés et se distraire à la fête foraine. Hutch s'inscrirait aux épreuves, évidemment, histoire d'affirmer sa fichue virilité, songea Kendra, qui hésitait entre le pain de maïs et la friture de poisson-chat… alors qu'elle n'avait aucune envie de friture.

Elle jeta un regard en coin à Tara, tout en haussant légèrement la voix pour donner sa commande à la serveuse.

— A emporter, précisa-t-elle, avec une insistance sûrement exagérée, car Hutch lâcha un petit rire rauque.

Qu'y avait-il de si drôle ?

— C'est moi qui invite, ajouta-t-elle, comme Tara plongeait la main dans son sac. Madison, tu viens, mon cœur ?

La fillette s'arracha à l'attraction de Hutch pour venir les rejoindre près de la caisse, où en un rien de temps, leur commande fut empaquetée et payée. Au moment de s'en aller, Madison se retourna pour saluer Hutch de la main.

— J'aime bien ce vrai cow-boy ! s'exclama-t-elle, d'une voix aussi cristalline qu'une clochette de Noël.

Rouge de confusion, Kendra prit la main de sa fille et l'entraîna dehors.

— Je te retrouve chez toi ! lui cria Tara en regagnant sa voiture.

Kendra hocha la tête, et, tenant fermement Madison par la main, se dirigea vers sa Volvo.

— Et toi, maman, tu l'aimes, le vrai cow-boy ?

— Enfin, Madison Rose Shepherd ! Qu'est-ce qui te prend de poser une question pareille ?

— Ben, dès qu'il te regarde, tu regardes ailleurs, répliqua tranquillement la fillette.

C'était hallucinant, ce pouvoir d'observation qu'avaient les gosses, songea Kendra en souriant. Elle pressa gentiment la main de sa fille et riposta avec une mauvaise foi flagrante :

— Ah bon ? Tu crois ?

— Même qu'il te regarde beaucoup.

Heureusement, elles étaient arrivées, et Kendra passa les minutes suivantes à installer Madison dans son siège-auto.

Vu les capacités d'attention d'un enfant de quatre ans, elle espérait que le sujet serait oublié le temps qu'elle boucle à son tour sa ceinture et démarre.

— Maman, tu sais si les cow-boys aiment les chiens ?

Kendra soupira et se glissa prudemment dans la circulation.

— Je pense que oui, répliqua-t-elle sur le ton le plus neutre possible.

— Alors, c'est parfait ! répondit gaiement la fillette.

— Tu as déjà assisté à un rodéo ? enchaîna Kendra, désireuse d'évacuer définitivement le sujet des chiens et de Hutch Carmody de la tête de sa fille.

— C'est quoi, un rodéo ?

Elle profita du court trajet jusqu'à la maison pour lui décrire le phénomène en usant de mots accessibles à une petite fille.

— Oh ! souffla Madison, dès qu'elle eut terminé ses explications. Est-ce que le vrai cow-boy sera là ?

*
* *

Lucy, le golden retriever de Tara, se révéla une sacrée charmeuse avec sa fourrure couleur beurre frais et ses grands yeux humides pétillant d'intelligence.

Après le souper, servi sur la table en fer forgé de la roseraie, Madison et le chiot se mirent à courir dans le jardin.

Tara, qui les observait d'un œil amusé en sirotant un verre de thé glacé, se tourna vers Kendra.

— Excuse-moi pour tout à l'heure. J'ai senti comme un malaise à propos de la sœur de Lucy et du nom que veut lui donner ta fille.

— Oui. Emma est le nom de la mère biologique de Madison, expliqua Kendra, tout en observant la fillette et le chien en train de jouer dans les premières ombres du crépuscule. Tu crois que ça signifie que Madison se souvient d'elle ?

— *Tu* es la mère de Madison.

— Tara…

— D'après ce que tu nous as raconté, à Joslyn et à moi, Madison vivait en foyer d'accueil depuis l'âge de un an. Comment pourrait-elle s'en souvenir ?

— Je sais bien, mais qu'elle ait choisi précisément ce prénom est une sacrée coïncidence, tu ne trouves pas ? Elle l'a obligatoirement entendu quelque part.

— Peut-être, reconnut Tara. Kendra, regarde-moi.

Kendra se tourna vers son amie.

— Tu ne crains tout de même pas que cette Emma revienne ? s'enquit Tara. Qu'elle tente de te reprendre Madison ?

Kendra secoua la tête. Non, ça, ce n'était pas possible, heureusement.

La mère de Madison avait exigé de l'argent, mais elle avait rapidement battu en retraite et signé les papiers d'abandon, dès que les avocats de Jeffrey lui avaient rappelé que l'achat et la vente de bébés étaient un crime passable de prison.

— Elle a abandonné tous ses droits sur Madison, précisa-t-elle. Cela me soulage, bien sûr, mais je suis triste aussi. Comment une mère peut-elle abandonner son enfant ?

— Certaines personnes sont difficiles à comprendre.

— Impossibles, tu veux dire.

Bizarrement, à cet instant, elle ne pensait plus à la mère de Madison mais à Hutch…

Hutch était pour elle un mystère, une véritable énigme.

Il avait beau briser le cœur des femmes en toute impunité, une nouvelle prétendante venait chaque fois se presser au portillon, persuadée qu'elle serait l'exception qui confirmerait la règle. Quant aux enfants et aux chiens, loin de le craindre, ils ne voyaient en lui qu'un objet d'affection.

Un homme bon se cachait-il sous cette façade de voyou macho et séducteur ? L'idée la fit sourire malgré elle.

— Tu projettes toujours de vendre ? demanda Tara, englobant d'un même geste le manoir et le terrain.

— Oui, et je placerai l'argent dans un fidéicommis destiné à Madison. Il lui revient de droit.

Si elle n'avait pas tout expliqué en détail à Joslyn et Tara, celles-ci savaient que Jeffrey était le père naturel de la fillette.

— Ça ne va pas te manquer ? reprit Tara, après quelques instants de silence. Je parle de l'argent et aussi de vivre dans la plus belle maison de la ville ?

— Je ne suis pas fauchée, répondit-elle avec un petit sourire triste. Depuis l'ouverture de mon agence, j'ai obtenu de grosses commissions. Quant à regretter cet endroit, non, pas une seconde, ajouta-t-elle, après avoir jeté un regard à l'énorme maison qui se dressait dans son dos. Cette baraque est un monument, pas un foyer.

Perdue dans ses pensées, Tara ne relança pas la conversation.

— Comment marche ton élevage de poulets ? s'enquit Kendra.

Son amie leva les yeux au ciel.

— Un vrai désastre ! s'exclama-t-elle. Le toit de la couveuse s'affaisse, les poules refusent de pondre, je soupçonne le coq d'être gay, et Boone Taylor refuse obstinément de planter une haie pour cacher l'immonde caravane qui lui sert de logis. Résultat : c'est la première chose que je vois le matin, par la fenêtre de ma cuisine.

— Tu as des regrets ?

— Pas du tout, répondit Tara avec conviction. C'est dur, mais je ne suis pas prête à jeter l'éponge.

— J'aime mieux ça, vu que c'est moi qui t'ai vendu la propriété. Je me sentirais coupable si tu avais des remords.

— N'empêche que tu aurais pu m'avertir des problèmes de voisinage, plaisanta Tara.

— Boone n'est pas un mauvais bougre, tu sais. Il est juste têtu comme une mule, à l'instar de la plupart des hommes du coin. C'est ce qui leur permet de tenir le coup dans les épreuves. Et Boone traverse une sacrée épreuve, depuis la mort de sa femme.

Elle connaissait Boone Taylor depuis l'enfance, et avait aussi bien connu Corrine, sa femme. Depuis la mort de cette dernière, Boone avait perdu tout intérêt pour la vie. Néanmoins, en novembre dernier, il s'était présenté au poste de shérif et avait été élu haut la main.

— « Têtu comme une mule » s'applique aussi à Hutch ? s'enquit Tara.

Préférant éviter de répondre, Kendra se leva et appela sa fille :

— C'est l'heure d'aller se coucher !

Madison revint vers elle d'un pas traînant, preuve qu'elle était épuisée. D'ordinaire, comme la plupart des enfants, elle résistait autant qu'elle le pouvait au sommeil, de crainte de manquer quelque chose de capital.

Visiblement, le chiot Lucy était dans le même état de

fatigue qu'elle, car il s'affala aux pieds de Tara et ferma aussitôt les yeux.

— Debout mon bonhomme ! lança Tara en riant. Si tu crois que je vais te porter. Bien, j'y vais ! Merci pour le dîner, Kendra. Dors bien, ma puce, ajouta-t-elle en embrassant Madison. Et merci de t'être occupée de Lucy. Tu seras une maîtresse formidable pour sa sœur.

Et, sur un petit signe de la main, elle s'éloigna, le chiot à sa suite.

3

Le matin suivant, après la messe, Kendra, cédant à la force du destin — et à son obstinée de fille — prit le chemin des Amis des animaux, le refuge que dirigeait Martie Wren.

A Parable, Martie était une institution. Elle supervisait les activités du refuge, qui survivait uniquement grâce aux dons et à de nombreux bénévoles, à partir d'un bureau installé dans son salon exigu. Elle avait reconverti deux grandes serres dans son jardin en abris pour chiens et chats, mais acceptait également les oiseaux, les lapins et, occasionnellement, les chèvres naines. Le refuge n'avait pas de jour de fermeture officiel ; il restait toujours ouvert, aussi bien le dimanche qu'en période de vacances.

Quand Madison et Kendra se garèrent devant le chenil, la propriétaire des lieux, Martie, était en train d'arroser ses plates-bandes.

— Tara m'a prévenue que vous risquiez de passer, s'écria-t-elle joyeusement en les saluant de la main, avant de s'empresser d'aller fermer le robinet et d'enrouler le tuyau d'arrosage autour de son support.

— Tiens donc, comme c'est étonnant ! répliqua Kendra en aidant Madison à s'extraire de son siège.

— Nous venons voir la sœur de Lucy, expliqua Madison, très sérieuse. C'est pour l'adopter. Enfin, peut-être, ajouta-t-elle en jetant un coup d'œil à sa mère.

Martie s'avança pour les accueillir et leur ouvrit le portillon en riant.

— Alors entre donc la rencontrer ! Elle t'attend. Je l'ai pomponnée, au cas où vous auriez le béguin l'une pour l'autre.

Kendra réprima un soupir. Bien sûr, elle désirait un chien tout autant que sa fille, car, du plus loin qu'elle se souvienne, elle avait toujours eu un gros faible pour la gent canine. Il n'empêche qu'avant d'en prendre un, elle aurait préféré avoir trouvé un logement stable et être complètement installée.

Hélas, l'univers semblait s'ingénier à contrarier ses projets.

Elle franchit la barrière avec sa fille, puis suivit Martie qui les guida vers un porche pimpant dont elle ouvrit la porte.

Une copie conforme de Lucy les attendait. Très sage, le chiot se tenait assis sur le tapis au crochet de la minuscule entrée, un gros nœud rouge à son collier, ses grands yeux bruns liquéfiés par l'espoir.

Immédiatement, Kendra se sentit fondre. Madison se campa mains sur les hanches et inclina la tête de côté pour mieux étudier la grosse boule de poils.

Le chiot sauta sur ses pattes et s'approcha de la fillette, avec un air de dire : « Où étais-tu passée ? Je t'attendais pour jouer, moi ! »

— Comme elle est jolie ! murmura Madison, aussi béate d'admiration que si elle se trouvait devant la huitième merveille du monde.

— Oui, très jolie, renchérit Kendra, la gorge soudain nouée par l'émotion.

Elle avait l'impression de se revoir au même âge... Sauf qu'elle, elle n'avait jamais eu de chien.

Martie, en vieille routière habituée à trouver des foyers aux animaux dont personne ne voulait, se contentait d'attendre sans mot dire, considérant certainement que mieux valait laisser les choses suivre tranquillement leur cours. Une sage philosophie, songea Kendra, qui aurait bien aimé l'appliquer à sa vie.

Petite fille, elle avait dû lutter bec et ongles pour attirer l'attention de sa grand-mère. Quant à sa carrière, elle l'avait menée en considérant que rien de positif ne pourrait lui arriver si elle ne faisait pas tout pour que cela arrive.

Mais à présent que Madison était entrée dans sa vie, il était temps d'évoluer. Aspirer à toujours plus n'était pas une fin en soi. Elle devait apprendre à jouir de ce qu'elle avait.

— Maman, on peut la ramener à la maison avec nous ? demanda Madison, qui s'attendait manifestement à se voir répondre « oui ». On peut l'appeler Daisy, s'il te plaît ?

Kendra s'accroupit devant sa fille.

— Je croyais que tu voulais l'appeler « Emma ».

— Non, Daisy n'est pas une Emma. C'est une Daisy.

— D'accord, va pour « Daisy ».

— Alors, elle peut venir avec nous ? insista Madison, le regard farouche.

— Eh bien, il y a une procédure à suivre, répondit-elle en se relevant pour se tourner vers Martie.

— Daisy a tous ses vaccins, déclara celle-ci. Et puis, Kendra Shepherd, je te connais depuis que tu es haute comme trois pommes. Je sais que tu donneras à ce chiot un bon foyer et beaucoup d'amour. C'est tout ce qui compte.

De nouveau la gorge de Kendra se serra. Petite fille, elle était la plus jeune bénévole du refuge. Elle nettoyait les chenils, remplissait les abreuvoirs, s'attachant à dispenser à chaque animal une caresse et quelques mots gentils. Mais n'avait jamais eu un chien à elle…

— En prime, vous avez droit à une visite gratuite chez le vétérinaire, ajouta Martie.

— Donc, on peut emmener tout de suite Daisy à la maison, conclut Madison, radieuse, ce qui fit éclater de rire Martie.

— C'est ce que l'on appelle « avoir de la suite dans les idées », dit-elle. Il y a tout de même quelques documents à signer, ma grande. Ta maman et moi allons régler les formalités. Tu surveilles Daisy ? Comme ça, vous ferez mieux connaissance.

Madison, visiblement impatiente d'emmener la chienne avant que sa mère ne change d'avis, hocha poliment la tête.

— D'accord, mais nous sommes pressées, répliqua-t-elle, la main enfouie dans la fourrure de Daisy.

— Nous ferons vite, assura Martie en riant.

— Madison Rose ! s'exclama Kendra, retenant à grand-peine un sourire. Ce n'est pas poli de presser les gens.

— Mais toi tu as dit que le monsieur à l'église parlait trop longtemps, que tout le monde en avait assez et voulait rentrer déjeuner, se défendit la fillette. Tu disais qu'il devait se presser de terminer.

Kendra rougit violemment. C'est vrai qu'à l'église, elle avait dit quelque chose de cet ordre… Mais elle ne s'était pas levée au beau milieu du sermon pour crier : « Abrégez un peu, s'il vous plaît ! Je n'ai pas que ça à faire. » Toutefois, expliquer la nuance à un enfant de quatre ans ne serait pas une mince affaire.

— Lloyd est charmant, mais c'est vrai qu'il a tendance à s'éterniser devant son auditoire, intervint Martie. Dieu le bénisse ! Allez, on va les remplir, ces papiers d'adoption ?

En guise de paiement, Kendra fit une donation au refuge, puis signa un document certifiant qu'elle ramènerait la chienne si l'adoption tournait mal.

— J'ai l'impression que Daisy a faim, déclara Madison, manière subtile de les inciter à accélérer le mouvement.

— Les chiots donnent toujours l'impression d'être affamés, expliqua Martie. Daisy vient d'avoir un bol de croquettes. Cela lui suffira jusqu'au souper.

Apparemment satisfaite, Madison hocha la tête, puis attendit sagement la fin de la procédure, sans cesser de caresser le chiot qu'elle couvait d'un regard émerveillé.

Les derniers détails promptement réglés, Kendra

installa une Madison rayonnante dans son siège-auto à l'arrière, tandis qu'une Daisy, non moins rayonnante, se tenait fièrement à côté d'elle sur la banquette.

Kendra fit une brève halte au centre commercial, où, après avoir abaissé un peu la vitre pour que Daisy puisse respirer, elle fonça avec Madison acheter un lot d'accessoires. Un collier et une laisse, des sacs pour les déjections canines, un panier molletonné assez grand — un golden retriever adulte, ce n'était pas un pékinois ! —, des brosses, quelques jouets et la marque de croquettes recommandée par Martie.

A leur retour, Daisy les accueillit avec enthousiasme et se mit à sauter dans tous les sens, incapable de contenir sa joie de les revoir. Madison éclata de rire. Un rire de petite fille heureuse.

Kendra sentit ses yeux se remplir de larmes. Heureusement qu'elle avait quelques petites tâches à accomplir avant de démarrer !

De retour au cottage, elle sortit les affaires du chien, pendant que Madison et Daisy s'ébattaient joyeusement dans la cour en criant à tue-tête pour célébrer leur nouvelle amitié.

Quelques minutes plus tard, Madison rentra en courant.

— Un sac à caca, s'il te plaît, maman !

Amusée, Kendra ouvrit le paquet et suivit sa fille jusqu'au lieu du délit, où Daisy les observa en agitant la queue, ravie d'être au cœur de tant d'activités fascinantes.

Après lui avoir montré comment faire — en lui recommandant de bien se laver les mains après —, Kendra envoya sa fille changer sa robe pour un short et un T-shirt et prépara des sandwichs à la confiture et au beurre de cacahuète, qu'elle accompagna d'un verre de lait.

Dès que Madison fut assise, Daisy s'installa près de sa chaise, les oreilles dressées, les narines frémissantes, espérant manifestement que quelques miettes de pain de mie s'échapperaient vers elle.

Mais Martie s'était montrée intraitable sur ce point :

pas de nourriture pour les humains et un minimum de sucre. D'après elle, la seule friandise dont un chien avait besoin, c'était d'affection.

Quand le repas fut terminé et la table débarrassée, Kendra alla se changer à son tour et passa un jean et un pull-over léger. Quand elle sortit de sa chambre, elle trouva Madison et Daisy, enlacées, dans le panier flambant neuf du chien.

— Daisy est fatiguée, lui expliqua Madison. Elle veut faire une petite sieste. Je reste avec elle pour pas qu'elle ait peur.

Kendra n'eut pas le cœur d'émettre une quelconque objection.

« Qui dort avec les chiens, se réveille avec des puces », disait sa grand-mère.

— Grand-mère, ferme-la, murmura Kendra, avant de lancer à haute voix : Dormez bien !

Elle prit un livre sur une étagère et sortit dans le jardin pour lire à l'ombre des érables.

Le décor était idyllique. Des abeilles bourdonnaient, les fleurs oscillaient dans la brise, et le grand ciel immaculé du Montana arrondissait sa voûte azurée au-dessus de sa tête.

Kendra se détendit si bien durant sa lecture… qu'elle dut s'assoupir un moment ; quand elle ouvrit les yeux, Hutch Carmody se dressait à moins d'un mètre d'elle.

Saisie, elle cligna plusieurs fois des yeux, mais la vision refusa de disparaître.

« Zut ! Ce n'est pas un rêve… »

— Désolé, je ne voulais pas te réveiller, dit-il, sans la moindre gêne.

Elle se redressa brusquement et jeta un coup d'œil autour d'elle. Ne voyant Madison et Daisy nulle part, elle marmonna une vague excuse et retourna dans la maison. Sa fille et le chiot dormaient toujours dans le panier.

Rassurée, elle ressortit pour affronter Hutch en se demandant ce qu'il pouvait bien lui vouloir.

— Qu'est-ce que tu fais ici ? marmonna-t-elle.

— Ne tire pas, je ne suis pas armé, répliqua-t-il, en écartant les bras, le sourire aux lèvres.

Avec un profond soupir, Kendra récupéra son livre, tombé sur la pelouse. Elle le pressa contre elle et répéta :

— Qu'est-ce que tu fais ici ?

Pour toute réponse, il lui fit signe de s'asseoir.

Sachant qu'elle n'obtiendrait aucune réponse si elle insistait, elle se laissa retomber dans sa chaise longue. Il traîna une méridienne, l'installa à côté d'elle et s'assit à son tour. Pendant un long moment, ils restèrent muets, le regard fixé devant eux, tels deux étrangers installés côte à côte sur des sièges d'avion en train d'écouter les consignes de sécurité d'une hôtesse invisible. Enfin, Hutch rompit le silence :

— Parle-moi de ta petite fille.

— En quel honneur ? répliqua-t-elle, fière de son ton calme et posé.

— Parce qu'elle aurait pu être la nôtre.

Kendra eut l'impression de recevoir un uppercut, et il fallut quelques secondes pour que les battements de son cœur retrouvent un rythme normal. Elle n'avait aucune envie de parler de Madison avec Hutch. Mais elle allait le faire.

On pouvait pratiquement lancer un caillou d'un bout à l'autre de Parable, et les histoires croustillantes en faisaient le tour à une vitesse astronomique.

— Tu seras très vite au courant, alors autant te le dire, dit-elle à voix basse, de peur que Madison ne se réveille et surprenne leur conversation.

— Oui, autant me le dire, répéta-t-il, après avoir poussé un long soupir.

— N'empêche que cela ne te regarde pas.

Il ne fit aucun commentaire et attendit la suite.

Est-ce qu'il s'imaginait qu'elle avait mis Madison au monde et dissimulé son existence pendant toutes ces années ? Ou… qu'elle était sa fille ? Oh, Seigneur…

— J'ai adopté Madison.

Cette déclaration d'une sobriété absolue lui fit pourtant l'effet d'avoir déballé sa vie la plus privée dans une émission de téléréalité.

— D'où vient ma conviction que tu ne me dis pas tout ? répliqua Hutch, avec un calme qui l'exaspéra au plus haut point.

De quel droit l'interrogeait-il avec ce ton de psychanalyste ? Elle ne lui parlait que par courtoisie, car elle n'y était nullement obligée ! Elle ne lui devait rien. A part, peut-être, un cœur brisé.

— Le père de Madison était mon ex-mari, lâcha-t-elle.

Aussitôt, elle fut envahie par une terrible envie de pleurer, non parce qu'elle souffrait de parler d'une situation si douloureuse et intime, mais parce que la question déchirante qui ne cessait de la tarauder venait de resurgir : pourquoi n'est-ce pas elle qui avait mis Madison au monde ?

— Et sa mère ? demanda Hutch.

Elle vérifia une nouvelle fois que Madison n'était pas en train de les écouter, avant de répondre :

— Une des maîtresses de Jeffrey.

— Le salaud !

Elle se tourna vivement vers lui. C'était l'hôpital qui se moquait de la Charité !

— Je te demande pardon ? lança-t-elle sèchement.

— Pourrait-on éviter de se disputer, pour une fois ?

— D'accord. Pour cette fois, répondit-elle, réprimant malgré tout un sourire.

— Je suis désolé d'avoir traité ton ex-mari de salaud.

— Tu mens.

Il soupira et fourragea dans ses cheveux.

— Très bien, marmonna-t-il. Je reformule ma phrase : excuse-moi de ne pas avoir gardé mon opinion pour moi.

— Parce que c'est dans tes habitudes, maintenant ?

— Tu tiens vraiment à transformer cette conversation en pugilat ?

— Non, Hutch Carmody, je n'ai pas du tout envie de me disputer avec toi. Plus jamais.

— Kendra, tu peux te débattre et ruer dans les brancards, mais on discutera de la question un jour ou l'autre, alors autant en finir tout de suite.

Il avait raison, bien sûr, mais elle ne voulait pas avoir cette discussion avec lui.

— Madison est ma fille, c'est tout ce qui compte, dit-elle fermement, en espérant qu'il n'insisterait pas.

— Tu es vraiment une femme incroyable, Kendra.

Il semblait si sérieux qu'elle se tourna vers lui et le considéra d'un œil méfiant.

Il éclata de rire.

— Je le pense vraiment ! se justifia-t-il. Certaines femmes seraient incapables d'élever l'enfant d'une autre. Surtout, dans de telles circonstances.

— Ce n'est pas la faute de Madison si Jeffrey Chamberlain était un…

— Salaud.

— Oui. En fait, c'est le mot qui convient.

— Super ! Nous sommes au moins d'accord sur un point, s'exclama-t-il avec un grand sourire.

— Que tu crois ! riposta-t-elle, sur un ton beaucoup moins tranchant qu'elle ne l'aurait voulu.

— Nous progressons.

— C'est à voir.

Il rit de nouveau avant d'affirmer :

— Que tu le veuilles ou non, tu ne pourras qu'être d'accord avec ce que je vais dire.

— Tiens donc ! répliqua-t-elle, secouée par un étrange et délicieux petit frisson.

— Fais attention à ce que tu dis, les murs ont des oreilles, la prévint-il en lui indiquant la porte du cottage, où Madison bâillait en se frottant les yeux, Daisy à ses côtés. D'où qu'elle vienne, tu as une sacrée chance d'avoir cette petite fille dans ta vie, et l'inverse est encore plus vrai. Kendra, tu es née pour être mère, et une bonne mère.

— Eh bien, ça alors ! marmonna-t-elle. Un compliment ?

Elle se tourna vers la maison et vit Madison, encore tout ensommeillée, écarquiller les yeux. Soudain, un immense sourire illumina le visage de la fillette qui s'envola vers eux.

— Coucou, vrai cow-boy !

— D'accord pour ce nom, il en vaut bien un autre, fit remarquer Hutch, en souriant à Madison.

— Tu aimes les chiens ? demanda Madison avec gravité.

Daisy, qui devait déjà s'être forgé son opinion sur la question, sauta sans prévenir sur les genoux de Hutch. Elle posa ses pattes sur ses épaules et se mit à lui lécher le visage.

— Oui, répondit-il entre deux coups de langue. Et comme tu peux le voir, ils m'aiment bien aussi.

— Parfait.

— Madison…, intervint Kendra.

— Et les enfants, tu les aimes aussi ? insista la fillette.

Il déposa Daisy à terre et lui caressa la tête.

— Si j'aime les enfants ? Oui, beaucoup.

— Tu en as ?

— Non.

— Madison ! protesta Kendra.

— Ma maman, tu l'aimes aussi ?

Horrifiée, Kendra ferma les yeux.

— Eh bien, oui, car ta mère et moi sommes de vieux amis, répondit Hutch.

De plus en plus embarrassée, Kendra rouvrit les yeux et esquissa un sourire qui s'évanouit aussitôt.

Avant qu'elle ait pu trouver quoi dire, Hutch se leva de sa chaise longue.

— Je crois que je ferais mieux de rentrer, je ne voudrais pas devenir importun, lança-t-il ironiquement. A la prochaine !

— Attends, murmura Madison en lui prenant la main.

— Quoi ?

— Tu y seras à ce truc de… rodéo ?

— Bien sûr, répondit-il. Je n'en rate jamais un. C'est normal, puisque je suis un vrai cow-boy.

Son contact facile avec les enfants venait sûrement du fait qu'il ne les traitait pas comme une espèce inférieure, mais d'égal à égal, se dit Kendra, impressionnée par la simplicité de ce dialogue.

Aux anges, Madison lui offrit un sourire rayonnant. Puis, n'ayant vraisemblablement plus de questions à lui poser pour l'instant, elle partit en courant, Daisy sur ses talons.

— Vrai cow-boy, répéta Kendra, amusée.

— On m'a traité de bien pire.

— C'est vrai.

Elle aurait pu dresser la liste d'une douzaine de noms d'oiseaux dont elle l'avait affublé.

Après un clin d'œil tout à fait indécent, Hutch la salua de la main et se dirigea vers son camion. Il démarra, sans qu'elle daigne le regarder partir.

Le lendemain, après avoir déposé Madison au jardin d'enfants et Daisy chez Tara, Kendra se rendit à l'agence, où elle trouva Joslyn, déjà au travail devant son ordinateur.

— Dans ton état, tu ne devrais plus travailler, lui fit-elle remarquer.

Joslyn leva le nez de l'écran et lui décocha un grand sourire.

— Je sais ! C'est ce que me serinent à longueur de journée Slade, Opal et Callie.

— Tu peux m'ajouter à la liste, rétorqua Kendra en posant son sac sur son bureau.

Elle voulait vérifier ses messages avant d'aller à son rendez-vous de 10 h 30 chez Maggie Landers, son avocate. C'était la raison pour laquelle elle avait demandé à Tara de lui garder Daisy — Madison s'était carrément insurgée à l'idée que le chiot allait rester tout seul à la maison.

— Tu devrais être en congé de maternité, ajouta-t-elle.

Pour une fois, à sa grande satisfaction, Joslyn ne protesta pas. A la place, elle grimaça en plaquant la main sur son ventre.

— Ouille !

— Le petit bonhomme recommence à faire du rodéo ?

— Je crois qu'il a changé pour le saut à la perche, répondit Joslyn avec une résignation amusée.

Elle fit quelques respirations profondes, puis se replongea sur son ordinateur en lançant :

— Tiens, viens voir cette annonce. C'est une location, mais je crois qu'elle correspond parfaitement à ce que tu cherches.

Très intéressée, Kendra fit le tour du bureau et se pencha derrière Joslyn pour examiner la petite maison affichée sur l'écran, qu'elle reconnut aussitôt. Pas étonnant. Elle connaissait, de près ou de loin, tous les bâtiments de Parable, qu'ils soient résidentiels ou commerciaux.

La charmante maisonnette de style colonial, avec ses murs en bardeaux blancs, ses persiennes vertes et son porche arrondi était située en bordure du parc municipal, à deux pâtés de maisons de la bibliothèque. De là, il ne fallait que quelques minutes pour rejoindre à pied le jardin d'enfants et l'agence.

— Comment se fait-il que je ne sois pas au courant ? demanda-t-elle, étonnée.

— Tu es restée longtemps partie, répliqua Joslyn en haussant les épaules. Et puis, nous vendons des maisons, nous ne nous occupons pas de location. Et… attends un peu. Oui, voilà. Elle vient juste d'être mise en ligne.

Mais Kendra ne l'écoutait pas. Le cerveau en ébullition, elle récapitulait déjà tous les éléments en sa possession : la maison avait appartenu à Billie, la défunte tante de Maggie Landers. A la mort de Billie, une dizaine d'années plus tôt, c'était Maggie qui avait hérité la propriété. Elle avait effectué toutes les réparations nécessaires, sans jamais habiter la maison qu'elle avait louée à un professeur. Aujourd'hui, la propriété était vide, ou en passe de l'être.

Sans attendre, elle plongea sur le téléphone. Elle avait beau avoir déjà rendez-vous avec Maggie pour instituer le fonds destiné à Madison, il aurait été trop bête que quelqu'un la lui pique sous le nez dans l'intervalle.

L'assistante de l'avocate lui passa immédiatement sa patronne.

— Ne me dites pas que vous appelez pour annuler notre rendez-vous ! lança Maggie sans s'embarrasser de préambules. Vous seriez la troisième de la matinée.

— Non, non, pas du tout, répondit-elle, le cœur battant la chamade. Je serai là à 10 h 30, comme prévu.

— Qu'est-ce qui se passe, Kendra ? On dirait que vous venez de courir le marathon.

— Votre maison… la location… Joslyn vient juste de voir l'annonce sur internet…

— Oui, et alors ?

— Elle est toujours libre ?

— Bien sûr ! L'annonce est sortie aujourd'hui.

— Je la prends ! s'écria-t-elle, stupéfaite de sa propre audace, car elle ne prenait jamais de décision inconsidérée.

Du moins, tant que Hutch Carmody n'entrait pas en ligne de compte…

— Sans l'avoir visitée ? demanda Maggie, interloquée.

— Elle est idéale pour Madison et moi, affirma Kendra, déjà plus détendue.

— Vous ne voulez pas connaître le prix du loyer ?

Elle se pencha sur l'ordinateur de Joslyn, balaya la page à la recherche du prix et s'écria :

— Ce ne sera pas un problème !

Maggie se tut un moment, puis reprit :

— Très bien. Puisque c'est comme ça, venez un peu plus tôt. Nous réglerons les détails du fidéicommis, avant de passer voir la maison. Mieux vaut jeter un coup œil à l'intérieur, avant de signer un bail d'un an.

Ravalant une réponse du genre : « Vous êtes sourde

ou quoi ? Je la prends toute de suite ! Tout de suite ! », Kendra se força à répondre calmement :

— D'accord, mais je vous en prie, ne la montrez à personne entre-temps.

— Entre-temps ? lança Maggie en riant. Vous voulez dire, d'ici une demi-heure ? Allons, Kendra, détendez-vous. Si vous voulez cette maison, elle est à vous.

— Merci, murmura-t-elle, si excitée qu'elle en était au bord des larmes.

Elle salua l'avocate, raccrocha et empoigna son sac à main.

— Kendra, respire ! lui lança Joslyn, qui avait suivi la conversation avec amusement. Tu vas l'avoir, c'est écrit.

— Ça, c'est ce que tu disais à propos de Hutch et de moi, tu te souviens ? répliqua-t-elle allègrement en se dirigeant vers la porte, ses clés à la main.

— Oh ! Mais je n'ai pas changé d'avis sur la question. Tôt ou tard, je suis sûre que vous vous remettrez ensemble.

Kendra laissa échapper un rire dubitatif et ouvrit la porte en ordonnant :

— Ne travaille pas trop dur. Si tu es encore là à mon retour, j'irai nous acheter un déjeuner à emporter.

— Un repas de plus du Butter Biscuit et je vais éclater, répliqua Joslyn. Et puis j'ai promis de retrouver Shea au Curly-Burly à 13 heures. Nous allons faire du shopping.

Kendra hocha la tête et se rua dehors.

Cinq minutes plus tard, elle était assise dans le bureau de l'avocate.

Maggie l'avait déjà avertie que mettre au point une structure légale pour protéger la fortune de Madison exigerait de nombreux rendez-vous, car la tâche était fort complexe.

Elle s'efforça d'écouter ses explications et ses suggestions, aussi patiemment que possible, mais son esprit restait obnubilé par la petite maison coloniale à un étage avec son jardin entouré de murs. Etre aussi distraite ne lui ressemblait guère ; d'ordinaire, elle se polarisait à fond sur ce qu'elle faisait. Mais aujourd'hui, impossible d'y arriver.

Maggie finit par reposer son stylo avec un gloussement amusé.

— Vous n'avez pas saisi un mot de ce que je viens de dire, n'est-ce pas, Kendra ?

— Désolée, répondit-elle, avec un sourire penaud. Depuis que j'ai appris que cette maison était disponible, je suis sur des charbons ardents.

— Alors, allons la visiter ! décréta Maggie en prenant son sac dans le tiroir de son bureau. Nous reviendrons tout à l'heure étudier ces chiffres à tête reposée.

— Oui, ce sera mieux.

Kendra nota avec un délicieux frisson de bonheur que la maison et la barrière venaient d'être repeintes. Autant d'économisé ! Les massifs débordaient de fleurs et la pelouse, fraîchement tondue, sentait bon l'herbe coupée.

C'était si facile de s'imaginer vivre ici avec Madison…

— Je sais que vous vendez le manoir, dit Maggie. J'aurais cru que vous chercheriez un bien en vente et pas une location.

— C'était mon intention, en effet, mais je commence à apprendre qu'il est plus sage de rester disponible aux surprises de la vie, répondit Kendra en dévorant des yeux la petite maison de ses rêves qui semblait dormir au soleil en l'attendant.

— C'est bien vrai, répliqua Maggie en ouvrant le portillon.

4

Quand Hutch se décida enfin à aller voir Brylee, dans son entrepôt de la banlieue de Three Trees, elle était en train d'aider à stocker des caisses qui venaient d'être livrées.

Vêtue d'un jean, de baskets et d'un pull-over d'université bleu, avec sa longue natte de cheveux brun-roux et son absence de maquillage, elle avait plus l'air d'une adolescente que d'une femme dirigeant une affaire prospère et venant de se faire larguer au pied de l'autel par son fiancé.

Elle était à la tête d'une petite firme d'événementiel florissante qui vendait des cadeaux et des objets de décoration. Son réseau de commerciaux, couvrant cinq Etats, organisait de lucratives réceptions chez les particuliers, et son site de vente sur internet était en plein essor.

Comme elle n'avait pas remarqué sa présence, il mit à profit ce répit pour renforcer son courage. Quel dommage de n'éprouver aucun sentiment pour cette femme, car Dieu sait qu'elle était belle, amusante et intelligente ! Elle possédait en fait toutes les qualités de l'épouse idéale, et elle ferait une mère parfaite. Malheureusement, elle le laissait de marbre, et ce point était rédhibitoire.

Soudain, il la vit se figer, telle une biche sentant une présence suspecte. Elle tourna la tête et l'aperçut.

Son regard s'assombrit pendant qu'elle l'étudiait, semblant réfléchir aux différentes options qui se présentaient à elle. Visiblement, elle balançait entre lui tourner le dos et quitter la place sans daigner lui adresser la parole, l'abattre sans sommation ou lui rouler dessus avec le premier chariot élévateur venu.

Certes, Brylee avait du tempérament et elle pouvait avoir la tête dure comme une enclume, mais elle n'était pas lâche. Elle dit quelque chose à mi-voix à ses employées — rien que des femmes —, puis s'approcha lentement de lui, sous les regards ahuris de ses compagnes, qui n'auraient pas eu l'air plus horrifié si Hannibal Lecter, masqué de cuir, venait de surgir du néant une assiette de fèves à la main.

— Bonjour, Hutch, dit-elle en lui indiquant la porte de son bureau, avant de lui ouvrir le chemin.

Il lui emboîta le pas en marmonnant d'une voix rauque :

— Bonjour.

Seul l'aspect pratique de cette petite pièce, située à l'arrière de son entrepôt, semblait avoir motivé Brylee quand elle avait aménagé les lieux, car l'endroit était entièrement meublé d'anciens surplus de l'armée. A l'évidence, elle réservait sa créativité à la sélection et au catalogue de ses produits, à la formation de ses consultants free-lance en décoration d'intérieur et à la mise au point de stratégies de marketing innovantes.

— Je me demandais quand tu te montrerais, dit-elle, une fois qu'ils furent réfugiés à l'abri des oreilles indiscrètes.

— Je désirais venir tout de suite après le… enfin tu sais quoi, mais on m'a persuadé que ce n'était pas une bonne idée.

Il resta debout, dos à la porte, tandis que Brylee se perchait sur le bord du bureau en acier, les bras croisés et la tête légèrement de côté.

Elle avait beau sembler tendue et fatiguée, la fierté faisait étinceler ses yeux et crispait sa bouche pulpeuse.

— J'aurais pu t'épargner la peine de cette visite, car je n'ai rien à te dire, laissa-t-elle tomber d'un ton calme. Tout au moins, rien que je désire voir écrit dans le grand livre de la vie.

— En revanche, moi, j'ai des choses à te dire, répliqua-t-il avec un rire gêné.

Elle haussa le sourcil et attendit, affichant à présent une mine à la fois ennuyée et ironique. Il l'entendait presque penser ! « Qu'est-ce que ce débile va encore me sortir ? »

Ne sachant trop par où commencer, il fourragea dans ses cheveux.

— Je mentirais en disant que je regrette ce que j'ai fait, déclara-t-il avec franchise. Mener à bout cette cérémonie aurait été une monstrueuse erreur. Pour nous deux.

— En effet, tu t'es montré particulièrement clair sur ce point, répondit Brylee d'une voix tendue. C'est pour me dire ça que tu as fait tout ce chemin ? J'avais compris, tu sais.

— Non, je suis venu pour te dire que, quoi que tu en penses aujourd'hui, tu trouveras bientôt l'homme idéal et que, le jour venu, tu seras folle de joie de ne pas m'avoir épousé.

— Il ne t'a pas effleuré l'esprit que je pouvais *déjà* être folle de joie de ne pas t'avoir épousé ? riposta-t-elle sèchement.

— Si, crois-le ou pas, ça m'a traversé l'esprit, répliqua-t-il, amusé. Brylee, tout est de ma faute, j'aurais dû t'obliger à m'écouter, empêcher que les choses aillent aussi loin.

— Je portais la robe de ma grand-mère, spécialement restaurée, retouchée et nettoyée pour l'occasion, murmura-t-elle, après une courte pause. J'ai dépensé une fortune en gâteaux, invitations, fleurs et j'en passe… Même avec l'aide de mes amies, il va me falloir des *semaines*, pour renvoyer les cadeaux de mariage à leurs expéditeurs. Oh ! Et puis zut ! Un de perdu, dix de retrouvés. D'ailleurs, qui a besoin de six grille-pain, je te le demande ?

Elle se détourna, mais il ne put s'empêcher de remarquer ses yeux mouillés de larmes. Son cœur se serra. Il ne l'aimait pas au point de vouloir passer sa vie à ses côtés, mais il l'aimait bien, et surtout, il détestait qu'elle souffre à cause de lui.

— Brylee, je sais que tu es profondément blessée, et j'en suis désolé, plus que je ne l'ai jamais été, affirma-t-il, sans oser la toucher ou même amorcer un pas dans sa direction. Je tiens absolument à rembourser tes frais…

— Je me fous de ton argent ! s'écria-t-elle en le foudroyant d'un regard où la rage le disputait au chagrin et à l'orgueil. Ça n'a jamais été une histoire de fric. Je suis riche, au cas où tu ne l'aurais pas remarqué.

— Je sais, Brylee.

— Alors que comptais-tu obtenir en venant ici ? Attends, laisse-moi deviner… C'est ta conscience qui te taraudait. Du moins, ce qui te *sert* de conscience. Tu voudrais que je te dise que tout est pardonné, que l'on peut rester amis, comme si de rien n'était.

Elle sauta sur ses pieds, et ouvrit en grand la porte du bureau.

— Hutch Carmody, tu peux aller au diable et emporter avec toi tes excuses pitoyables. Sors d'ici !

— Brylee, tu devrais apprendre à écouter ce que l'on te dit, au lieu de ne retenir uniquement que ce que tu as envie d'entendre, répliqua-t-il posément, sans bouger d'un pouce. Cela épargnerait à tout le monde, et à toi en particulier, beaucoup de peine et de chagrin.

— Sors d'ici ! *Tout de suite.*

Après avoir écarté les bras en signe de reddition, il franchit la porte d'un pas tranquille. Il traversa l'entrepôt aussi désert et silencieux qu'un mausolée et se retrouva dehors, au grand soleil, juste au moment où Walker Parrish, le frère de Brylee, arrivait dans un énorme pick-up aux portières ornées du logo de son ranch.

Bien qu'il ne soit pas d'humeur à endurer de nouveaux reproches, Hutch n'était pas homme à laisser dire qu'il avait détalé piteusement devant quiconque — Walker y compris.

— Tiens, mais c'est le marié déserteur ! lança Walker, moqueur.

— S'il vous plaît, pas d'autographe, riposta Hutch, narquois, résolu à ne pas céder un pouce de terrain.

Il ne cherchait pas la bagarre, mais si ce type le provoquait, il trouverait à qui parler.

Walker laissa échapper un petit rire. Avec sa silhouette élancée, ses épaules larges et ses traits burinés, c'était un bourreau des cœurs. Il n'en avait pas moins réussi l'exploit d'éviter de se faire passer la bague au doigt, ce qui aurait dû l'inciter à comprendre le point de vue de Hutch. Eh bien, manifestement non !

— Je n'ose imaginer ce que tu es venu fabriquer chez ma sœur, reprit-il en le scrutant d'un œil méfiant.

— Je ressentais le besoin de m'excuser, mais elle n'était pas prête à m'entendre.

— Je ne vois pas pourquoi Brylee te pardonnerait, même si, d'après moi, elle a toujours été dix fois trop bien pour toi. Au bout du compte, tu lui as certainement rendu service en annulant le mariage. Pourtant, ça ne va pas m'empêcher de te casser la figure pour l'affront que tu lui as fait subir.

Bien que secrètement d'accord avec une partie de ce que Walker venait de dire, Hutch n'avait nulle envie de s'étendre sur ses multiples tentatives pour éviter le désastre, avant que la moitié de la ville soit rassemblée dans l'église en ce fatal samedi. S'il était venu à Three Trees, c'était pour faire ses excuses à Brylee, pas à son frère.

— Walker, si tu cherches la bagarre, je suis ton homme.

Après avoir pesé le pour et le contre, Walker sembla renoncer à l'idée de se battre sur le parking.

— On récolte ce que l'on sème, Carmody. Un jour, tu auras ce que tu mérites. Tu comptes participer au rodéo, cette année ? ajouta-t-il d'un ton léger, mettant fin à la discussion sur le mariage raté.

— Est-ce que je ne concours pas tous les ans ? répondit Hutch, méfiant.

C'était Walker qui fournissait en taureaux et en

chevaux sauvages tous les rodéos de l'Ouest, y compris celui de Parable, et il avait la réputation d'élever des bêtes redoutables.

— Dans ce cas, j'espère que tu tomberas sur le taureau que je te réserve, un vrai tueur, déclara Walker avec un sourire menaçant

— Moi aussi, répliqua Hutch en lui retournant son sourire.

Sur ce, ayant exécuté leur partition, les deux hommes se séparèrent, l'un pour se diriger vers son camion, l'autre pour entrer dans l'entrepôt.

Hutch s'installa au volant et tourna la clé de contact, songeur. A quoi s'était-il attendu en venant parler à Brylee ? Il l'ignorait. En tout cas, il espérait que cette petite discussion permettrait à Brylee de commencer à enterrer la hache de guerre.

Parce que ni elle ni lui n'allaient partir d'ici.

Or, Parable et Three Trees n'étaient séparées que par cinquante kilomètres. De plus, les deux communautés étaient très liées. En d'autres termes : Brylee et lui ne pourraient éviter de se rencontrer.

Il démarra en poussant un profond soupir. Peut-être y avait-il un fond de vérité dans l'accusation de Brylee. Peut-être s'était-il lancé dans cette démarche insensée plus pour apaiser sa conscience que pour faire amende honorable. Mais au moins, il avait tenté de calmer le jeu pour qu'ils puissent établir des rapports courtois.

Une tentative probablement prématurée.

Maintenant que les acteurs clés de la campagne anti-Hutch — les employées de Brylee, qui étaient pour la plupart ses copines — avaient quasiment assisté à la confrontation, est-ce que la virulence des attaques via le Web allait monter en puissance ?

C'était à craindre, vu que de nos jours tout le monde s'improvisait grand reporter.

— Mon vieux, on peut dire que tu as réussi ton coup, marmonna-t-il, accablé. Tu as intérêt à t'accrocher.

Sur ce, il rejoignit la route nationale et reprit le chemin de Parable.

Et de Kendra.

Cet après-midi-là, à la sortie du jardin d'enfants, Kendra emmena Madison visiter la maison. L'idée d'y habiter enchanta aussitôt la fillette, et Daisy fut tout excitée par le spacieux jardin à l'arrière.

La maison comprenait deux grandes chambres avec leur propre salle de bains, ainsi qu'un cagibi que Kendra comptait transformer en bureau. La cuisine, très lumineuse et qui regorgeait de placards, était dotée d'un cellier, et le salon d'une cheminée ancienne en briques. Une inspection plus minutieuse révéla l'existence de petits crochets destinés à suspendre les bas de Noël sur l'encadrement de bois du foyer.

L'un dans l'autre, c'était la maison idéale — à part, bien sûr, le fait qu'elle soit en location et, donc, un logement transitoire. Kendra avait souhaité l'acheter, mais Maggie avait refusé, arguant qu'elle aurait eu l'impression de mettre en vente son enfance, ce qui était inenvisageable.

— C'est ma chambre ! s'écria Madison, plantée au centre de la pièce.

La pièce avait des bancs sous les fenêtres, des étagères intégrées et un beau plancher en chêne, patiné par les années. Les portes coulissantes de l'armoire étaient à claire-voie, et le petit lustre au plafond joliment ouvragé.

Daisy ponctua l'enthousiasme de la fillette d'un joyeux aboiement, comme si elle réclamait son dû.

— D'accord, c'est *votre* chambre, dit Kendra, amusée.

— J'aurai un lit ?

— Bien sûr, mon cœur. Nous irons au magasin de meubles de Three Trees et tu le choisiras toi-même.

La ville voisine avait beau avoir deux mille habitants de moins que Parable, elle s'enorgueillissait d'un énorme centre commercial qui drainait des clients de tous les coins de l'Etat, ainsi que d'un complexe de cinéma, d'une importante librairie et d'une rue principale très commerçante.

— Maman, on peut y aller tout de suite ?

— Pourquoi pas ? répondit-elle, avant de poser sur Daisy un regard ennuyé.

Pas question de faire les courses avec un chiot.

L'inévitable question arriva sans délai…

— Daisy peut venir avec nous ?

— Impossible, ma chérie, répondit-elle, navrée. Elle sera bien mieux au cottage, je t'assure.

Madison médita un moment sa réponse, puis son visage s'éclaira.

— C'est vrai, Daisy doit être fatiguée d'avoir joué toute la journée avec Lucy. Elle pourra faire la sieste pendant notre absence.

— Bonne idée ! Maintenant, allons-y !

Daisy se montra remarquablement coopérative. Après avoir lapé la moitié de son bol, mâchonné quelques croquettes, et fait sa petite commission dehors avec Madison, elle rentra directement se coucher dans son panier avec force bâillements.

La gorge de Kendra se serra en voyant sa fille s'accroupir près du chiot et lui caresser affectueusement la tête en murmurant :

— Il ne faut pas avoir peur. Maman et moi on sera de retour avant la nuit.

Pour la énième fois, Kendra se demanda à quoi avait ressemblé la vie de Madison dans ses foyers successifs. S'était-elle sentie à l'abri, en sécurité, aimée ?

D'après les assistantes sociales, Madison avait été particulièrement choyée par les parents des différentes familles d'accueil.

Néanmoins, la fillette avait été ballottée d'une famille à l'autre. Comment n'aurait-elle pas été affectée par un début de vie si instable et insécurisant ?

Encore hantée par ces questions, Kendra attacha

Madison dans son siège-auto, puis s'installa au volant. Au moment de s'engager dans Rodeo Road, elle lança :

— Rassure-toi, je ne m'en irai nulle part.

— Mais si, maman, tu vas quelque part. Tu vas à Three Trees m'acheter un lit !

Emue, Kendra se mit à rire, puis elle cligna des yeux pour se concentrer de nouveau sur la route.

— Ce n'est pas ce que je voulais dire, bébête.

— Ma première maman est partie, déclara Madison, qui devait sentir intuitivement que la conversation menait quelque part.

— Oui, je sais, mon cœur.

— Mais toi, tu ne partiras pas, assura la fillette avec une conviction tranquille. Parce que tu *aimes* être une maman.

Bouleversée, Kendra laissa échapper un rire qui ressemblait plutôt à un gargouillis.

— J'aime être *ta* maman, rectifia-t-elle. Mon chou, tu es la meilleure chose qui me soit jamais arrivée. Il faut t'en souvenir, d'accord ?

— D'accord. Mais certains enfants à l'école ont des papas, pas seulement des mamans.

La remarque résonna douloureusement dans le cœur de Kendra.

— Moi, mon papa est mort et il est au ciel, reprit Madison.

Toutes deux avaient déjà discuté de la question, mais répéter les faits semblait réconforter la fillette et, d'une certaine façon, cela l'aidait à s'ancrer dans un présent plus enviable.

— Oui, mais il t'aimait beaucoup, rétorqua-t-elle dans un souffle. C'est pour ça qu'il m'a demandé d'aller te chercher.

« Merci pour ça, Jeffrey. En dépit de tout le reste, merci d'avoir fait entrer Madison dans ma vie. »

— Est-ce que le vrai cow-boy est papa ? lança soudain Madison.

Oh non… La question se ficha telle une flèche dans le cœur de Kendra. Comme elles étaient arrivées à proximité du parc, elle se gara à l'ombre des érables centenaires, déjà revêtus de leur feuillage estival.

— Je ne crois pas, répondit-elle péniblement.

— J'aime le vrai cow-boy. Maman, pourquoi est-ce qu'on s'arrête ?

— J'avais besoin de souffler un peu, expliqua-t-elle en s'essuyant les joues du dos de la main.

— Tu pleures ? demanda Madison, étonnée.

— Oui, avoua Kendra, qui avait pour politique de ne jamais mentir aux enfants quand on pouvait l'éviter.

— Pourquoi ?

— Parce que je suis heureuse.

Et c'était vrai. Elle était heureuse, et reconnaissante de la vie merveilleuse qu'elle avait.

Même si elle n'avait pas résolu son problème de père.

Enfant solitaire et à la dérive, tolérée plus qu'aimée par sa grand-mère, elle avait désiré encore plus ardemment un papa qu'un chat ou un chien. Elle pouvait encore ressentir le douloureux besoin qui la dévorait à l'époque : rire aux éclats, portée sur les solides épaules d'un homme qui l'aurait aimée et protégée.

Mais à présent, elle était adulte et parfaitement capable de se protéger toute seule. Et c'était à son tour d'aimer sa fille et de veiller sur elle. Mais serait-elle capable d'être à la fois une mère et un père pour Madison ? Saurait-elle se montrer à la hauteur de la tâche malgré son amour ? La seule pensée de ne pas répondre aux attentes de sa fille la terrifiait.

— Moi, quand je suis heureuse, je ne pleure pas, je ris, fit remarquer Madison.

— Ça paraît logique, répondit Kendra en mettant son clignotant pour déboîter et reprendre la route.

Fort heureusement, Madison fit dévier la conversation sur Daisy et la nouvelle maison, et Kendra se contenta de l'écouter.

A Three Trees, elles trouvèrent presque immédiatement le lit idéal pour Madison. En cuivre étincelant, avec quatre piliers surplombés d'un baldaquin en tulle, il était assorti à une coiffeuse, un bureau et deux tables de nuit, tous de style provincial à la française.

Kendra régla leurs achats, qui devaient être livrés le lendemain à la première heure, et reprit le chemin de la maison.

Au moment où elles remontaient l'allée jusqu'au cottage, Madison, qui était restée plongée dans ses pensées durant tout le trajet, s'écria :

— Maman, on a oublié ton lit !

— J'en ai déjà un, ma chérie.

Elle avait déjà sélectionné dans la grande maison quelques meubles de taille modeste à emporter dans leur nouveau foyer. La plupart des meubles étaient trop massifs et trop raffinés, mais un des lits doubles de l'une des chambres d'amis ferait l'affaire, ainsi que le canapé à fleurs du bureau. Quant à la table et aux chaises, elle les prendrait dans les anciens appartements d'Opal.

Elle désirait garder de la place pour de nouveaux meubles — et surtout ne pas s'encombrer de trop de souvenirs.

Laissant Madison raconter son excursion dans le grand magasin à Daisy, elle s'attela à la préparation du dîner. Elle était en train de hacher des légumes pour une salade, où elle comptait ajouter un reste de blanc de poulet, coupé en lamelles, quand elle entendit un véhicule remonter l'allée, puis une portière claquer.

Se penchant à la fenêtre de la cuisine, elle aperçut… Hutch.

Un nœud à l'estomac et le cœur battant la chamade, elle s'essuya hâtivement les mains sur un torchon.

Madison, qui jouait avec Daisy devant la maison, se précipita vers lui. Hutch l'attrapa au vol et l'installa sur ses épaules, où elle s'agrippa en riant.

Les derniers rayons de l'après-midi dansaient dans

leurs cheveux — couleur beurre de cacahuète pour Hutch et cuivre roux pour Madison —, et Daisy sautait autour d'eux en aboyant.

Le temps de quelques secondes, Kendra eut devant elle un tableau d'une beauté indicible, une vision surnaturelle de ce que pouvait être la vie de famille. Tous trois semblaient si heureux, si parfaitement à leur place.

Réprimant son émotion, elle se ressaisit et sortit dans le jardin.

— Je suis passé tout à l'heure, mais tu n'étais pas à la maison, lança Hutch.

Il saisit Madison et la reposa à terre malgré ses protestations.

Comme Kendra, trop bouleversée pour parler, ne disait mot, Hutch s'approcha d'elle, le sourire aux lèvres, traînant Madison qui s'escrimait à l'escalader comme un poteau de foire. Il finit par la remettre sur ses épaules, puis pencha la tête de côté pour demander ironiquement :

— Allô Kendra, tu m'entends ?

— Entre, marmonna-t-elle.

Il la suivit à l'intérieur et reposa Madison sur ses pieds. Cette fois, la fillette ne protesta pas, semblant se contenter de rester auprès de lui.

Kendra l'invita à s'asseoir et lui apporta une tasse de café bien noir comme il l'aimait.

C'était incroyable le nombre de petits riens dont on pouvait se souvenir à propos d'une personne : ses préférences en matière de café, la bonne odeur de ses vêtements séchés au grand air, même après une journée à chevaucher dans la boue et à planter des poteaux…

Troublée, elle se secoua et envoya Madison, récalcitrante, se laver les mains et la figure avant de souper. Puis elle donna un coup d'éponge sur le plan de travail — plus pour réfléchir que par réel besoin — avant de se tourner vers Hutch et de demander, sur un ton qu'elle espérait amical :

— Tu te joins à nous pour le dîner ?

— Non merci, répondit Hutch sans fournir d'explication, comme à son habitude.

On entendait Madison faire couler l'eau dans la salle de bains, tout en parlant à Daisy de la nouvelle maison, de son nouveau lit, et si elles auraient le droit de regarder la télévision avant d'aller se coucher.

— Pourquoi es-tu ici, Hutch ? demanda-t-elle à voix basse.

Hutch soupira et passa sa main dans ses cheveux.

— Je ne sais pas trop, avoua-t-il, la prenant totalement au dépourvu.

Depuis qu'elle le connaissait, jamais elle n'avait vu Hutch Carmody hésitant ou incertain. L'homme était toujours sûr de tout et de tout le monde, en particulier de lui-même.

— Merci, tu m'aides beaucoup, répliqua-t-elle, consciente que, d'un moment à l'autre, Madison allait revenir dans la cuisine et couper court à toute conversation sérieuse.

Il hésita, comme s'il cherchait quoi dire, avant de reprendre :

— Joslyn m'a dit que samedi, le comité organisait une journée de nettoyage au cimetière des pionniers. Comme d'habitude, il sera suivi d'un pique-nique. Alors je me suis demandé si… euh… si Madison, Daisy et toi auriez envie de venir… avec moi, conclut-il, après s'être éclairci la gorge.

Kendra l'observa, surprise. Non par l'invitation en elle-même, mais par sa nervosité flagrante. Craignait-il tellement d'essuyer un refus ?

Ou redoutait-il, au contraire, qu'elle accepte ?

— C'est d'accord, dit-elle, curieuse de voir sa réaction.

Allait-il faire marche arrière ?

— Génial ! répliqua-t-il en la gratifiant d'un sourire étincelant.

Il se leva pour aller déposer sa tasse dans l'évier et frôla son bras en passant. Ce simple contact la fit frissonner, et aussitôt, des images de Hutch et elle faisant l'amour surgirent à son esprit. O Seigneur…

Heureusement, Madison revint dans la cuisine en courant et lui tendit ses mains propres pour l'inspection rituelle.

— Très bien, approuva machinalement Kendra, avant de s'affairer pour dresser la table.

Madison, ayant promptement fait le compte des verres et des assiettes, remarqua qu'il n'y avait pas trois, mais deux couverts.

— Tu n'as pas faim, vrai cow-boy ? demanda-t-elle.

Hutch posa sur la fillette un regard si doux que Kendra éprouva un nouveau choc, indéfinissable celui-là.

— Je ne peux pas, ma biche, répondit-il. J'ai des chevaux à nourrir et ils aiment que leur souper soit servi à l'heure, comme tout le monde.

— Tu as des *chevaux* ? s'exclama Madison, éblouie, exactement comme elle aurait demandé : « Tu sais marcher sur l'eau ? »

— Bien sûr. Je ne serais pas un vrai cow-boy si je n'en avais pas.

Après avoir médité un moment sa réponse, Madison hocha la tête, puis, soudain, ses yeux s'écarquillèrent.

— Je pourrai monter un de tes chevaux un jour ? S'il te plaît ?

— Ça, c'est du ressort de ta mère.

C'était un langage d'adulte, mais Madison en comprit parfaitement le sens, car elle tourna vers sa mère un visage implorant.

— On verra, répondit Kendra, incapable de lui opposer un refus catégorique.

Tant d'espoir brillait dans ses yeux qu'elle ne se sentait pas le cœur de la décevoir.

Bizarrement, cette réponse évasive sembla satisfaire la fillette qui grimpa sagement sur sa chaise pour attendre le dîner.

— A samedi ! lança Hutch en sortant.

— On va voir le vrai cow-boy samedi ? demanda Madison, tout excitée.

C'était stupéfiant de voir comme peu de chose échappait à une enfant de quatre ans.

Kendra posa le saladier sur la table et leur versa du lait.

— Oui, répondit-elle. Toute la ville se rend une fois l'an au cimetière des pionniers pour le nettoyer avant le rodéo. Pendant la fête, beaucoup de gens aiment le visiter aussi, alors nous voulons tous qu'il soit présentable. C'est pour ça que nous allons tous donner un coup de main. Une fois le travail terminé, un pique-nique est organisé, suivi de jeux pour les enfants.

— Des jeux ? demanda Madison, intriguée. Quoi, comme jeux ?

— Des courses en sac, ce genre de choses. Il y a même des prix.

— C'est quoi une course en sac ?

Kendra lui en expliqua le principe : enfiler un sac à pommes de terre, le tenir à hauteur de la taille et sautiller ainsi jusqu'à la ligne d'arrivée. Pour ne pas se perdre en explications, elle évita de parler de la course sur trois pattes, bien que le souvenir du jour où Joslyn et elle, liées par la cheville, avaient perdu l'équilibre et fait une chute mémorable sur le vénérable gazon du cimetière la fasse encore sourire.

— Des prix ? s'exclama Madison, les yeux brillants.

— Oui, une fois, j'ai gagné une poupée. Elle avait un vrai appareil photo, attaché autour du cou par une lanière en plastique. Je dois l'avoir encore quelque part.

— Wouah ! s'exclama Madison, étonnée. Il y avait des appareils photo quand tu étais petite ?

— Eh oui ! Et aussi des voitures, des avions et même des télévisions ! répondit Kendra en riant.

— Wouah ! répéta Madison avec ravissement.

Après le dîner, elle prit son bain, se mit en pyjama, puis Kendra lui permit de regarder son dessin animé préféré. Allongée sur le tapis avec Daisy, elle fut rapidement absorbée par les images.

Soulagée de n'avoir pas à regarder le film pour la soixante-douzième fois, Kendra s'installa avec son ordinateur portable sur la table de la cuisine.

Elle allait surfer un moment sur le Net pour examiner les annonces immobilières postées par des particuliers de la région. Après tout, elle était agent immobilier. Il suffisait parfois d'un appel judicieux aux propriétaires en question pour récolter de nouveaux clients. La plupart des gens ne se rendaient pas compte à quel point il était complexe de vendre directement un bien. Etablir l'historique de la maison, faire procéder aux bilans exigés par la loi, se procurer l'état de privilège fiscal n'étaient que quelques-uns des écueils qui les attendaient.

Hélas, en dépit de ses bonnes intentions, elle finit, à la place, par lancer une recherche sur Hutch Carmody, utilisant « mariage » comme mot clé.

La page qui surgit à l'écran aurait pu s'intituler « Nous haïssons Hutch ».

Curieusement, la lecture des commentaires déclencha en elle une furieuse envie de le défendre. Et encore plus les photos.

Brylee, la fiancée « séduite et abandonnée », en rage et le cœur brisé dans la robe de mariage de sa grand-mère.

Hutch, l'air misérable, planté bras en l'air dans l'allée, au milieu des invités hébétés, dans une posture signifiant clairement « Arrêtez tout ! ».

Brylee, la mine décomposée, à la Boot Scoot Tavern, arborant un T-shirt qui proclamait « Les hommes, ça craint ! ».

« Méfie-toi », murmura une voix dans sa tête. Peine perdue ! Elle savait qu'elle ne tiendrait aucun compte des avertissements de sa conscience.

Après tout, quel péril courait-elle, en plein jour, dans un cimetière, entourée de Madison et de la moitié du comté ?

5

— Ça ne te paraît pas étrange de faire la fête dans un cimetière ? demanda Kendra à Joslyn, le samedi matin, alors qu'elles aidaient Opal et une douzaine d'autres femmes à disposer des tonnes de plats sur les tables de pique-nique du cimetière des pionniers.

— C'est une des choses que je préfère dans les petites villes, ce mode d'existence où vie et mort sont intimement liées, répliqua son amie, souriante.

Sur ce, ayant quelques problèmes avec son centre de gravité actuel, elle se laissa tomber pesamment sur un banc, au milieu de l'agitation générale.

Réfléchissant aux paroles de Joslyn, Kendra scruta les environs en quête de Madison — attitude qui semblait, chez elle, être devenue un réflexe. Elle finit par la découvrir occupée à *aider* Hutch, Shea et quelques-unes de ses copines de lycée à désherber les abords d'une série de tombes d'âge vénérable. Au loin dominait la haute silhouette du château d'eau, avec « Parable » imprimé en lettres capitales de deux mètres de haut. Son échelle branlante semblait mettre au défi chaque génération successive d'adolescents de l'escalader. Dieu merci, Madison avait d'autres projets pour l'instant.

— Tu dois avoir raison, répondit-elle un peu tardivement à la remarque de Joslyn.

Un bizarre petit hoquet la fit se retourner vers son amie qui, les deux mains pressées sur son ventre, ouvrait des yeux à la fois ravis et inquiets.

— Je crois que c'est le moment, murmura-t-elle gaiement.

— Oh, mon Dieu ! s'exclama Kendra, paniquée. Qu'est-ce que tu veux que je fasse ?

Heureusement, Opal s'approchait déjà, prête à prendre la direction des opérations.

— Maintenant, on se calme, ordonna cette dernière. Des enfants naissent à chaque minute de chaque jour dans cette partie du globe. Tout va bien se passer.

— Va-aaa chercher Slade… Je t'en prie, haleta Joslyn.

Mais personne n'eut besoin d'aller chercher Slade. Pour tout ce qui concernait sa femme, il semblait doté d'un radar.

Soulagée, Kendra le vit s'approcher d'une démarche calme et énergique, un sourire jusqu'aux oreilles.

Il s'accroupit devant Joslyn et lui prit les mains.

— Respire, ma chérie.

Elle hocha la tête en riant et respira plusieurs fois profondément.

— C'est le moment, tu es sûre ? demanda-t-il d'une voix rauque.

— Absolument.

— Alors, réglons cette affaire !

Il se redressa d'un bond et aida Joslyn à se relever, puis, lui enlaçant la taille d'un bras solide comme l'acier, il la soutint pour marcher.

Opal ôta son tablier, le jeta à la femme la plus proche, empoigna son énorme sac en cuir et leur emboîta le pas.

Shea accompagnée de Madison et de Daisy rejoignirent Kendra. En voyant la mine inquiète de Shea, Kendra passa son bras autour de ses épaules et la pressa contre elle pour la rassurer.

— Tout va bien se passer, ne t'inquiète pas.

— Ils m'ont complètement oubliée, murmura l'adolescente, qui regardait s'éloigner Opal et ses beaux-parents avec un air désespéré.

— Non, ma chérie. Ils sont excités et certainement un peu effrayés par la venue du bébé, c'est tout.

Shea se mordilla la lèvre, avala péniblement sa salive, puis se força à esquisser un sourire.

— Rivaliser avec un petit frère ne va pas être facile, reprit-elle d'une petite voix. Surtout qu'il est vraiment leur enfant, lui. Pas moi.

La mère de Shea, la première femme de Slade, à présent remariée, vivait à Los Angeles. Mais Shea, qui adorait son beau-père, avait préféré venir vivre avec lui à Parable, et Slade, qui l'aimait autant que si elle était sa fille, avait accepté. Quant à Joslyn, elle avait rapidement adopté l'adolescente dans son cœur.

Mais apparemment, l'équilibre était fragilisé par cette naissance.

— Shea, tu fais partie de la famille, ne l'oublie surtout pas, affirma Kendra.

Madison, qui n'avait pas quitté Shea depuis leur arrivée, certainement affligée par l'humeur sombre de sa grande amie, glissa la main dans celle de sa mère et leva vers elle ses grands yeux sérieux.

— Est-ce que les bébés ont plus de valeur que les grands enfants ? s'enquit-elle avec sérieux.

— Les bébés sont exceptionnels, mais les grands tout autant, répondit Kendra, émue, au moment où Hutch entrait dans son champ de vision.

Intriguée, elle l'observa qui regardait s'éloigner la voiture de Slade et Joslyn, où Opal, grande et imposante, trônait sur la banquette arrière.

Que signifiait cette lueur dans ses yeux ? Trahissait-elle de l'inquiétude ? De l'envie ?

A l'époque du lycée, Joslyn avait été son premier amour. Alors que la plupart des gens s'attendaient à ce qu'ils se marient, ils s'étaient peu à peu éloignés l'un de l'autre — du moins sur un plan amoureux, car ils étaient restés très proches.

En y réfléchissant bien, elle-même n'avait été que son *deuxième* amour.

Peut-être que c'était pour cette raison qu'il n'était pas intervenu quand elle s'était jetée à corps perdu dans sa calamiteuse liaison avec Jeffrey Chamberlain. Parce qu'il n'avait pas encore fait son deuil de Joslyn.

Qu'est-ce qui prouvait qu'il n'était pas *encore* amoureux d'elle ? En dépit du fait qu'elle soit mariée à son demi-frère, heureuse en ménage et sur le point de mettre au monde un enfant.

Elle disait n'importe quoi ! Et d'ailleurs, que Hutch soit ou non amoureux — et de qui — était le cadet de ses soucis. Il fallait qu'elle garde bien à la mémoire qu'il avait fait souffrir toutes celles qu'il avait aimées. Toutes, sauf Joslyn…

— Shea, tu veux que je te conduise à l'hôpital ? proposa Hutch.

Sa voix la ramena à l'instant présent.

L'adolescente secoua la tête, puis s'écarta de Kendra pour tendre la main à Madison.

— La course sur trois pattes va commencer, dit-elle. Tu veux être ma partenaire ?

Madison hocha la tête avec conviction, puis s'écria « Oui ! », au cas où subsisterait la moindre ambiguïté.

— Dans ce cas, allons voir les prix ! proposa Shea.

Sans plus attendre, toutes deux s'élancèrent en courant à travers la pelouse, poursuivies par Daisy et Jasper, le chien des Barlow.

— Je me demande si Slade et Joslyn sont conscients de l'angoisse de Shea, de sa crainte qu'ils ne l'aiment plus autant après la naissance du bébé, marmonna Kendra.

— Slade porte un amour inébranlable à sa famille, affirma Hutch, beaucoup plus proche qu'elle ne l'aurait cru. Et une chose est sûre, ce n'est pas de notre père qu'il a hérité ce trait de caractère.

Etonnée par la tristesse qui perçait dans sa voix, elle se tourna vers lui pour l'observer.

Hutch avait l'air de regretter sa réflexion sur John Carmody, non pas qu'elle soit fausse, mais parce qu'elle en révélait plus qu'il ne l'aurait souhaité.

— Parle-moi de ton père, dit-elle.

Si elle se souvenait parfaitement du vieux Carmody, elle ne l'avait pas bien connu. Après tout, c'était un adulte et d'une nature extrêmement réservée. Aussi beau que Slade, il mettait un soin religieux à ne se mêler que de ses propres affaires. Et malheur à celui qui se mêlait des siennes.

Hutch lui prit la main et elle le laissa faire. Ils s'éloignèrent des autres pour aller s'asseoir sur un rocher surplombant Parable.

— Il n'y a pas grand-chose à dire, répondit-il. Le vieux et moi n'étions d'accord sur rien, et il m'a clairement fait comprendre que je n'étais pas à la hauteur de ses attentes.

— Tu l'aimais tout de même, non ?

— Oui, confirma-t-il le regard fixé sur le clocher de l'église. Et je suis persuadé qu'à sa manière, il m'aimait aussi. Et toi, tu te souviens de ton père ?

— Non, il est parti bien avant ma naissance.

Etrangement, ils avaient beau se connaître depuis toujours et avoir été très proches, ils avaient rarement évoqué leur enfance respective, trop passionnément absorbés par ce qu'ils vivaient dans le présent pour s'en soucier.

Inévitablement, Kendra pensa à sa mère, Sherry, « une jolie fille un peu fofolle, trop instable pour élever son enfant », selon les commentaires qu'elle avait maintes fois entendus. Elle eut l'impression de remonter le temps et se retrouva soudain dans la cour du mobil-home de sa grand-mère, agrippant sa mère d'une main et la poignée d'une valise jouet de l'autre.

Elle avait cinq ans à l'époque.

Alors que la scène avait eu lieu un quart de siècle plus tôt, elle entendit sa mère jurer, aussi clairement que si c'était hier :

— Je te promets de revenir bientôt. Toi, tu restes là comme une gentille petite fille et tu attends que ta mamie rentre du travail. Elle s'occupera de toi, jusqu'à ce que je puisse revenir te chercher.

Peut-être que la valise, achetée en quatrième vitesse à l'Armée du salut, aurait dû lui mettre la puce à l'oreille et l'avertir sur ce qui se tramait, mais n'étant qu'une gamine innocente et confiante, elle n'avait pas compris que sa mère lui mentait — peut-être inconsciemment pensait-elle réellement ce qu'elle disait ?

Puis sa mère l'avait embrassée sur le front, lui avait encore promis de revenir au plus vite — cette fois, pour de bon — en lui promettant monts et merveilles : une grande maison, un chien et une belle voiture. Elle le pensait, sans doute, mais ses bonnes résolutions n'avaient jamais abouti.

Puis elle était montée dans son vieux break pourri, avant de démarrer et de disparaître dans un nuage de poussière.

Assise sur les marches, bien sagement, Kendra avait attendu. Il ne lui était même pas venu à l'idée de s'enfuir ou de courir après sa mère. Elle lui faisait confiance — si elle avait dit qu'elle reviendrait la chercher, elle le ferait.

Deux heures plus tard, sa grand-mère était enfin arrivée. Après être descendue de voiture, elle avait allumé une cigarette, inspiré à fond la fumée, puis avait traversé la cour pleine de mauvaises herbes pour se planter devant sa petite-fille avec une mine renfrognée.

Toujours assise à côté de sa valise en plastique cabossée, Kendra avait observé son visage ridé, durci par les épreuves, sans y lire le moindre signe de bienvenue ou d'amour.

— Comme si j'avais besoin de me retrouver avec un mioche sur les bras ! avait pesté Alva Shepherd.

Néanmoins, et bien à contrecœur, elle l'avait recueillie, nourrie et logée. La tendresse, bien évidemment, n'était pas au programme.

D'accord, leur relation manquait de gaieté et d'affection, mais… on ne pouvait pas tout avoir ! Et puis, si Sherry ne l'avait pas déposée ce jour-là, Kendra serait probablement morte dans l'accident de voiture qui avait coûté la vie à sa mère, six mois plus tard.

Sa grand-mère avait manifestement considéré cet accident comme l'épilogue logique d'une vie dissolue, cependant, après le drame, elle s'était montrée légèrement plus gentille avec elle. Non par compassion, mais parce qu'à la suite de l'accident, Kendra recevait tous les mois un petit chèque du gouvernement et que cela mettait du beurre dans les épinards.

— Kendra ?

La voix de Hutch la fit retomber sur terre.

— Il y a trop de gens cassés de par le monde, murmura-t-elle.

Après l'avoir longuement considérée avec un regard indéchiffrable, il esquissa un rapide sourire.

— C'est vrai, dit-il, mais il y en a aussi beaucoup qui sont suffisamment solides pour rester dans la course.

Des cris joyeux éclatèrent dans le lointain, indiquant que les jeux avaient débuté.

Hutch avait raison. Tous ces gens en étaient la preuve vivante. Des gens prêts à s'unir pour nettoyer un vieux cimetière décrépit, préparer des montagnes de salade de pommes de terre et de hot dogs, et organiser des jeux pour des enfants qui se rappelleraient toute leur vie ce jour de fête communautaire baigné de soleil.

« Pourvu qu'il existe toujours des lieux comme Parable ! », songea Kendra. Oui… Pour que des enfants puissent y venir au monde, grandir, se marier et y vivre les plus belles années de leur vie en restant toujours reliés à leur histoire et à leur communauté, armés de la certitude d'appartenir à un tout.

Cette stabilité était ce à quoi elle aspirait pour Madison et pour elle-même. Car son histoire n'avait pas pris fin le jour de sa rencontre avec sa grand-mère, devant un mobil-home miteux. Parce que, ensuite, Opal l'avait accueillie dans son cœur, et Joslyn était devenue la sœur qu'elle n'avait jamais eue. Parce que, sans hésitation, les âmes généreuses de Parable l'avaient prise sous leurs ailes, l'acceptant comme une des leurs.

Cette pensée lui fit monter les larmes aux yeux.

Etonné, Hutch lui prit le menton et demanda avec une gentillesse qui lui coupa le souffle :

— Qu'y a-t-il ?

— J'étais en train de me dire que la vie est parfaite, même quand elle est *im*parfaite, murmura-t-elle, la gorge serrée par l'émotion.

— C'est vrai qu'elle vaut le coup. Ça te dit de faire la course sur trois pattes ? Tu es la seule avec qui j'aurais envie d'être lié par la cheville.

Elle accepta en riant, et ils coururent se joindre aux réjouissances.

L'hôpital du comté de Parable était un établissement de taille modeste aux murs laqués de blanc. Le fait que la plupart des membres de l'équipe soignante étaient de la région sécurisait les patients qui s'y rendaient ; ils savaient qu'ils seraient pris en charge par des amis, à défaut, par des amis d'amis ou, mieux, des membres de leur famille.

Hutch n'y avait pas remis les pieds depuis la mort de son père mais, aujourd'hui, c'était pour saluer l'arrivée du tout dernier habitant de la ville, né quelques heures plus tôt. Le panneau, à l'entrée de la ville, était équipé de chiffres électroniques permettant de modifier la population chaque fois que quelqu'un poussait son premier cri, rendait son dernier soupir, emménageait ou déménageait.

Après le pique-nique, les jeux et la remise des prix, il avait déposé Kendra, Madison et le chiot devant leur nouvelle maison, puis était rentré chez lui en coup de vent pour prendre une douche, se raser et se changer, avant de revenir en ville.

Debout à côté de lui, Slade lui pressa brièvement l'épaule.

— Tu as fait du bon boulot, frérot, déclara Hutch, les yeux fixés sur le petit ballot emmailloté de bleu dans son berceau en plastique.

— Merci, mais c'est Joslyn qui a fait le plus dur, c'est elle qu'il faut complimenter.

Hutch acquiesça en souriant. Le nourrisson venait de naître et pourtant, comme son père, c'était déjà le portrait craché de John Carmody. Certainement un moyen que le vieux avait trouvé pour garder un ancrage en ce monde, malgré le fait qu'il soit enterré six pieds sous terre.

— Comment allez-vous l'appeler ? demanda-t-il.

— Trace. Trace Carmody Barlow, répondit sur un ton émerveillé Slade, qui semblait avoir du mal à croire à son bonheur tout neuf.

Le choix du deuxième prénom déstabilisa Hutch. Si, techniquement, Slade était un Carmody, leur père ne l'avait pas élevé, ne l'avait même pas reconnu. Sauf dans son testament, en lui léguant la moitié de sa fortune et la moitié de son ranch. Ce détail ramena de sombres pensées dans l'esprit de Hutch…

En apprenant que son père avait cédé la moitié du ranch à Slade, il avait cru devenir fou. Whisper Creek faisait partie de lui. Il s'identifiait à ce ranch. S'il avait dû en céder la moitié, il aurait eu l'impression d'être coupé en deux. Mais après des semaines d'angoisse et de discorde, Slade lui avait revendu sa part, achetant des terres qui jouxtaient Whisper Creek, pour y créer son propre ranch, Windfall. Et pour ça, Hutch lui en serait éternellement reconnaissant.

— C'est une manière de revendiquer notre identité, à Trace et à moi, expliqua Slade, interprétant son silence comme de la réprobation.

Troublé, Hutch avala péniblement sa salive, avant de demander des nouvelles de Joslyn.

— Elle voulait prendre son fils sous le bras et le

ramener à Windfall sans attendre, répondit Slade en riant. Mais Opal et moi nous y sommes opposés. Nous avons insisté pour qu'elle passe la nuit ici. Pour une fois, elle a obéi ! Tu as amené Kendra et sa gamine au nettoyage du cimetière, enchaîna-t-il sur un ton innocent.

— Un pique-nique dans un cimetière, génial comme lieu de rendez-vous, hein !

— Pour notre premier rendez-vous, j'ai bien emmené Joslyn à une foire aux bestiaux, lui rappela Slade, amusé. L'esprit romantique ne doit pas être une caractéristique familiale.

— J'en doute.

Tous deux se mirent à rire.

— Merci d'être venu voir mon fils, dit Slade.

Hutch hocha la tête et prit congé de son frère, qui préféra continuer à admirer son fils.

Arrivé dans le couloir, il trouva Shea et Opal en train de discuter avec une Callie Barlow rayonnante.

— Eh bien, tu en as un beau petit frère, dit-il à l'adolescente.

— C'est le plus beau de toute la nurserie ! lança Shea avec un sourire radieux.

Apparemment, elle avait surmonté sa peur d'être abandonnée et ne semblait plus craindre la rivalité.

— Félicitations, reprit-il en se tournant vers Callie qui, les yeux brillant de larmes, serrait la jeune fille sur son cœur.

Il avait beau connaître cette femme depuis toujours, c'était probablement la première fois qu'il lui adressait la parole. Non par mépris — elle avait dû être sincèrement amoureuse de son père puisqu'elle avait eu un enfant de lui — mais parce que le chagrin et la colère que cette liaison avait causés à sa mère restaient toujours présents à sa mémoire. Mais le temps avait passé. Sa mère était morte depuis longtemps, et reconnaître l'existence de Callie ne lui donnait plus l'impression de la trahir.

— Merci, Hutch, répondit Callie en s'essuyant les yeux d'un revers de la main.

Il embrassa Opal qui le toisa d'un œil réprobateur. D'une manière ou d'une autre, elle considérait que chaque habitant de Parable relevait de sa responsabilité personnelle.

— Tu maigris à vue d'œil, mon garçon, dit-elle. Il va falloir que je m'installe à Whisper Creek pendant une bonne quinzaine et te fasse la cuisine pour que tu te remplumes. Et on peut savoir qui te repasse tes chemises ? Un chimpanzé ?

— C'est un tissu spécial, elles se passent de repassage, répondit-il avec un air de défi.

— Qu'est-ce que c'est que ce bobard ? répliqua Opal. Une chemise doit être repassée.

Il devenait pressant de détourner la conversation…

— Merci pour votre offre, Opal, c'est très gentil, dit-il avec sincérité. Mais Joslyn va avoir besoin de vous pour l'aider à s'occuper de Trace.

— A l'heure où nous parlons, sa mère est déjà en route pour Parable, répliqua la vieille dame. Pendant une semaine ou deux, c'est elle qui s'occupera de la maison. J'arriverai chez toi demain à la première heure avec ma valise. Prépare-toi à me recevoir.

Il ouvrit la bouche pour protester, mais la referma aussitôt. A quoi bon argumenter ? Une fois qu'Opal Dennison avait une idée en tête, rien ne pouvait l'en faire démordre. Si elle avait décidé de régenter sa maison — et sa vie par la même occasion —, elle ne s'en priverait pas. Autant essayer d'arrêter une tornade déchaînée en plein essor ! Mieux valait se tenir à l'écart de son chemin et attendre que la poussière retombe.

— Bon. Alors, à demain, lança-t-il, résigné.

— En rentrant, achète des produits ménagers, et un fer efficace, si tu n'en as pas chez toi.

Il préféra hocher la tête sans ajouter un mot.

*
* *

A l'ouverture des portes de l'ascenseur, Kendra se retrouva nez à nez avec Hutch.

Ils avaient beau avoir passé une bonne partie de la journée ensemble au cimetière des pionniers, cette rencontre inopinée la déstabilisa.

Après avoir examiné sa robe d'été en coton — elle s'était changée au retour du pique-nique —, Hutch lui sourit.

— Où est Madison ? demanda-t-il.

— En bas. La standardiste veille sur elle.

— Je l'embrasserai en passant, dit-il, avant d'entrer dans l'ascenseur.

Les portes se refermèrent, et elle se retrouva seule, avec l'étrange impression d'avoir rêvé ce bref échange. Toute cette folle journée aussi.

Avait-elle vraiment participé à la course à trois pattes tout à l'heure, avec Hutch Carmody ?

Apercevant, au bout du couloir, Callie, Shea et Opal, elle s'empressa de les rejoindre.

— Comment va la jeune maman ? demanda-t-elle.

— Tu vas pas le croire ! s'exclama Shea, en levant les yeux au ciel. Joss veut rentrer à la maison *tout de suite*. Heureusement que papa et Opal l'obligent à rester pour la nuit. C'est plus sûr.

— J'en déduis qu'elle est en pleine forme, fit remarquer Kendra en riant.

— Une forme du tonnerre, et le petit Trace aussi, intervint Callie. C'est le portrait craché de son père. Un vrai Slade Barlow en miniature.

— Papa marche sur un nuage, renchérit Shea, ravie.

— La mère de Hutch se retournerait dans sa tombe si elle le voyait porter en public cette chemise toute froissée, bougonna Opal. Mme Carmody était très soucieuse de ce genre de choses.

Devant l'embarras manifeste de Kendra, Shea glissa

la main sous son bras et murmura sur un ton de conspiratrice :

— Ne t'inquiète pas. Ces jours-ci, Opal fait une fixation sur le linge, mais ça lui passera.

— Ah, tu me rassures, répondit-elle sur le même ton, avant de se glisser dans la chambre de Joslyn.

Envahie par les fleurs, la petite pièce ressemblait plus à un jardin qu'à une chambre d'hôpital.

Son amie, assise sur son lit, bien coiffée, le visage lisse et les yeux brillants, rayonnait de joie.

— Est-ce que tu l'as vu ? s'empressa-t-elle de lui demander gaiement.

— Pas encore, je viens d'arriver.

— Il me tarde déjà d'en avoir un autre.

— Quoi ? protesta Slade. Tu sors tout juste de la salle d'accouchement !

S'approchant du lit, il se pencha vers Joslyn et lui effleura les lèvres.

Kendra, qui n'était pas tout à fait remise de sa rencontre avec Hutch, en sortant de l'ascenseur, se souvint brusquement du bouquet d'œillets jaunes qu'elle avait apporté. Elle lui chercha une place parmi le fouillis végétal multicolore qui emplissait le moindre recoin de la chambre.

Une infirmière entra avec le petit Trace et le déposa avec précaution dans les bras de Joslyn. En voyant ses amis penchés sur leur bébé, Kendra fut envahie par une vague de tendresse, mêlée d'un zeste de jalousie. Réaction suivie aussitôt d'une vague de culpabilité. Elle aimait Madison d'un amour si passionné que souhaiter un enfant à elle était indécent !

Joslyn s'arracha à la contemplation de son fils pour la considérer avec affection et, pendant quelques secondes, circula entre elles cette tranquille compréhension que seules deux amies très proches peuvent partager.

— Je… je peux le prendre ? demanda timidement Shea qui était entrée à la suite de l'infirmière.

— Bien sûr, répondit Joslyn avec un sourire. Viens, je vais te montrer comment tenir sa tête…

Et, aussi simplement que cela, Shea prit place dans sa nouvelle famille élargie. A présent, les Barlow étaient quatre.

Kendra eut l'impression subite que les murs se rapprochaient. Il fallait absolument qu'elle sorte respirer. Elle avait besoin d'air et d'espace. Son émotion était si forte…

Redoutant que Joslyn se méprenne si elle la voyait pleurer, elle profita de l'entrée de Callie et d'Opal pour sortir.

— Je te rendrai visite chez toi, dit-elle vivement.

— Attends ! lança Joslyn. Avant que tu t'en ailles, j'ai quelque chose à te demander. C'est important.

Essayant de contrôler les battements de son cœur, elle s'approcha du lit.

— Veux-tu être la marraine de notre fils ? demanda Joslyn en s'emparant de sa main glacée qui tremblait.

Une requête toute simple, qui pourtant remua Kendra jusqu'au tréfonds de son âme.

— J'en serais très fière, répondit-elle, la gorge nouée.

— Bien, je t'en remercie, murmura Joslyn, aussi émue qu'elle.

Paralysée par l'émotion, Kendra caressa la minuscule tête du bébé, puis elle tourna les talons et s'enfuit de la chambre. Assaillie par un torrent de larmes dès qu'elle fut dans le couloir, elle fonça vers les toilettes.

Là, elle s'aspergea la figure d'eau froide un long moment, puis s'essuya avec une serviette en papier. Quelque peu calmée, elle prit une profonde inspiration et redressa les épaules, prête à affronter le monde — presque dans son entier.

Au rez-de-chaussée, Madison, assise au bureau principal, dessinait avec un air important, ravie de se trouver au centre de l'attention.

Kendra tressaillit en voyant Hutch en grande conversation avec la réceptionniste, une jeune fille d'à peine vingt ans — Darcy, d'après son badge —, qui buvait ses paroles en le dévorant d'un regard émerveillé.

Pourquoi était-il encore là ? Elle pourrait certainement dissimuler ses yeux gonflés à sa fille, mais Hutch, c'était une autre histoire… Mais il l'avait vue, et elle fut bien obligée de rejoindre le petit groupe. Et, bien entendu, il remarqua ses yeux rougis.

— Je vais vous raccompagner, Madison et toi, dit-il. Je demanderai à un de mes vachers de te rapporter ta voiture chez toi.

— Maman pleure quand elle est heureuse, clama Madison. C'est ce qu'elle m'a dit quand nous sommes allées à Three Trees m'acheter un lit.

— Pleurer et conduire ne font pas bon ménage, fit remarquer Hutch avec un sourire en coin. Surtout quand on transporte un fardeau si précieux.

— Qu'est-ce que c'est un phare d'eau prétentieux ? s'enquit Madison.

— C'est toi, répondit-il.

Kendra n'avait pas encore réussi à dire un mot, mais il n'était pas question de refuser l'offre de Hutch de la raccompagner. Cela l'aurait fait passer pour une mauvaise mère, prête à risquer la vie de sa fille pour épargner son orgueil. Même si elle était parfaitement capable de conduire. Ce n'était pas comme si elle avait bu, tout de même !

Alors elle céda et lui dit même « merci ».

Dès qu'ils furent à l'extérieur, Hutch alla récupérer le siège-auto de Madison dans la Volvo, et en un tournemain, le fixa dans son camion et installa la fillette dedans avec cette dextérité qu'elle connaissait si bien et qui donnait l'impression que ce rancher célibataire, ce bourreau des cœurs local, avait fait cela toute sa vie.

Manifestement aux anges, Madison couva Hutch du regard pendant toute l'opération.

Kendra sourit, émue, mais fut brusquement parcourue par un frisson d'angoisse. Si elle était capable de s'interdire de tomber amoureuse de Hutch Carmody, pourrait-elle éviter que Madison s'attache à lui ? Vu le lien qui semblait déjà exister entre ces deux-là, l'entreprise s'annonçait difficile.

En dépit de sa sauvagerie, Hutch pouvait se montrer d'une rare gentillesse. Il aimait sincèrement les gens, particulièrement les enfants. L'aisance chaleureuse avec laquelle il leur parlait donnait à chacun la sensation d'être exceptionnel, pour ne pas dire unique. Il agissait de même avec les femmes.

Et à partir de là…

Elle se secoua et chassa ces pensées fâcheuses de son esprit.

Peut-être que si elle s'interdisait de s'attacher à Hutch, Madison l'imiterait.

6

A leur entrée dans la nouvelle maison encore envahie par les cartons du déménagement, Madison prit Hutch par la main et le remorqua littéralement d'une pièce à l'autre pour lui faire visiter les lieux. Bien sûr, Daisy leur emboîta le pas et, soucieuse de mettre son grain de sel, ponctua la visite par de petits aboiements ravis.

Kendra, émotionnellement éprouvée par cette longue journée fertile en événements, se retira dans la cuisine. Elle hésita à préparer du café. Si elle en buvait maintenant, elle risquait de tourner dans son lit une bonne partie de la nuit. Toutefois, Hutch serait peut-être ravi d'en prendre une tasse. Et comme il venait de la raccompagner chez elle, le minimum qu'elle puisse faire était de lui offrir un café. Quant au *maximum*, elle n'osait l'envisager…

Au loin, elle entendait le rire cristallin de Madison, les aboiements de Daisy, et les commentaires de Hutch, tous plus ou moins sur le mode « Eh ben dis donc, ça c'est quelque chose ! ».

Le temps que les trois explorateurs reviennent dans la cuisine, elle avait préparé un café pour Hutch et une tisane pour elle.

— C'est un sacré changement par rapport au manoir, lui fit remarquer Hutch, tandis que Madison se ruait vers la porte de service en annonçant que Daisy avait besoin de sortir et vite !

Kendra lui tendit son café en esquissant un sourire.

— Bonne idée, merci, dit-il en s'emparant de la tasse

qui parut soudain aussi fragile qu'une porcelaine de Chine dans sa puissante main de rancher.

Comme elle lui faisait signe de s'asseoir, il tira une chaise mais attendit qu'elle soit installée pour prendre place à son tour.

Les bonnes manières de Hutch faisaient partie de ses nombreuses contradictions. Capable d'abandonner une femme vêtue de la robe de mariée héritée de sa grand-mère au pied de l'autel, de lui briser le cœur en présence de sa famille et de tous ses amis réunis, il ouvrait galamment la porte aux femmes de tous âges, ainsi qu'aux hommes âgés.

Dehors, on entendait Madison inciter Daisy à se montrer une bonne fille et à se presser de faire sa petite affaire pour qu'elles puissent vite rentrer voir le vrai cow-boy.

Hutch sourit, amusé. Elle lui retourna son sourire en se demandant si la vue du bébé de Slade et Joslyn avait déclenché en lui le même méli-mélo de sentiments que chez elle. Elle savait qu'il désirait ardemment une famille, car à l'époque où ils sortaient ensemble, le nombre d'enfants qu'ils auraient, la répartition idéale entre filles et garçons et même leurs futurs prénoms, figuraient parmi ses sujets de prédilection. A cette pensée, elle fut accablée par une lassitude mêlée de chagrin qui lui fit monter les larmes aux yeux.

— Eh bien, quelle journée ! s'exclama-t-elle, pour briser le silence.

— Oui, on peut le dire, répondit Hutch, après avoir pris tout son temps, comme à son habitude.

Et cette habitude était particulièrement exaspérante chez lui. Sauf dans un lit…

« Attention, ne t'engage pas sur cette voie ! », se morigéna-t-elle, submergée par une vague de chaleur qui lui empourpra les joues.

Comme il fallait s'y attendre, Hutch le remarqua. Alors qu'il négligeait les signaux qui auraient dû attirer son attention, il percevait immanquablement ce qu'elle cherchait à cacher !

Confuse, elle se détourna, le temps de surmonter l'émoi causé par ce souvenir plus que gênant.

Heureusement, le retour dans la cuisine de Madison et de Daisy l'aida à recouvrer son sang-froid. La fillette se mit à tourbillonner autour de Hutch comme une mouche autour d'une ampoule électrique, et Kendra finit par l'envoyer dans le salon regarder la chaîne de dessins animés pendant la demi-heure de télévision rituelle, avant le bain et le coucher. Non pas parce qu'elle souhaitait se débarrasser d'elle, mais parce que son adoration éperdue pour Hutch lui portait sur les nerfs.

Dès qu'ils se retrouvèrent en tête à tête, Kendra ne perdit pas une seconde pour lancer le sujet qui lui tenait à cœur.

— Hutch, je t'en prie, ne la laisse pas s'attacher à toi, murmura-t-elle. Madison a déjà subi suffisamment de pertes comme ça.

Il fut si interloqué qu'il en pâlit, mais, en un millième de seconde, sa stupéfaction se mua en rage froide.

— Qu'est-ce que tu veux dire par là ? gronda-t-il sur un ton menaçant.

Accablée, Kendra ferma brièvement les yeux et se massa les tempes du bout des doigts avant de bredouiller :

— Je ne voulais pas…

— Qu'est-ce que tu as voulu dire par là ? répéta-t-il en la foudroyant du regard.

Elle connaissait bien ce regard. Hutch n'allait pas passer l'éponge. Il allait la harceler et la pousser dans ses derniers retranchements, exiger la vérité, quitte, s'il le fallait, à camper toute la nuit sur cette chaise, jusqu'à ce qu'il ait obtenu une réponse qui le satisfasse. Alors autant lui donner satisfaction le plus rapidement possible.

— Madison n'a que quatre ans, bredouilla-t-elle, embarrassée. Elle ne comprend pas que ton charme est comme le soleil ou la pluie, et qu'il a tendance à s'exercer sur tout le monde.

Puis, désireuse de clarifier les choses, elle ajouta avec conviction :

— Hutch, je ne veux pas qu'elle s'attache trop à toi, et tu te montres si gentil avec elle qu'elle risque de se faire des illusions à ton sujet.

Il la fixa comme s'il avait mal compris, puis, il passa la main dans ses cheveux en serrant si fort les dents qu'elle les entendit grincer.

— Tu crois que je m'amuse avec les gens ? Avec les *enfants* ? demanda-t-il d'une voix blanche. Tu penses que je joue à leur faire croire que je les aime pour ensuite avoir le plaisir de piétiner leurs sentiments ?

Dit comme ça, la situation était plutôt moche, en effet.

Elle se redressa pour le regarder bien en face.

— Les enfants peut-être pas, mais tu ne peux nier que tu adores jouer avec les femmes. Je suis sûre que Brylee Parrish ne serait pas la seule à appuyer ma théorie.

— Parce que tu crois toutes ces…

Il s'interrompit pour regarder furtivement par-dessus son épaule, certainement pour vérifier que Madison n'était pas à portée de voix, puis chuchota :

— Tu crois toutes ces *conneries* sur internet ?

Kendra laissa échapper un petit rire qui la surprit elle-même.

— Les photos ne mentent pas, rétorqua-t-elle. Et les faits que j'évoque sont bien plus anciens que ta récente condamnation sur le Web. Peut-être as-tu oublié qu'un des cœurs que tu as brisés était le mien ?

Il ne semblait toujours pas en croire ses oreilles.

— Peut-être as-tu oublié que nous vivions une relation heureuse avant que tu ne décides de ruer dans les brancards pour devenir lady Chamberlain ? riposta-t-il sèchement.

— Ce n'est pas du tout ce qui s'est passé !

— Ne te gêne pas, réécris l'histoire à ta guise !

Oubliant son café à peine entamé, il repoussa sa chaise et se leva d'un bond, gardant assez de contrôle pour ne pas racler le carrelage.

— En réalité, chérie, c'est *toi* qui m'as laissé tomber ! jeta-t-il d'un ton sec.

A cet instant, quelqu'un frappa sur la porte-écran, et un visage masculin apparut.

— Je ramène la voiture de miss Shepherd, lança l'homme en faisant tinter le trousseau de clés.

Hutch traversa la pièce, ouvrit violemment la porte, se rua à l'extérieur et passa sous le nez de son employé sans même lui adresser un regard.

Après avoir regardé son patron d'un œil intrigué, l'homme tendit les clés à Kendra.

— Merci, murmura-t-elle en s'approchant pour les prendre.

— C'était un plaisir, m'dame, répondit celui-ci en effleurant le bord de son chapeau. On dirait que ce n'est pas le moment idéal pour demander une augmentation au patron, ajouta-t-il, une lueur malicieuse dans les yeux.

— Non, je ne crois pas, répliqua-t-elle, en se forçant à lui sourire.

Qu'avait-il entendu de leur conversation ? Mais le mal était fait, maintenant. Il était inutile de pleurer sur le lait renversé.

Un crissement de pneus la fit tressaillir. Hutch était parti. Fou de rage et très en colère après elle.

Elle remercia l'employé du Whisper Creek, referma successivement la porte-écran et la porte intérieure, et se retrouva devant une Madison qui la regardait d'un air angoissé.

— Le vrai cow-boy est parti sans me dire au revoir, balbutia la fillette, la lèvre tremblotante.

Devant son chagrin, Kendra estima que la situation imposait exceptionnellement de mentir.

— Il se trouve que M. Carmody était très pressé,

expliqua-t-elle. Il m'a demandé de te saluer et de te dire qu'il était désolé de devoir partir si vite.

Ces bonnes paroles ne produisirent pas le réconfort escompté. Toutefois, Madison sembla accepter le mensonge. Du moins, jusqu'à un certain point, car, quelques secondes après, elle reprit :

— J'ai entendu des voix en colère.

Oh non… Pourtant, malgré l'envie qui la tenaillait de hurler — et Hutch certainement tout autant —, ils avaient fait très attention de ne pas hausser le ton. Pas assez, vraisemblablement.

— Il est temps de prendre ton bain et de lire une histoire, lança Kendra, désirant plus que tout que les choses reprennent leur cours normal.

Hutch avait un sacré culot ! Comment osait-il prétendre que c'était elle qui avait rompu ? Alors qu'il l'avait pratiquement poussée dans les bras de Jeffrey avant de s'éloigner en sifflotant !

— Il faut que tu sois gentille avec les gens, la sermonna Madison. C'est ce que tu me répètes tout le temps.

— Nous discuterons de cela plus tard, si tu veux bien, décréta Kendra en poussant sa fille vers la salle de bains.

— D'accord. Qu'est-ce qu'on mange ce soir ?

Seigneur ! Ce détail lui était totalement sorti de l'esprit.

— J'avais pensé à… des sandwichs grillés. Qu'est-ce que tu en dis ?

Madison la scruta un moment, comme si elle cherchait à deviner ce qu'elle ne lui disait pas, puis finit par hocher la tête.

— J'aime beaucoup les sandwichs grillés.

— Moi aussi, renchérit Kendra en souriant.

Pendant que sa fille se déshabillait sous la surveillance de Daisy, elle fit couler quelques centimètres d'eau dans la baignoire, et y ajouta du bain moussant.

Madison grimpa dans la baignoire et prit son éponge rose et son savon favori en forme de canard.

— Daisy peut venir dans le bain avec moi ? demanda-t-elle.

— Pas cette fois, ma chérie, répondit Kendra, préférant éviter un « non » catégorique.

Désappointée, la fillette poussa un gros soupir et, parfaitement capable de se laver toute seule, commença sa toilette.

— Maman ! Je suis propre, lança-t-elle, quelques minutes plus tard.

Malgré une douleur persistante dans la région du cœur, Kendra l'embrassa en souriant et l'enroula dans une serviette.

Hutch avait toujours excellé dans l'art de laisser glisser les choses — il le fallait bien, avec son père —, mais à la suite de sa dispute avec Kendra, il éprouvait une furieuse envie de se battre.

Avec n'importe qui et sous n'importe quel prétexte.

Aussi, quand juste avant l'embranchement de Whisper Creek, les lumières de la voiture de police de Boone Taylor surgirent dans son rétroviseur, il fut presque satisfait de se ranger sur le bas-côté.

— Quoi ? grommela-t-il en abaissant sa vitre.

— Tu cours éteindre un incendie ? s'enquit son ami. Je viens de te flasher à 80 sur une portion à 50.

Hutch jura en étreignant le volant un peu plus fort.

— Désolé, mentit-il en gardant les yeux rivés sur la chaussée poussiéreuse.

Avant de rejoindre la nationale, la vieille route effectuait une série de lacets, puis elle filait droit vers l'Idaho et l'Etat de Washington, et il éprouva l'envie subite de la suivre jusqu'à l'océan Pacifique.

— Hutch, regarde-moi, ordonna Boone, aussi sérieux qu'un croque-mort.

— File-moi ta contravention, qu'on en finisse !

— On t'a piqué ton porridge, ce matin, ou quoi ?

— Je suis assez préoccupé en ce moment, ça te va comme réponse ? répliqua-t-il, hargneux.

— Je sais bien, n'empêche que je ne peux pas te laisser foncer comme un dingue à travers mon comté, rétorqua Boone en fourrageant dans ses cheveux. Les gens vont dire que je ferme les yeux quand mes amis transgressent la loi, et ça, je ne peux pas me le permettre, tu le sais très bien.

— Alors file-moi ta contravention, répéta Hutch, qui brûlait d'envie de seller son cheval et de galoper dans le crépuscule, d'escalader la Big Sky Mountain à pied ou n'importe quoi, plutôt que de rester coincé sur ce siège !

— Pas de problème.

Boone ôta son carnet à souches de sa ceinture, griffonna sur une page, la détacha et la lui tendit.

Hutch lui arracha la contravention des mains, se retenant de justesse de la froisser et de la balancer par la vitre, par pur esprit de provocation. Boone était son ami depuis l'enfance, il ne pouvait pas lui faire ça.

— Merci, lança-t-il sur un ton rogue.

— Je répondrais volontiers : « De rien, ce fut un plaisir », mais tu es de si bonne humeur que tu pourrais t'en offusquer, répliqua Boone en riant. J'ai terminé mon service. Je rentrais chez moi quand je t'ai vu me filer sous le nez comme une chauve-souris issue de l'enfer. Que dirais-tu de me suivre jusqu'à la maison ? On pourrait boire quelques bières en se lamentant sur notre sort.

A son corps défendant, Hutch ne put s'empêcher de rire.

— Très bien, marmonna-t-il. Si tu promets de ne pas me poursuivre pour conduite en état d'ivresse, après m'avoir fait boire.

— Tu as ma parole, promit Boone. On se retrouve là-bas.

Quelques minutes plus tard, Hutch se garait devant chez son ami. Le terrain de Boone était magnifique. Aux confins de Parable, il s'étalait en pente douce à flanc de colline et surplombait la rivière. Mais l'endroit semblait abandonné, presque dévasté, avec sa monstrueuse caravane, laide à faire peur, et ses deux épaves cabossées enfouies dans les herbes folles. La carrosserie du mobil-home était piquée de rouille, son auvent de fortune s'affaissait au milieu, et devant, trônait une cuvette de W.-C., avec un bouquet de fleurs fanées au milieu.

A l'origine, Boone et sa femme Corrie prévoyaient de vivre dans ce mobil-home le temps de construire la modeste maison de leurs rêves. Mais après la mort de Corrie, quelques années plus tôt, d'un cancer du sein, l'existence de Boone semblait s'être arrêtée.

Les gens allaient même jusqu'à prétendre que s'il avait eu un chien, il s'en serait débarrassé. Le fait est qu'il avait envoyé ses deux fils, Griffin et Fletcher, vivre dans la famille de sa sœur, à Missoula, se figurant probablement qu'ils y seraient plus heureux.

Depuis le décès de sa femme, le premier signe de vie qu'il avait montré avait été se présenter au poste de shérif, quand Slade avait quitté la place. Du coup, ses concitoyens les plus optimistes s'étaient pris à espérer qu'il allait se ressaisir, faire revenir ses enfants à Parable, et reprendre le cours d'une vie normale. Mais Boone, qui aimait Corrie plus que tout et ce depuis la maternelle, semblait avoir renoncé à la vie pour s'enfouir avec elle dans la tombe.

— Cet endroit paraît plus délabré chaque fois que j'y mets les pieds, lança Hutch en descendant de son camion.

Deux petits garçons auraient dû être en train de courir pour accueillir leur père à la fin de sa journée de travail, un chien aboyer joyeusement pour saluer son retour, peut-être même, une femme, souriante, devant la porte d'une maison.

Au lieu de quoi l'endroit était aussi silencieux qu'un cimetière dont les pierres tombales auraient été en métal rouillé.

— On croirait entendre l'éleveuse de poulets, grommela Boone en désignant la parcelle voisine, où Tara Kendall s'était installée, l'année précédente. Cette pimbêche prétend que mon terrain est une offense pour les yeux.

— Elle n'a pas tout à fait tort, répliqua Hutch en riant. Au fait, comment vont les garçons ?

Boone, qui se dirigeait vers le porche branlant, lui jeta un regard acéré.

— Fiche-moi la paix avec ça ! Ils sont très bien chez leurs oncle et tante, avec leurs cousins.

Hutch fit semblant de parer un coup de poing de son ami.

— Rassure-toi, mon vieux, ce n'est pas moi qui te donnerais des conseils sur la manière de gérer ta vie, dit-il. En ce moment, je figure en tête de liste des « dix hommes les plus détestés d'Amérique ». Je suis donc loin d'être une autorité en la matière.

— Bien fait pour toi ! Tu es là où tu mérites d'être ! Je veux dire, sur cette foutue liste. Je savais qu'un jour, tu serais rattrapé par tes frasques. On ne joue pas impunément avec les femmes.

Sacré Boone ! Il vous sortait toujours le fond de sa pensée, que ça vous plaise ou non, songea Hutch, amusé, avant de suivre son ami dans la caravane.

Malgré le désordre ambiant, l'intérieur était relativement propre, mais il était sombre et sentait le célibataire : vêtements moisis d'avoir séjourné trop longtemps dans la machine à laver, ordures entassées dans la poubelle, restes de pizza oubliés depuis la veille sur la table.

Boone ouvrit le réfrigérateur et en sortit deux canettes de bière. Il lui tendit la première, fit sauter l'opercule de la seconde, puis, après en avoir avalé une longue gorgée, ressortit pour aller s'asseoir sur une des chaises longues bancales installées sous l'auvent.

Hutch s'assit à côté de lui.

Après avoir longuement considéré le terrain en jachère, il déclara :

— Mon vieux, pour commencer, ce qu'il te faudrait c'est une épouse.

— A toi aussi, mais tu continues à fuir celles qui te poursuivent.

Hutch sirota sa bière sans répondre. Bien fraîche, elle apaisa sa soif et soulagea légèrement sa tension.

— Dire que Slade est devenu papa ! s'exclama-t-il. Tu peux croire une chose pareille ?

— Bien sûr. Il lui a suffi de poser les yeux sur Joslyn pour tomber raide amoureux. Retiens ce que je te dis : d'ici peu de temps, leur maisonnée sera remplie de petits Barlow.

— Normal, c'est si agréable de fabriquer des gosses, ironisa Hutch. A ton avis, qu'est-ce que Slade possède dont nous sommes dépourvus ? ajouta-t-il, songeur, après un temps de réflexion.

Si Boone ne chercha pas à éluder la question, il pesa toutefois longuement sa réponse.

— C'est vexant à dire, mais je crois qu'il a plus de cran que nous, dit-il enfin. Slade n'a pas peur de jeter son cœur dans la bataille, au risque qu'il soit piétiné. Comparés à lui, nous ne sommes que des froussards.

Choqué par cette vérité bien désagréable à avaler, Hutch prit une longue gorgée de bière. Lui qui n'avait peur de rien, ou presque, devait cependant reconnaître que Boone avait raison.

— Et toi, qu'est-ce que tu redoutes le plus ? demanda-t-il.

Boone s'absorba dans la contemplation de l'horizon pour réfléchir à sa réponse.

— D'aimer une femme autant que j'aimais Corrie et de la perdre, finit-il par murmurer. Je ne crois pas que je pourrais le supporter.

Leur bière à la main, les deux hommes se turent et fixèrent un point sur l'horizon.

Au bout d'un moment, Hutch, jugeant qu'un délai suffisant s'était écoulé, hasarda :

— Boone, tes fils grandissent, ils ont besoin de leur père.

Son ami serra si fort la canette dans son poing qu'il l'écrasa.

— Ils ont besoin de ce qu'ils ont, répondit-il sèchement. Une vie normale dans une famille normale. Enfin, Hutch, tu sais bien que je ne peux pas m'occuper d'eux aussi bien que Molly.

Hutch ravala la réplique évidente qui lui brûlait les lèvres : si Boone s'était ressaisi, il aurait été capable de bâtir un foyer agréable pour ses fils, comme des millions d'autres parents célibataires.

Mais il était mal placé pour donner des leçons de vie de famille.

Lui non plus n'avait ni femme ni enfants qui l'attendaient à la maison. Bon sang ! Il n'avait même plus de chien, depuis que Jasper avait suivi Slade !

— Eh bien, les amis de Brylee en font un sacré raffut sur le Web, lança soudain Boone, après un court silence.

Hutch réprima un soupir. Bien sûr, il n'allait pas s'en tirer à si bon compte avec Boone.

— Je suis une victime de l'ère numérique, répliqua-t-il sur un ton sinistre, après avoir bu quelques gorgées de bière.

— Et aussi innocent que l'agneau qui vient de naître !

Boone portait rarement l'uniforme de shérif. Il s'habillait généralement en jean, bottes et chemise western, comme n'importe quel rancher du Montana, arborant seulement son insigne. Il dégrafa les premiers boutons de son col et prit une longue bouffée d'air, avant de conclure :

— J'ai l'impression que toi et moi sommes destinés à finir en vieux célibataires endurcis.

L'image de Kendra surgit inopinément à l'esprit de Hutch. Il la vit en train de préparer le repas dans sa cuisine. Il vit aussi Madison, et même Daisy, se ruer vers lui pour l'accueillir à son retour… à la maison.

— Il y a des destins moins enviables, dit-il, d'une voix un peu étranglée par l'émotion.

— Ah bon, lesquels ? demanda Boone, perdu dans ses pensées.

— S'être trompé dans le choix de son épouse.

Son ami soupira, termina sa bière, fixa la canette vide, puis répliqua avec une fêlure dans la voix :

— Ça, je ne peux pas le savoir. Corrie était…

Il se tut.

Hutch termina à son tour sa bière et se leva. Du boulot l'attendait au ranch. A quoi bon retarder son retour ? Le vide qui l'attendait à Whisper Creek n'en serait pas moins profond. Autant l'affronter tout de suite.

— Toi et moi, on fait vraiment la paire, observa-t-il en jetant la boîte vide dans une brouette, où un monceau de canettes remplaçait les pots de fleurs de Corrie.

Boone se leva aussi et, après avoir vainement tenté d'esquisser un sourire, demanda :

— Tu vas participer au rodéo annuel ?

Cette année, le 4 juillet tombait un samedi, ce qui était pratique pour tout le monde, Boone excepté. Il allait être obligé de battre le rappel des anciens adjoints pour faire régner le calme à Parable.

— Bien sûr ! Walker Parrish m'a promis le taureau le plus redoutable qui soit né sur cette terre.

— Tu m'étonnes, rétorqua Boone avec un petit rire. Quand ton tour arrivera, je connais quelques spectateurs qui vont encourager le taureau.

— Bah, cela ne changera pas des autres années. Il y a toujours quelqu'un pour prendre le parti de la bête, lança Hutch en se dirigeant vers son camion.

Ses chevaux devaient s'impatienter et se demander ce qu'il attendait pour leur apporter leur ration d'avoine.

— Tâche quand même de réfléchir à tout ça, lui conseilla Boone.

Il ne manquait pas d'air ! Lui qui faisait élever ses fils par sa sœur et son beau-frère et qui laissait les mauvaises herbes envahir son terrain au point qu'elles menaçaient de ne faire qu'une bouchée de sa caravane.

— Réfléchir à quoi ? répliqua Hutch en s'immobilisant.

— A la vie, aux gens. A la fuite du temps. Au fait qu'avant d'avoir compris ce qui lui arrive, un homme se retrouve assis dans une maison de retraite, privé de ses dents et de tout espoir de visite.

— Bon sang ! Tu es vraiment un débile de première !

— Peut-être, mais, moi, je connais mes limites, rétorqua Boone sur un ton moqueur.

— Merci pour la bière ! lança-t-il, avant de monter dans son pick-up et de faire rugir son moteur.

Il bouillonna intérieurement durant tout le trajet, profondément perturbé par ce que Boone avait dit, et surtout qu'ils étaient tous deux qu'une paire de froussards.

A son arrivée à Whisper Creek, il constata qu'Opal était déjà arrivée. Il sauta de son camion en marmonnant un juron et fonça droit à l'écurie, où il passa presque une heure à s'occuper de ses chevaux.

Il faisait déjà nuit quand il termina son travail.

Quand il entra dans la cuisine, il salua brièvement Opal de la tête, évitant de lui demander comment diable elle s'était arrangée pour entrer. En tout cas, une chose était sûre : elle avait fait frire du poulet et cela sentait délicieusement bon.

En le voyant, Opal resserra les cordons de son tablier et le scruta à travers les verres épais de ses lunettes.

— Va te laver les mains avant de manger, ordonna-t-elle.

— C'est ce que je fais d'habitude, répliqua-t-il en se dirigeant vers l'évier.

— Et fais attention à tes bottes, je parie que tu as mis du fumier partout, ajouta Opal avec la rugueuse tendresse qu'elle réservait à ceux qui avaient besoin, selon elle, d'être remis dans le droit chemin.

Exaspéré, Hutch poussa un profond soupir. Il les avait décrottées à l'extérieur, comme on le lui avait appris depuis l'enfance.

— Maintenant que vous êtes là, qui va houspiller Slade ? lança-t-il, moqueur.

— Callie, répondit tranquillement la vieille dame en disposant des morceaux de poulet dans un plat. Je peux donc me consacrer à te corriger et à remettre de l'ordre dans ta maison.

— Si j'en juge par le dîner, vous n'avez pas perdu de temps, reconnut-il, le sourire aux lèvres. Et ça sent rudement bon !

Opal, qui avait la réputation d'être une cuisinière hors pair, se mit à rire.

— Je t'ai préparé de la purée à la sauce de viande, avec des haricots verts aux oignons et au bacon. Assieds-toi, Hutch Carmody, pour manger ton premier repas équilibré depuis la semaine des quatre jeudis.

Il attendit que le dîner soit sur la table et Opal assise pour prendre une chaise, se rappelant avec une amère ironie que c'était exactement le scénario qu'il avait imaginé un peu plus tôt.

A un petit détail près : ce n'était pas la même femme.

7

Le lendemain matin, lorsque Kendra franchit la porte du manoir, celui-ci lui parut étrangement vide. Pourtant, la plupart des meubles étaient toujours en place et une foule de peintres et d'ouvriers s'activaient au rez-de-chaussée.

Elle leva la tête pour contempler le sublime plafond de la gigantesque entrée, s'attendant à éprouver un pincement de regret. Elle avait tout de même passé des moments importants de sa vie dans cet endroit. Un peu de tristesse eût été naturelle.

Or, étrangement, elle ne ressentait qu'un grand soulagement doublé d'une sensation revigorante de lâcher prise. Ou peut-être… l'intuition de devenir une version plus complète et authentique d'elle-même.

Impression aussi réconfortante qu'exaltante.

La première fois qu'elle avait mis les pieds dans cette maison, elle n'était qu'une fillette terrorisée, récemment abandonnée devant un mobil-home planté du mauvais côté de la barrière. A l'époque, c'était Joslyn qui vivait ici avec sa mère Dana, son beau-père Elliott et Opal.

Pour elle, particulièrement à Noël, l'endroit ressemblait à un château, dont la princesse en titre était Joslyn.

Durant son enfance et son adolescence, la seule vue du manoir l'émerveillait. La demeure contenait des pièces pour dormir, manger ou se laver, à l'instar de la plupart des foyers, mais aussi des endroits uniquement destinés à faire pousser des plantes, à jouer aux cartes, à lire, à regarder la télévision ou simplement à s'asseoir pour discuter. Bien sûr, le mobil-home de sa grand-mère possédait des placards, mais ici, on trouvait de vastes dressings avec des compartiments de verre pour les chaussures et les sacs à main, ainsi que d'innombrables salles de bains. Il y avait même un cagibi, mille fois plus grand que leur séjour, où l'on rangeait le papier pour envelopper les cadeaux !

Pour une gamine à qui on tendait un billet en lui disant d'aller s'acheter son cadeau de Noël ou d'anniversaire, un tel raffinement était purement magique.

Hélas, une fois propriétaire de cette monstrueuse résidence, elle n'avait pas tardé à comprendre que ce qu'elle avait convoité n'était ni cette maison ni son luxueux décor.

Non, c'était une famille, avec ce sentiment d'appartenance, cette conviction d'être un élément crucial dans un ensemble plus vaste. Comme la famille de Joslyn — tout au moins avant que n'éclate le scandale qui réduirait à néant la vie dorée de son amie.

Certes, avant l'arrestation de son beau-père pour avoir arnaqué une foule de gens — amis et inconnus confondus —, Joslyn avait eu tout ce qu'elle voulait. Mais si certains, jaloux, estimaient qu'elle n'était qu'une gamine gâtée et égoïste, Kendra la connaissait sous un jour bien différent. Joslyn lui avait offert son amitié, sans jamais l'accabler de sa pitié, et elle avait volontiers partagé ses jouets avec elle et, plus tard, ses vêtements de marque.

Et plus important encore, elle avait accepté de partager sa mère et Opal — sans oublier Spunky, son cocker.

A l'âge adulte, Kendra avait espéré, grâce à Jeffrey, réaliser son rêve : fonder une famille. Triste illusion ! Mais elle avait fini par réussir, d'une manière détournée, en adoptant Madison.

— Bonjour !

Bien qu'elle ait vu les peintres et le camion de l'équipe de nettoyage et sache qu'elle n'était pas seule, la voix la fit sursauter, la tirant brutalement de ses pensées.

Vêtu d'une salopette constellée de taches, Charlie Duke, le patron de Duke's Painting and Construction, lui souriait tout en s'essuyant les mains sur un chiffon.

— Bonjour, madame Shepherd, vous êtes venue voir où en sont les travaux ?

— En quelque sorte, répondit-elle en lui rendant son sourire.

Cela faisait des années qu'elle connaissait Charlie et sa femme, Tina. Si elle les avait rencontrés à l'épicerie ou à la poste, ils l'auraient tous deux appelée par son prénom, mais les Duke étaient des gens à l'ancienne mode. Quand Charlie travaillait, il employait un ton cérémonieux et elle devenait « Mme Shepherd ».

— Nous avons presque terminé le salon principal, annonça le peintre avec une fierté tranquille en la guidant vers le corridor.

Kendra le suivit, telle une touriste visitant un monument dans un pays étranger, avec l'impression de pénétrer pour la première fois dans la maison.

Elle s'était servie du grand salon comme bureau et espace de réception pour son agence immobilière. Les meubles qui n'étaient pas partis dans ses nouveaux locaux étaient toujours là, recouverts de grandes housses en tissu. Les murs, autrefois rose poudré, étaient à présent coquille d'œuf — les couleurs neutres étant préconisées quand on mettait une maison en vente, afin de plaire à une palette d'acheteurs plus étendue.

Elle fit une rapide inspection des lieux, salua les deux fils de Charlie, qui peignaient la cuisine en jaune pâle, puis les membres de l'équipe d'entretien qui nettoyaient les vitres, perchés audacieusement sur de hautes échelles, avant de retourner à sa voiture, où Daisy l'attendait sagement sur le siège passager. En chemin, elles avaient déposé Madison au jardin d'enfants et iraient la rechercher dans l'après-midi.

A son arrivée à l'agence, elle afficha le panneau « Ouvert ».

Elle se trouvait dans la minuscule cuisine, en train de se préparer un café, quand elle entendit quelqu'un entrer. Un grognement sourd de Daisy la poussa à regagner en vitesse la pièce principale.

L'homme qui se tenait sur le seuil, vêtu comme la plupart des hommes du coin d'un jean, de bottes et d'une chemise western, était d'une beauté saisissante.

Il ôta son Stetson pour lui adresser un salut cordial, puis sourit à Daisy qui, ayant décrété qu'il ne représentait pas une menace, flairait à présent la main qu'il tendait à son inspection.

Il fallut quelques secondes à Kendra pour mettre un nom sur son visiteur. S'il ne lui était pas totalement étranger, elle ne reconnaissait pas non plus en lui un citoyen de Parable. Durant ses nombreux déplacements, de nouveaux habitants pouvaient s'être installés en ville, mais il était peu probable que l'un d'eux ait échappé à son attention.

Le visiteur sourit et soudain, elle le reconnut. Walker Parrish, un rancher prospère des environs de Three Trees, qui, en plus, élevait des taureaux et des chevaux sauvages pour les rodéos.

Et le frère de la fiancée délaissée, Brylee Parrish, la dernière victime de Hutch…

Il ne pensait tout de même pas qu'elle avait quelque chose à voir dans cette rupture fracassante, songea-t-elle, soudain inquiète. Tout le monde savait qu'elle était sortie avec Hutch, mais c'était il y a si longtemps qu'il y avait prescription.

Alors qu'est-ce que Walker Parrish pouvait bien lui vouloir ? Vu qu'il possédait une des plus grosses exploitations du comté, il n'était certainement pas venu acquérir des terres, et comme son domaine était dans sa famille depuis plusieurs générations, il était encore moins imaginable qu'il songe à le vendre.

Elle réussit enfin à rassembler assez de présence d'esprit pour lui rendre son sourire et lança :

— Monsieur Parrish, que puis-je faire pour vous ?

— Eh bien, vous pourriez commencer par m'appeler par mon prénom : Walker.

— Très bien, va pour Walker. Moi, c'est Kendra.

— Oui, je sais qui vous êtes, déclara-t-il en lui décochant un sourire en coin. Je viens me renseigner sur votre manoir. Il paraît que vous le vendez.

— Oui. En effet.

En fait, elle s'était trompée. Son visiteur était bien là pour acheter quelque chose. Et *son* manoir, qui plus est ! La chance allait peut-être lui sourire.

Retrouvant ses bonnes manières, elle lui désigna une des chaises destinées à la clientèle, puis fit le tour de son bureau.

— Que souhaiteriez-vous savoir ? demanda-t-elle.

Walker s'assit à son tour et posa son chapeau à plat sur le coussin de la chaise voisine. Le bord avait creusé une charmante démarcation dans ses cheveux châtains. Une fois encore, Kendra fut frappée par sa beauté et par le fait que son physique de rêve… la laissait de glace.

— Pour commencer, j'aimerais en connaître le prix, dit-il.

Lorsqu'elle lui annonça la somme astronomique demandée, il ne broncha pas.

— Le prix paraît raisonnable, fit-il remarquer.

— Vous projetez de vous installer à Parable ? s'enquit Kendra, incapable de contenir sa curiosité.

— Non. Je fais cette démarche pour une de mes amies. Une femme… qui travaille dans le spectacle. Divorcée avec deux enfants, elle souhaite les élever dans une petite ville. Et si elle cherche une grande maison, c'est dans le but d'y installer son propre studio d'enregistrement. Pour loger ses musiciens, ses techniciens, son personnel de maison et ses employés, elle a besoin d'un maximum de chambres.

Kendra hocha la tête, intriguée et quelque peu méfiante à présent.

Il n'était pas rare que des personnalités achètent des terrains aux alentours de Parable pour y bâtir des demeures encore plus imposantes que la sienne, parfois dotées de pistes d'atterrissage privées pour leur jet. Parmi leurs bonnes œuvres figuraient, entre autres, des parcs pour animaux exotiques qui faisaient rarement bon ménage avec le bétail, les chevaux, les moutons ou les poules qu'élevaient les simples mortels de la région. Généralement, ces nouveaux venus se montraient plutôt amicaux, et les gens du coin se montraient disposés à leur accorder le bénéfice du doute. Cependant, à terme, ils provoquaient inévitablement des conflits à propos des droits sur l'eau, des primes d'abattage des loups ou des coyotes, et finissaient par se mettre à dos tous leurs voisins. A la suite de quoi, ils déménageaient ailleurs, prêts à se lancer dans une nouvelle aventure.

Pour eux la vie semblait n'être qu'un film, dont Parable serait un des décors et non une vraie ville habitée par de vraies personnes.

— C'est quelqu'un dont j'aurais entendu parler ? demanda Kendra.

— Oui, vous devez connaître son nom, mais elle m'a prié de ne pas le mentionner, au cas où la démarche n'aboutirait pas, répondit Walker.

Kendra, qui avait une grande expérience de ce genre de tractation, acquiesça. Le besoin de confidentialité des célébrités confinait à la paranoïa — non sans raison, d'ailleurs. En plus des paparazzi, ces gens devaient se méfier des criminels, des kidnappeurs et même pire. Ce qui les attirait à Parable et à Three Trees, c'était la sécurité. Et la sécurité résidait dans le secret.

— C'est normal, répondit-elle. En ce moment, il y a quelques propriétés haut de gamme disponibles dans le comté.

Elle songeait à deux domaines en particulier, inhabités depuis un moment, l'un doté d'une piscine intérieure de taille olympique, et l'autre d'une salle de spectacle d'une centaine de fauteuils avec un écran pivotant. Evidemment, leur prix dépassait les sept chiffres. Mais son instinct lui disait qu'il serait dans les moyens de la mystérieuse amie du rancher.

Mais Walker secouait déjà la tête. Originaire de la région, il connaissait, comme tout le monde, les propriétés auxquelles elle faisait allusion, ainsi que l'état dans lequel elles se trouvaient, leur prix de vente approximatif, le montant des éventuels travaux et de leur entretien.

— Elle veut habiter en ville, objecta-t-il, avant d'afficher une mine soucieuse. Vous avez une bonne raison pour refuser de me montrer votre maison ?

— Non, pas du tout. Si vous le souhaitez, nous pouvons y aller tout de suite. Seulement…

Elle s'interrompit, cherchant en vain comment formuler sa pensée avec diplomatie.

— Les gens du show-biz ne sont pas très fiables, termina à sa place Walker. Je me souviens d'un groupe de rock, il y a quelques années. Ces barjos avaient bâti une pseudo-maison hantée. Un soir, ils ont ravagé la salle communale de Three Trees au cours d'une fiesta et ont failli brûler une forêt entière en pratiquant un rituel débile. Mais ce serait injuste d'en vouloir à tous ceux qui chantent ou jouent de la guitare pour gagner leur vie, vous ne trouvez pas ?

Il avait raison, ce ne serait pas juste. De plus, il avait dit que son amie souhaitait élever ses enfants dans une petite ville. C'était au moins une chose que cette femme avait en commun avec elle, comme avec la plupart de ses amies.

Si, à l'instar de toute communauté, Parable avait ses problèmes, le taux de criminalité y était particulièrement bas. Les habitants se connaissaient tous depuis plusieurs générations, et les valeurs traditionnelles y étaient encore à l'honneur. Parable était une famille, au vrai sens du terme, et Three Trees était sa cousine.

Les deux villes avaient beau se trouver en rivalité

sur de nombreux points, dès qu'un problème survenait dans l'une ou l'autre, toutes deux l'affrontaient en se serrant les coudes.

— Si vous avez le temps, je peux vous montrer le manoir tout de suite, lui proposa-t-elle.

— Ce serait génial, répondit Walker en se levant. Quand j'étais gosse, j'y suis venu plusieurs fois à des fêtes, mais je ne m'en souviens plus en détail.

Kendra prit son sac et la laisse de Daisy, et rougit en songeant à l'état de sa Volvo. Avant Madison et le chien, elle entretenait impeccablement ses véhicules pour le confort de ses clients, mais maintenant…

— J'ai peur que ma voiture ait besoin d'un sérieux coup d'aspirateur, dit-elle en lui montrant Daisy.

— Vu mon métier, ce ne sont pas quelques poils de chien qui vont me faire peur, répondit Walker en riant. Mais je prendrai tout de même mon pick-up, car après la visite, j'ai encore plusieurs déplacements à faire. On se retrouve là-bas alors ?

Kendra acquiesça, fixa la laisse au collier de Daisy, puis expliqua à Walker qu'elle sortait par la porte de service, pour pouvoir fermer derrière lui.

— A ce régime-là, je serai trop gras pour participer au rodéo, même s'il n'a lieu que dans quelques jours, grommela Hutch en considérant le plat qu'Opal venait de poser devant lui — un déjeuner tardif ou un dîner précoce, question de point de vue.

— Oh ! Cesse tes jérémiades ! répliqua la gouvernante. Assieds-toi et mange.

La table à repasser trônait au milieu de la cuisine. Opal avait dû laver et repasser toutes ses chemises, sans exception. Elle n'avait dû s'interrompre que pour préparer le monumental pâté de viande qu'elle venait de lui présenter, accompagné de crème de petits pois et de purée — sans oublier le jus de viande !

La vue de ce festin le fit saliver.

Néanmoins, il attendit, pour s'asseoir, qu'Opal s'installe.

Avec un petit soupir satisfait et une étincelle approbatrice dans les prunelles, la vieille dame prit une chaise et lui fit signe de l'imiter.

Mais il constata qu'elle n'avait mis qu'un seul couvert.

— Vous ne mangez pas avec moi ? demanda-t-il.

Le rire chaud et vibrant d'Opal ressemblait aux gospels qu'elle adorait chanter quand elle se croyait seule.

— Je ne peux pas dévorer comme un cow-boy, je finirai vite grosse comme une tour ! Vas-y, mon garçon.

Hutch ne se le fit pas dire deux fois, et se servit une portion généreuse qu'il attaqua avec entrain. Bon sang ! Comment avaient-ils pu survivre toutes ces années, son père et lui, avec la misérable tambouille qu'ils se préparaient ? Après avoir complimenté Opal, il lui demanda des nouvelles de Joslyn et du bébé.

— Tous deux se portent comme un charme, répondit avec satisfaction Opal, qui suivait des yeux le mouvement de sa fourchette, le sourire aux lèvres. Dana, la mère de Joslyn, est une grand-mère née. Et Callie Barlow aussi. Avec ces deux-là, Slade, Shea et la jeune maman, j'aurais été de trop.

— Ça, j'en doute fort.

A ses yeux, Opal était plus qu'un être humain ordinaire. C'était une femme pleine de sagesse, un archétype vivant, une sorte de déesse mère.

— Je préfère aller là où on a besoin de moi, répliqua la vieille dame sur un ton léger.

— Parce que pour vous, je suis un genre de… cas désespéré ?

— Quand je suis arrivée à Parable pour travailler chez la vieille Mme Rossiter, ta maman s'est montrée très bonne pour moi, répondit Opal, émue. Le moins que je puisse faire pour lui rendre sa gentillesse, c'est m'assurer que son fils unique ne traîne pas à moitié affamé avec la dégaine d'un sans-abri.

— Parce que je ressemble à un sans-abri ? lança-t-il, à la fois amusé et légèrement indigné.

Comme plusieurs générations de Carmody avant lui, il vivait sur cette terre depuis sa naissance. Sa poussière imprégnait son sang, sa sueur et ses larmes. Il était impossible d'être moins *sans* abri que lui !

— Pas exactement, la formule plus adéquate serait « un homme *privé de vie* », corrigea pensivement Opal.

Hutch se crispa. Si elle n'avait pas dit grand-chose sur son mariage avorté, il savait qu'elle n'arrêtait pas d'y penser. Bon sang ! Elle n'était pas la seule. L'affaire semblait obséder *tout le monde*. Il en arrivait à souhaiter un événement exceptionnel pour que les gens se préoccupent enfin d'autre chose.

Un tremblement de terre.

Le retour du Christ.

Ou, à défaut, un gagnant du loto à Parable.

— Parce que vous croyez qu'une épouse serait la réponse à mes problèmes ? demanda-t-il en reposant sa fourchette.

— Oui, en grande partie, répondit Opal avec un sourire malicieux. Ce que je ne dis pas, en revanche, c'est que tu aurais dû épouser Brylee Parrish. Le mariage est déjà assez compliqué quand les deux parties s'aiment à la folie. Si l'un d'eux n'est pas amoureux, l'union est vouée à l'échec. Pour moi, tu as eu tout à fait raison d'y mettre le holà, même si tu aurais pu choisir un moment plus propice pour le faire.

Brusquement plus détendu, Hutch reprit sa fourchette.

— C'est ce que je me suis escrimé à dire à Brylee, mais elle n'a rien voulu entendre, expliqua-t-il.

— Cette fille a la tête dure. Sa mère était pareille. Les gens d'ici avaient l'habitude de dire que discuter avec un Parrish, c'était comme parler à un mur.

— Opal, y a-t-il une personne à cent kilomètres à la ronde dont vous ne connaissiez pas la mère ?

— Si je connais à peine les nouveaux habitants et

leur famille, je connaissais fort bien ta mère à toi, mon garçon, et elle t'adorait. Ça lui a brisé le cœur de tomber malade en sachant qu'elle devrait te laisser grandir seul avec ton père.

La gorge de Hutch se serra, et la bouchée suivante eut du mal à passer. Il avait douze ans quand sa mère était morte. Malgré sa douleur, il avait vite compris que dans l'esprit de son père, il fallait laisser les morts enterrer les morts. Aussitôt après les funérailles, John Carmody avait jeté toutes les photos de sa femme et donné toutes ses affaires personnelles. Il l'évoquait rarement et avait découragé son fils d'en parler.

Alors, Hutch avait enfoui le souvenir de sa mère dans un coin de son esprit, s'efforçant de ne plus penser au vide que sa disparition avait creusé dans sa vie.

— Papa n'était peut-être pas le meilleur des pères, mais il n'était pas le pire, reprit-il sur un ton désabusé.

Le visage d'Opal, d'ordinaire affable, se crispa, et un pli sévère marqua sa bouche.

— John Carmody n'était qu'un égoïste, décréta-t-elle avec une conviction dénuée de rancœur. Pour cet homme, la seule chose qui comptait, c'était d'obtenir ce qu'il voulait, à n'importe quel prix.

La dureté de la remarque surprit légèrement Hutch, bien qu'il ne puisse rien y trouver à redire. Opal était la personne la plus franche qu'il ait jamais connue, et il considérait cela comme une qualité — du moins chez elle.

Le voyant ouvrir la bouche pour répliquer et la refermer aussitôt, faute de repartie, elle sourit et posa la main sur son bras.

— Je n'avais aucun droit de dire ça, Hutch, excuse-moi.

— Inutile de vous excuser, répondit-il d'une voix sourde. Ça fait du bien de me rendre compte que je ne suis pas le seul à considérer mon père comme un salaud.

Cette fois, ce fut Opal qui resta sans voix. Mais pas longtemps.

— Hutch Carmody, je te prierais de ne plus utiliser ce genre de langage en ma présence !

— Désolé, marmonna-t-il.

— Nous pouvons continuer à parler de ton père et de ta mère ou laisser tomber le sujet, à toi de voir.

Sa faim assouvie, Hutch repoussa son assiette presque vide et croisa le regard d'Opal.

— Manifestement, vous avez quelque chose à dire, alors allez-y, dites-le.

— Je ne sais pas quel genre de père était M. Carmody, en revanche je sais qu'il n'était pas un modèle de mari.

Intrigué, Hutch croisa les bras sur sa poitrine et se renversa contre le dossier de sa chaise, observant Opal qui semblait piocher dans de lointains souvenirs.

— Oh ! Je sais qu'il n'était pas encore marié avec ta mère quand il est sorti avec Callie Barlow, il n'empêche qu'elle portait déjà sa bague de fiançailles au doigt et que la date de leur union était déjà fixée, déclara-t-elle enfin.

« Comme dit le dicton, la pomme ne tombe jamais loin de l'arbre », songea Hutch. Il n'avait peut-être pas trompé Brylee, mais il lui avait infligé l'outrage suprême en rompant avec elle au beau milieu de l'église, devant la moitié du comté.

— Oui, ça a été dur pour maman, reconnut-il. D'après ce que j'en sais, elle ne s'en est jamais remise.

— C'était un être fragile.

Il ressentit un pincement de chagrin, aussitôt suivi d'un sentiment de culpabilité. Il avait beau aimer tendrement sa mère, lui aussi la jugeait faible, et même un peu dérangée. Elle avait épousé John Carmody malgré son infidélité, sachant qu'il l'avait non seulement trahie, mais qu'il avait fait un enfant à une autre.

Et cet enfant, Slade Barlow, avait grandi pratiquement sous son nez, alors que sa ressemblance avec John Carmody ne laissait aucun doute sur ses origines.

— A mon avis, elle cherchait à se persuader que tout

était de la faute de Callie, dit-il. Que papa n'était qu'une innocente victime.

— Tu parles d'une victime ! ironisa tristement la vieille dame. Il voulait Callie et l'a poursuivie de ses assiduités. C'était une jeune fille naïve et lui un homme superbe qui, quand il le désirait, savait vous embobiner par de douces paroles. Je pense que Callie croyait sincèrement qu'il l'aimait, et je trouve qu'une fille comme elle, pratiquement seule au monde, a eu un sacré courage d'élever son fils illégitime dans un patelin comme Parable.

Hutch revit sa rencontre avec Callie, à l'hôpital, son bonheur à l'idée d'avoir un petit-fils. Opal avait sans doute raison. Que savait-il, lui, de ce qui s'était joué avant sa naissance ?

— Les gens font du mieux qu'ils peuvent avec les cartes qu'on leur a distribuées, et Callie n'échappe pas à la règle, reconnut-il.

Opal hocha la tête, pensive.

— Quelle honte que Slade et toi ayez vécu en si mauvais termes ! reprit-elle, après un instant de silence. Ça me dépasse que ton père ait toujours refusé de reconnaître ce garçon. C'est d'autant plus absurde qu'ils se ressemblaient comme deux gouttes d'eau.

— Quand mon père était en colère après moi, il me disait souvent qu'il regrettait que Slade ne soit pas né du bon côté de la barrière, à ma place.

Opal ne répondit pas tout de suite, du moins, pas verbalement, car ses yeux étincelaient de colère.

— Slade est un homme formidable ! Callie l'a très bien élevé et il faudrait être idiot pour dire le contraire. Mais il n'est ni meilleur ni pire que toi, Hutch Carmody !

Il haussa les épaules et esquissa un faible sourire. Bien sûr, il aurait souhaité que son père soit fier de lui, mais à quoi bon ruminer sur ce que l'on ne pouvait changer ? Le seul moyen pour lui de rectifier les choses, ce serait de devenir un bon père, le moment venu.

Il repoussa sa chaise, se leva et porta son assiette et ses couverts vers l'évier.

Opal se retrouva à côté de lui en moins de temps qu'il n'en faut pour le dire. Elle l'écarta d'un coup d'épaule.

— Je m'occupe de la vaisselle. Toi, va faire ce que tu as à faire.

— J'irais bien en ville, voir ce qui se passe à la Boot Scoot Tavern, répondit-il, amusé.

— Je vais te dire, moi, ce qui se passe dans ce bar pourri, lança Opal, feignant la désapprobation. Les gens perdent leur temps et leur argent à boire de l'alcool et à écouter des rengaines parlant de la prison, des malheurs de leur maman ou du désespoir de leur vieux chien quand leur femme les a quittés en quatrième vitesse.

— Ah bon ? Voulez-vous dire par là que vous refusez d'être ma cavalière ? Moi qui comptais vous inviter à m'accompagner.

— Tais-toi donc, idiot ! protesta-t-elle en le frappant avec son torchon. Et que je t'y prenne à revenir ici ivre !

8

Après avoir pris une douche rapide et enfilé des vêtements propres, Hutch prit le chemin des écoliers pour rejoindre la Boot Scoot Tavern, où rien ne l'attirait vraiment. Comme par hasard, son vagabondage l'amena à passer devant la maison brillamment éclairée de Kendra.

A une lointaine époque, il n'aurait eu besoin d'aucun prétexte pour frapper à sa porte à n'importe quelle heure du jour ou de la nuit, mais depuis, les choses avaient bien changé entre eux. Pas uniquement parce que, entre-temps, Kendra s'était mariée avec ce Jeffrey, ou que lui-même avait été à deux doigts d'épouser Brylee, ou que Kendra avait une fille.

Non, ce n'était pas les seules raisons qui l'arrêtaient.

Depuis qu'il la connaissait, Kendra convoitait le monstrueux manoir des Rossiter. Enfant, elle l'avait hanté, tel un petit fantôme nostalgique, suivant Joslyn comme son ombre. Puis, à l'âge adulte, elle avait rencontré un prince suffisamment fortuné pour lui acheter la maison de ses rêves, et même après leur divorce, elle s'était accrochée à cette bâtisse. Solitaire, elle y avait tourné en rond durant plusieurs années.

Et voilà que, sans crier gare, elle emménageait dans la modeste bicoque louée par Maggie Landers, ouvrait un bureau en ville afin d'y installer son agence immobilière et échangeait son bolide prétentieux contre une simple Volvo.

Qu'est-ce qui avait provoqué un tel chambardement ?

Et qu'est-ce qu'il signifiait ? Si tant est qu'il signifie quelque chose. Car, dans son esprit, les femmes étaient des créatures aussi sublimes qu'énigmatiques, dont le comportement mystérieux échappait souvent à leur propre entendement. Comment un malheureux comme lui aurait-il pu y comprendre quelque chose ?

La seule chose dont il était sûr, c'est que Kendra avait fait basculer sa vie.

Etait-ce de bon ou de mauvais augure ?

Et cette question le turlupinait bien davantage que le besoin de boire une bière. Mais vu qu'il suffisait de payer quelques dollars pour une pression, alors que tenter de trouver la réponse à sa question lui apparaissait comme un gigantesque casse-tête, il continua sa route jusqu'au parking de la taverne.

La Boot Scoot Tavern, une relique de la Seconde Guerre mondiale, n'avait jamais été repeinte depuis son ouverture. De sa porte ouverte s'échappait un boucan d'enfer, musique, rires et éclats de voix confondus, sans oublier le claquement caractéristique des boules de billard.

Hutch sourit en coupant son moteur, et se dirigea vers l'entrée.

Autrefois, le bar aurait été enfumé par les cigarettes. A présent, il était illégal de fumer dans les lieux publics et pourtant, même à l'air libre, on discernait encore des effluves de tabac — et d'autres substances.

A son entrée, il remplit ses poumons de l'odeur caractéristique des établissements de seconde zone du Montana, celle de la sciure répandue sur le plancher mélangée au fumet rance de la sueur, camouflé à grand renfort d'eau de toilette. Aussitôt, il fut frappé par l'étrange sentiment d'isolement qui poussait les gens à se rendre à la Boot Scoot Tavern, alors qu'ils avaient bien mieux à faire ailleurs.

Il songea à ce que lui avait dit Opal et sourit. La vieille gouvernante savait de quoi elle parlait.

Après avoir salué quelques amis de la tête, il s'approcha du bar pour commander une bière.

Deux couples dansaient à proximité du juke-box, mais le plus gros de l'action se concentrait autour des tables de billard, tout au fond de la salle.

On lui tira une bière à la pression, il la régla et emporta son verre vers les joueurs de billard. Le week-end prochain, avec le rodéo et les festivités du jour de l'Indépendance, la foule serait si épaisse, du moins en soirée, que traverser la salle d'un bout à l'autre reviendrait à patauger jusqu'à la poitrine dans cette boue épaisse que les natifs du Montana appelaient « gumbo ».

Ayant trouvé une place qui lui permettait de regarder sans avoir à jouer des coudes, il se mit à observer le jeu.

L'adjoint Treat McQuillan, qui n'était pas en service et ne portait donc pas l'uniforme, avait pourtant tout du flic, avec sa coupe en brosse ringarde. Sa queue de billard à la main, il observait d'un œil torve son adversaire en train de placer une boule après l'autre dans le bon trou. Manifestement, ce dernier menait la danse.

McQuillan, qui n'avait jamais été bon perdant, rougissait à vue d'œil. A la fin de la partie, au bord de l'implosion, il reposa violemment sa queue sur le support mural et s'éloigna, furibond.

Quelques-uns des vieux habitués, en majorité des fermiers et des ranchers que Hutch connaissait depuis la période glaciaire, secouèrent la tête avec un mépris teinté d'indulgence, puis ils ignorèrent McQuillan, comme toute la ville avait tendance à le faire. C'était bien trop compliqué de s'entendre avec ce type, en conséquence de quoi, le nombre de ses amis avoisinait le zéro.

Pour une raison qu'il n'arrivait pas à cerner, Hutch se sentit soudain inquiet. Il suivit des yeux McQuillan qui se frayait un chemin vers le bar, manifestement imperméable aux plaisanteries bon enfant qu'on lui lançait au passage.

Hutch n'avait jamais aimé Treat, et il n'était pas le seul, néanmoins, à cet instant, il se sentait désolé pour lui.

McQuillan s'était arrêté devant une table uniquement occupée par des femmes. Sans crier gare, il saisit brutalement l'une d'elles, la tira vers lui et la plaqua contre lui pour un slow.

La dame ne semblant pas désireuse de danser, en tout cas pas avec Treat McQuillan, une dispute s'ensuivit. Ses amies, outrées, se levèrent de table si brusquement que certaines en renversèrent leur chaise.

— Treat, arrête ça ! cria l'une d'elles.

Comme les gens se ruaient vers la scène, Hutch reconnut la femme qui refusait de danser. C'était Brylee.

Instinctivement, il posa sa chope sur une table et se dirigea vers le petit groupe, prêt à tailler McQuillan en pièces, comme le poulet rôti du déjeuner dominical. Mais avant qu'il ait pu rejoindre le couple, un bras se tendit devant lui, le stoppant aussi efficacement qu'une barrière en acier tombée du plafond.

— C'est ma sœur, mon combat, décréta Walker Parrish.

Quelques secondes plus tard, Walker envoyait valser McQuillan loin de Brylee, leva le poing et le frappa en pleine figure.

La bagarre était lancée. Une bagarre dont le récit s'amplifierait probablement tellement dans les jours suivants, qu'elle en deviendrait méconnaissable.

McQuillan perdit l'équilibre et s'écroula.

Sans perdre une seconde, Walker agrippa fermement Brylee par le bras, puis, lui laissant à peine le temps de récupérer son sac à main, la propulsa vers la sortie.

— Bon sang, Walker, lâche-moi ! protesta Brylee qui se débattait en vain pour échapper à la poigne de fer de son frère. Je peux me débrouiller toute seule !

En dépit de tout, Hutch ne put s'empêcher de sourire. Brylee ne mentait pas. Elle était parfaitement capable de se débrouiller seule et de s'en tirer à merveille.

Oh oui ! Cette femme avait du caractère. La vie aurait été tellement plus simple s'il avait pu l'aimer…

Quelques secondes plus tard, les Parrish quittaient la taverne, et quelqu'un aidait McQuillan à se remettre debout. Il avait la mâchoire tuméfiée, un filet de sang lui coulait du nez, mais, à part cela, il ne semblait pas trop amoché — à première vue, nul besoin de plâtre ou de points de suture.

— Je vais attaquer Parrish en justice ! hurla-t-il. Vous êtes tous témoins ! Vous avez vu ce qu'il m'a fait !

— Oh ! Treat, laisse tomber ! lança un homme. Tu as posé les mains sur la sœur de Parrish, alors qu'elle t'avait dit qu'elle ne voulait pas danser avec toi.

Les petits yeux perçants de McQuillan étincelèrent de rage. Il tenta d'éponger avec sa manche le sang qui coulait de son nez.

— Je ne plaisante pas ! décréta-t-il, fou de rage. Parrish a agressé un officier de police ! Il va devoir en payer les conséquences !

Hutch, qui se tenait à proximité, referma machinalement le poing, s'attendant à éprouver une furieuse envie de renvoyer McQuillan au tapis.

Mais l'envie ne vint pas.

Le spectacle était terminé. Et mieux valait ne pas jouer les prolongations.

Il se tourna pour récupérer son verre qu'il avait laissé de côté quelques minutes plus tôt et, dans son mouvement, faillit percuter Amy Jo DuPree, la meilleure amie de Brylee.

— Eh bien, Hutch Carmody, tu as un sacré culot de te pointer ici ! lui lança-t-elle en le foudroyant du regard.

Ce petit bout de femme, qui devait peser cinquante kilos toute mouillée, était fort mignonne, mais c'était une teigne qui n'avait peur de personne.

— Pardon ? riposta-t-il en haussant un sourcil.

— Tu m'as très bien entendue, gronda Amy Jo en lui décochant un direct dans le foie.

Vexé et désireux de mettre un point final à cette histoire de mariage raté, il l'empoigna par le bras et l'escorta jusqu'à la sortie.

Le parking était à peine plus calme que l'intérieur du bar, car Walker et Brylee étaient en train de se disputer — et Hutch aurait juré que Brylee avait le dessus ! Mais ils finirent par lever le camp, juste au moment où Boone débarquait toutes lumières dehors. Au cas où le clignotement aveuglant du gyrophare n'aurait pas suffi à annoncer sa présence, la sirène émit un hululement lugubre.

— Bon sang ! J'y crois pas, murmura Hutch en regardant son ami descendre de son véhicule et se diriger vers la porte du bar. McQuillan va vraiment porter plainte contre Walker ?

— C'est *toi* qu'on devrait poursuivre, maugréa Amy Jo, dont l'agressivité semblait toutefois avoir baissé d'un cran. Hutch, comment as-tu pu faire une chose pareille ? Comment as-tu osé aller aussi loin et humilier Brylee en public ? Tu ignores donc ce que le mariage signifie pour une femme ? Qu'elle attend cet événement toute sa vie, depuis qu'elle n'est qu'un bout de chou, et…

— J'aimerais bien savoir ce que vous attendez de moi, vous toutes ? la coupa-t-il.

— Vous toutes ? Tu veux dire les amies de Brylee ?

— Ce que je veux dire, c'est que votre comité de soutien débile commence à dater. J'ai toujours vécu ici et je n'ai pas l'intention de partir. Plutôt finir damné que d'éviter la Boot Scoot Tavern ou un endroit où j'aurais envie d'aller, parce que ça vous défrise et que vous estimez, toi et la petite bande de Brylee, que je devrais avoir honte de ce que j'ai fait. J'ai un scoop pour toi, enchaîna-t-il en se penchant sur Amy Jo qui, impressionnée, écarquilla les yeux. Tu peux le transmettre, le poster sur votre site minable, l'imprimer sur vos T-shirts ou en faire des tracts, à ta guise. *Je reste ici.* Et il va falloir vous y faire ! Compris ?

Amy Jo ne trouva rien à répondre. Au fond, ce n'était pas une méchante fille. Seulement, à l'instar de Joslyn et Kendra, Brylee et elle avaient toujours été très proches. Il ne pouvait lui reprocher sa loyauté. C'était une qualité primordiale en amitié, même chez une tête de pioche comme Amy Jo.

— Personne ne s'attend à ce que tu déménages, dit-elle enfin d'une voix sourde.

— Tant mieux ! Parce qu'il gèlera en enfer avant que je décolle d'ici, décréta-t-il, au moment où le vacarme reprenait dans le bar.

Se le tenant pour dit, Amy Jo hocha la tête, puis retourna dans la taverne.

Malgré les mises en garde de son ange gardien qui l'encourageait à rejoindre son véhicule — qu'il n'aurait jamais dû quitter —, Hutch se dit que Boone pouvait avoir besoin d'un coup de main pour rétablir le calme.

Hors de lui, McQuillan agitait le poing et, tout en protégeant son nez, il hurlait à la figure de Boone qui, imperturbable, tenta de le raisonner sur un ton aimable mais ferme :

— Ecoute, Treat, cela m'embêterait d'inculper un de mes adjoints pour ivresse et trouble à l'ordre public, mais si tu continues, je n'hésiterai pas à te mettre au trou.

Du coin de l'œil, Hutch aperçut Amy Jo et le reste de la troupe de Brylee qui récupéraient calmement leur sac à main et s'esquivaient. Sage décision, vu l'ambiance incendiaire provoquée par McQuillan.

Pour son malheur, Treat n'avait jamais su quand il fallait la fermer.

— Tu veux *m'arrêter* ? beugla-t-il. Alors que c'est moi, la victime ! C'est moi qui ai été agressé !

— On discutera de tout ça plus tard, quand tu te seras calmé, affirma tranquillement Boone.

— McQuillan, si Walker ne s'en était pas chargé, je t'aurais assommé avec plaisir, lança une voix dans l'assistance. On ne peut pas importuner une dame dans un bar et croire qu'on va s'en tirer comme ça !

— La ferme, Harley ! ordonna Boone qui avait reconnu l'orateur, sans quitter des yeux le visage cramoisi et convulsé de colère de son adjoint.

Hutch estimait qu'Harley avait raison. Malmener une dame, et pas seulement dans un bar, c'était rechercher les embrouilles, mais au beau milieu d'un repaire de cow-boys, cela confinait au suicide.

Il n'en vint pas moins se placer à la gauche de Boone, pas trop près pour ne pas envahir son espace, mais suffisamment pour intervenir si la situation dégénérait.

— Tu es impliqué dans l'affaire ? lui demanda Boone en lui lançant un regard furtif.

— Je me sens insulté par cette question, répliqua Hutch, vexé. J'étais simplement là par hasard.

Si Boone resta sceptique, son expression s'adoucit quelque peu.

— Viens, Treat, dit-il. Je vais te conduire à l'hôpital, et ensuite je te ramènerai chez toi. Tu n'es pas en mesure de conduire.

McQuillan se redressa et répliqua sur un ton glacial :

— Merci, je préfère marcher.

Boone était son supérieur, mais aussi l'homme qui l'avait coiffé au poteau à la dernière élection. Manifestement, McQuillan, qui rêvait depuis l'âge le plus tendre de devenir shérif — et ce, bien qu'il n'ait aucune des qualités requises —, n'avait pas encore digéré sa défaite.

— A ta guise, mais tu laisses ta voiture au parking, jusqu'à demain matin, ordonna Boone.

— Dès l'ouverture du tribunal, j'irai porter plainte contre Walker Parrish ! proclama McQuillan en se ruant vers la sortie sous quelques commentaires bien sentis.

— Que s'est-il passé ? demanda Boone en se tournant vers Hutch, alors que les spectateurs, se désintéressant de l'affaire, retournaient à leurs occupations.

Hutch lui exposa l'affaire, laissant de côté l'épisode

où Walker s'était interposé, l'empêchant de foncer sur McQuillan pour lui régler son compte.

— Bon, ça va, conclut Boone avec un profond soupir. Ça suffit. Si Treat ne se calme pas d'ici demain, je devrais probablement inculper Walker pour agression.

— Bon sang, Boone ! Je t'ai expliqué ce qui s'est passé, protesta Hutch. McQuillan a tout fait pour s'attirer cette raclée.

Mais son ami se dirigeait déjà vers la sortie. N'ayant plus envie de rester là, il décida de le suivre.

— Walker avait le droit de défendre sa sœur, n'empêche qu'il est allé trop loin, lui jeta Boone par-dessus son épaule. Il rend deux têtes à McQuillan, et quelle que soit mon opinion sur ce type, il se trouve que c'est un policier assermenté. Même si j'admets que cela puisse être tentant, lui flanquer son poing dans la figure est plus grave, aux yeux de la loi, que, par exemple, si Walker t'avait frappé toi.

Ils étaient arrivés dans le parking où les lumières de la voiture de police continuaient à clignoter, projetant des éclairs bleus et blancs aux alentours.

— Qu'il essaye ! répliqua Hutch, qui sentait la moutarde lui monter au nez.

C'était un peu fort ! On aurait dit que tout le monde, son meilleur amis inclus, estimait inéluctable qu'il écope d'une lèvre fendue ou d'un un œil au beurre noir, simplement parce qu'il avait refusé de conclure son mariage.

Boone ouvrit sa portière et se pencha dans l'habitacle pour éteindre ses lumières.

— Rentre chez toi, Hutch. J'ai déjà un gars incontrôlable sur les bras, je me passerais volontiers d'un second.

— Je n'enfreins aucune loi, *shérif*, fit-il remarquer sèchement.

Bon sang ! Voilà que l'on recommençait à lui dire quoi faire et où aller. Pourtant, la dernière fois qu'il avait vérifié, il vivait dans un pays libre.

— C'est vrai, mais si Walker n'avait pas assommé

McQuillan, tu l'aurais fait à sa place, rétorqua Boone. Ne dis pas non, je te connais. Tu es furibard. Si tu traînes en ville en cherchant des crosses, tu as toutes les chances de trouver la bagarre. Or, mon boulot c'est de préserver la paix dans cette ville, et j'ai l'intention de le faire.

Même si ce que disait Boone ne manquait pas de sens, Hutch campait sur ses positions et était décidé à revendiquer haut et fort ses droits. De plus, la manière dont Walker était intervenu pour l'empêcher de corriger McQuillan lui laissait un souvenir cuisant. Il se sentait à la fois contrarié et pressé de remettre les pendules à l'heure — une combinaison explosive.

Mais, avant qu'il puisse argumenter, Boone changea brutalement de sujet.

— Mes fils arrivent, annonça-t-il. Ils viennent passer le week-end du 4 Juillet avec moi.

— C'est génial ! Tu n'es pas d'accord ? ajouta-t-il en voyant le visage de son ami s'assombrir.

— Non, pas du tout, marmonna Boone, accablé. L'étable qui me sert de logis n'est pas faite pour des humains. Et encore moins pour des gamins. Sans compter que je ne sais même pas ce qu'il faut leur donner à manger, à quelle heure les envoyer au lit, combien de temps ils peuvent regarder la télévision…

Hutch éclata de rire.

— Alors tu devrais peut-être nettoyer un peu chez toi, suggéra-t-il. Quant à la télévision et à l'heure du coucher, pas besoin d'être astrophysicien pour deviner quoi faire. Boone, ce sont des *gosses*, pas une race d'extraterrestres.

Embarrassé, son copain racla le gravier du bout de sa botte en grommelant :

— Facile à dire pour toi. Tout ce que tu as à faire, c'est partager ton infinie sagesse en matière d'éducation.

— Comment réagirais-tu si je te disais que, si tu prends un ou deux jours de congé, je suis prêt à venir t'aider ?

— Tu ferais ça ?

— Quoi ? Tu mets ma parole en doute ? répliqua-t-il

en prenant l'air indigné. Toi qui as failli être garçon d'honneur à mon presque mariage ?

Boone, nettement plus détendu, esquissa un rapide sourire.

— Il va falloir que je négocie ça avec McQuillan, mais je dois pouvoir prendre ma journée de demain et une partie du lendemain, dit-il.

— Parfait ! Appelle-moi dès que tu seras prêt et je débarquerai chez toi avec une paire de machettes et de la dynamite.

Cette fois, Boone se mit à rire.

— Des machettes et de la dynamite, pas un lance-flammes ? demanda-t-il en prenant une mine offensée.

— Je suis en rupture de stock.

Sur ce, Hutch rejoignit son camion, grimpa au volant et après avoir salué son ami d'un coup de Klaxon, reprit le chemin du ranch.

Le lendemain matin, Kendra, qui venait de déposer Madison au jardin d'enfants et Daisy chez Tara, s'arrêta au Butter Biscuit Café, afin d'acheter un croissant et un double crème allégé à emporter. Elle était d'une humeur radieuse, car la veille, quand elle lui avait fait visiter le manoir, Walker Parrish s'était montré très intéressé. Il n'avait pas déclaré ouvertement que l'endroit correspondait exactement à ce que recherchait sa mystérieuse amie, mais Kendra, dotée d'un instinct commercial aiguisé, avait entendu retentir les trompettes de la victoire.

Mais elle ne devait pas se réjouir trop vite. Il n'avait pas fait d'offre ferme et dans l'immobilier, une affaire n'était conclue que quand le chèque était dûment encaissé à la banque.

Plongée dans ses pensées, elle n'avait pas remarqué Treat McQuillan, assis tout seul au comptoir — alors qu'à l'heure du petit déjeuner, le Butter Biscuit était toujours bondé. De plus, son nez portait une attelle et il avait les deux yeux au beurre noir.

— Je porte plainte ! proclama Treat à l'attention générale, d'une voix sèche comme un coup de trique.

Manifestement, il brûlait d'envie de se lancer dans une diatribe enflammée, mais il déchanta aussitôt, car les clients l'ignorèrent poliment.

Millie, la serveuse, qui s'approchait du comptoir, son bloc à la main, chuchota à Kendra :

— Ne faites pas attention à Treat. Il est en rogne parce qu'hier soir, à la Boot Scoot Tavern, Walker Parrish lui a cassé la figure pour avoir importuné sa sœur.

— Aïe, murmura Kendra, choquée par tant de violence.

— Il lui a cassé le nez, précisa inutilement la serveuse avec une note de satisfaction dans la voix.

McQuillan dut l'entendre car il leur jeta un regard si cinglant que Kendra eut l'impression d'être aspergée d'acide.

— Vas-y, Millie, continue à répandre la version de Walker, grommela-t-il.

— C'est celle de tout le monde, rétorqua la serveuse, pas impressionnée le moins du monde. La vérité, c'est que tu t'es ridiculisé. A mon avis, tu as de la chance que Walker t'ait réglé ton compte avant que Hutch Carmody s'en mêle.

Entendre citer Hutch en relation avec une bagarre dans un bar pour la défense de Brylee Parrish blessa douloureusement Kendra.

Le visage de McQuillan s'enflamma et, on ne sait pourquoi, son attention se fixa sur elle.

— Tu as bien fait d'y réfléchir à deux fois avant de te remettre avec Carmody, ce type ne vaut rien, laissa-t-il tomber, hargneux.

Elle fut tellement irritée par ses propos qu'elle ne trouva rien à lui répondre. Pour qui se prenait cet individu, pour lui parler ainsi ?

— Treat, ferme-la ! ordonna Millie avec mépris. Ces

braves gens souhaitent boire leur café tranquilles ou emporter rapidement leur commande. Fiche-leur donc la paix !

Tel un énorme élastique, une tension à couper au couteau se déploya dans tout le café. Si par malheur il claquait, le choc risquait d'être terrible.

Il y eut un raclement de chaises, et plusieurs hommes se dressèrent aux quatre coins de la salle, prêts à intervenir si la situation empirait.

— Tout ce que je voulais, c'était consoler le cœur brisé de Brylee, la faire danser un peu, peut-être même lui payer un verre, se récria McQuillan dans le silence menaçant qui s'était abattu autour d'eux. Et voilà ce que j'ai reçu en échange ! conclut-il, indigné, en désignant son visage tuméfié.

Essie, la patronne du café, une femme qui ne s'en laissait conter par personne, sortit de sa cuisine en s'essuyant les mains avec un torchon. D'un pas tranquille, elle longea le comptoir pour aller se planter en face de McQuillan, et ses yeux maquillés façon Cléopâtre le foudroyèrent sur place.

— Treat, j'en ai ma claque de toi ! lança-t-elle, faisant vibrer les murs de sa voix de stentor. Alors tu te calmes ou j'appelle Boone pour qu'il te chasse d'ici !

— Tu ferais mieux d'appeler Slade, aujourd'hui, c'est lui qui remplace le patron, rétorqua Treat, le visage cramoisi. On dirait que ce pauvre type ne digère pas d'avoir quitté ses fonctions.

— Qu'à cela ne tienne ! riposta Essie. S'il le faut, j'appellerai le Président. Et ne t'avise pas de me manquer de respect, Treat McQuillan, parce que je connais ta mère.

« Je connais ta mère. »

En dépit du climat orageux qui régnait dans le café en cette belle matinée de juin, la repartie familière fit sourire Kendra. A Parable, les liens d'amitié étaient aussi profonds que les inimitiés, et aussi inextricables que des racines s'entremêlant sous l'humus d'une forêt.

La formule « Je connais ta mère » suffisait à clore le bec de n'importe qui.

En effet, la menace eut l'effet escompté. Treat glissa à terre et quitta le café sans demander son reste.

Dès que la porte se referma, les rires et les commentaires allèrent bon train.

Songeuse, Essie le regarda s'éloigner.

— Je me demande si ce type ne serait pas un peu timbré, dit-elle.

Il ne se trouva personne pour la contredire.

Etrangement ébranlée par l'incident, Kendra commanda son café et son croissant, paya et quitta l'établissement.

Tout en marchant vers son bureau, elle sortit son téléphone portable et pressa le numéro préenregistré de Joslyn.

Dès la première sonnerie, son amie répondit sur un ton étonnamment enjoué pour une femme qui venait de mettre au monde un bébé.

— Bonjour, Kendra, comment ça va ?

— Je ne sais pas trop, répondit-elle franchement.

Pourquoi avait-elle appelé Joslyn, au juste ? se demanda-t-elle.

— Il paraît que Slade remplace Boone dans ses fonctions, reprit-elle, au moment où elle arrivait devant son agence.

Elle fouilla dans son sac pour trouver ses clés, mais, alors qu'elle était habituée à jongler avec son sac, son portefeuille, son téléphone portable et son café, ce matin, tout lui glissait des doigts.

— Oui, ses fils viennent le voir et il doit préparer sa maison pour les recevoir, répondit Joslyn. Alors Slade a proposé d'assumer ses fonctions à sa place durant quelques jours.

Kendra ouvrit la porte à la hâte et se rua à l'intérieur en se creusant la tête pour trouver une explication valable au cas où son amie s'inquiéterait de savoir pourquoi elle l'interrogeait sur un sujet qui, au fond, ne la concernait en rien.

— Pourquoi me demandes-tu ça ? lança Joslyn.

Avec un soupir, Kendra jeta son sac sur le bureau et y déposa son café et le sachet du croissant. Malheureusement, ces quelques secondes de répit ne suffirent pas à lui fournir un prétexte plausible.

Elle allait devoir se contenter de la vérité.

— Quand je me suis arrêtée au café, tout à l'heure, Treat McQuillan était en train de faire un scandale, expliqua-t-elle. Il clamait à qui voulait l'entendre qu'hier soir, Walker Parrish l'avait agressé et qu'il comptait porter plainte.

— Oui, d'après ce que j'ai compris, il y a eu une rixe à la taverne, confirma son amie, après quelques secondes d'hésitation.

— Et Hutch y était impliqué.

— Indirectement.

— Non pas que je me sente concernée par les faits et gestes de Hutch Carmody, précisa Kendra, plus pour elle-même que pour Joslyn.

— N'empêche que tu parais bien préoccupée, ma belle, lui fit remarquer Joslyn avec un petit rire. Pourquoi refuses-tu d'avouer, ne serait-ce qu'à moi, ta meilleure et plus vieille amie, que tu craques toujours pour ce type ?

— Parce que je ne craque *pas* pour lui.

— Cause toujours !

— Je suis une mère, maintenant, et j'ai un chien, une Volvo, une vie à construire, se défendit Kendra en se disant… qu'elle ferait mieux de se taire.

Cette fois, Joslyn éclata de rire.

— Ce qui signifie quoi, exactement ? demanda son amie. Qu'une petite romance et, accessoirement, un peu de sexe seraient malvenus dans ta nouvelle vie ?

— Du sexe ? Qui a parlé de sexe ? demanda Kendra d'une voix un peu trop aiguë.

— Toi, répliqua Joslyn avec une certitude amusée.

Oh ! Pas tout à fait en ces termes, je l'admets. Mais je parie que tu es jalouse. Et que tu te fabriques un tas de scénarios où Hutch, tel le chevalier blanc, se porte au secours de l'honneur de Brylee à la Boot Scoot Tavern.

— Je n'appellerai pas ça… de la jalousie.

— D'accord. Et comment l'appellerais-tu ?

— Ce n'est pas sympa, tu ne m'aides pas du tout, marmonna Kendra, qui avait toutefois retrouvé le sourire.

Discuter avec Joslyn lui remontait toujours le moral, même si cela ne résolvait pas son problème actuel.

— Déjeunons ensemble dans deux jours, quand maman sera rentrée à Santa Fe et que les choses auront repris leur cours normal, lui proposa Joslyn. Tara pourrait se joindre à nous.

Kendra, heureuse de la tournure que prenait leur conversation accepta, et raccrocha.

Ensuite, elle passa la matinée devant son ordinateur — en évitant soigneusement la page « Nous haïssons Hutch Carmody » pour ne pas être tentée d'y rajouter son grain de sel —, et à répondre à quelques coups de fil.

Vers 10 h 45, comme elle ne tenait plus en place, elle transféra le téléphone du bureau sur son portable, ferma l'agence et se rendit chez Tara, avec l'intention de ramener Daisy à la maison. Madison ayant encore deux heures à passer au jardin d'enfants, où elle commençait à se plaire beaucoup, elle décida de ne pas perturber sa routine en allant la chercher en avance.

Quand elle se gara devant la ferme de Tara, cette dernière était dehors en train de manier la pelle, et Daisy et Lucy se poursuivaient dans l'herbe, non loin de là.

— C'est sympa de venir m'aider à nettoyer les fientes de poulets ! lança malicieusement Tara en s'approchant d'elle. Kendra Shepherd, tu es la crème des copines.

— Dans tes rêves ! répliqua Kendra en riant.

Quel soulagement de ne plus penser à Hutch Carmody et au sexe, ne fût-ce que quelques minutes ! Deux sujets qui n'avaient aucun rapport, mais qui, depuis sa conversation téléphonique avec Joslyn, restaient inextricablement liés.

— Alors, qu'est-ce qui t'amène ici ? s'enquit Tara.

Dans sa salopette bleue de fermière, elle ressemblait à un portait de style « gothique américain », sauf qu'au lieu d'un abord sévère, elle était jeune et jolie comme un cœur.

— Je n'ai plus le droit de rendre visite à une amie sans motif ? répliqua Kendra en poussant la barrière.

Elle s'aventura prudemment dans la cour pleine de crottes de poules, regrettant de ne pas avoir, avant de partir, échangé ses Manolo Blahnik pour une paire de bottes en caoutchouc — qu'elle n'avait bien évidemment pas.

Tara, amusée par ses petits pas comptés, lui indiqua un étroit sentier relativement propre, avant de poser sa pelle contre un mur et de la suivre vers le vieux corps de ferme qu'elle restaurait depuis un an.

Pour Kendra, Tara était un paradoxe vivant. Quel contraste entre son visage et sa silhouette de mannequin et son grossier bleu de travail !

Comme le temps était magnifique, toutes deux s'installèrent sous la véranda.

Une fois assise, Tara indiqua le terrain de Boone Taylor, contigu au sien.

— Il s'est enfin décidé à nettoyer son cloaque, je me demande bien pourquoi, murmura-t-elle sur un ton pensif.

9

Quand Hutch arriva chez Boone, ce matin-là, il apportait avec lui une batterie d'outils, une remorque portant un treuil hydraulique, plus une demi-douzaine d'employés de son ranch. Opal suivait de près, avec dans son coffre une tonne de salade de pommes de terre, de poulet frit pour deux bataillons et des sachets de biscuits maison, entassés sur la banquette arrière de son break.

A cause de la présence d'une dame, Boone, qui était torse nu, récupéra prestement son T-shirt posé sur la poignée d'une brouette.

Son geste amusa Hutch, qui fit reculer son camion jusqu'à une pile de vieux pneus et descendit de sa cabine.

— Toujours aussi m'as-tu-vu, Carmody ! lança Boone en désignant les hommes, le camion et l'énorme break d'Opal.

— Faire les choses en grand ou rester chez soi, telle est ma devise, répliqua Hutch sur un ton léger.

— Tu oublies : provoquer le maximum de troubles et se faire arracher les dents par un taureau de rodéo.

— Parce qu'il y a une loi qui interdit d'avoir plusieurs devises, shérif Andy Taylor ? rétorqua Hutch, faisant allusion au héros de la série *Maybury*.

— J'avoue que non, reconnut Boone qui, ayant considéré l'état lamentable de sa propriété, se passa la main dans les cheveux et soupira. Merci de ton aide, mon vieux.

— Inutile de me remercier. Entre amis, c'est tout naturel.

Boone acquiesça, puis, détournant pudiquement les yeux, il s'éclaircit la gorge.

— Et si, dès leur arrivée, Griff et Fletch tournaient les talons pour repartir directement à Missoula ? demanda-t-il à voix basse.

— Boone, une chose après l'autre. La première, c'est de s'assurer que tes gamins ne disparaîtront pas dans ces herbes folles dès qu'ils y mettront les pieds.

Boone laissa échapper un petit rire rauque.

— J'ai mis une cargaison de bières à rafraîchir, dit-il.

— Bonne idée ! Mais abstiens-toi de la sortir quand Opal est dans les parages, ou au lieu du festin qu'elle a mis toute la nuit à préparer, on risque d'écoper d'un sermon enflammé sur les méfaits de l'alcool, lui conseilla Hutch en faisant le tour de son pick-up pour en sortir des pelles et une débroussailleuse.

Cette fois, son ami éclata de rire.

— Si elle a apporté sa fameuse salade de pommes de terre, je suis prêt à écouter tous les sermons qu'elle voudra ! Et même deux fois !

Il alla accueillir la vieille dame qui, descendue de voiture et bien plantée sur ses deux pieds, semblait prête à prendre racine dans la cour.

Du coin de l'œil, Hutch vit Boone se pencher et déposer un baiser sur la joue d'Opal.

La vieille dame fit mine de le chasser, mais elle était ravie.

— Enfin, Boone Taylor ! Il était temps que tu te ressaisisses.

Son regard se posa sur la cuvette des W.-C. d'où pointait un bouquet de fleurs fanées. Horrifiée, elle écarquilla les yeux.

— Cette *chose* doit dégager tout de suite ! décréta-t-elle.

Ni une ni deux, elle appela deux des vachers et leur ordonna de débarrasser sur-le-champ l'objet du délit. Deux autres furent réquisitionnés pour porter le déjeuner et les produits ménagers qu'elle avait achetés, dans la caravane délabrée.

— Il n'y a vraiment qu'un homme pour installer des toilettes dans sa cour, grommela-t-elle, outrée, en suivant ses laquais obligeants. Qu'est-ce que ce garçon reproche aux belles fleurs qui se balancent au vent ou aux nains de jardin, je vous le demande ? Ils sont pourtant adorables.

— Elle marmonne toujours comme ça ? demanda Boone, en aidant Hutch à sortir un taille-haie de l'arrière de son pick-up.

— D'après mon expérience limitée, oui.

Les heures suivantes se passèrent à tondre… ce qui n'avait rien d'une pelouse, opération qui permit de mettre au jour une foule de débris rouillés, moult bouteilles cassées, ainsi que le squelette d'un écureuil qui avait dû mourir de sa belle mort à l'époque où le Montana venait d'entrer dans l'Union !

Soudain, Opal surgit sous le porche affaissé du mobil-home. Elle secoua son tablier et se campa, mains sur les hanches, pour proclamer qu'aucun être doué de raison ne pouvait vivre dans un bouge pareil.

— Tu entends, Boone ? Elle pense que tu es un être doué de raison ! lança Hutch.

— Enfin quelqu'un qui me connaît bien ! répliqua Boone en riant.

— Et n'allez pas croire que je n'ai pas remarqué les canettes de bière amassées dans le frigo ! poursuivit Opal, avant de réintégrer la caravane en pestant.

— De la bière ! J'en sifflerais bien une ! Ou même dix, gémit un des employés du ranch.

Un peu plus tard, au moment où le soleil arrivait au zénith et où tous les estomacs criaient famine, Opal réapparut sur le perron pour annoncer que l'on pouvait manger, car la cuisine était nettoyée. La perspective de ses bons petits plats incita la troupe à rentrer en vitesse, à se laver les mains à tour de rôle à l'évier et à s'aligner devant le buffet pour remplir son assiette.

Opal feignit la cécité quand chacun des vachers subtilisa discrètement une bière dans le réfrigérateur, avant de sortir s'installer à l'ombre des arbres.

Comme elle s'attablait dans la cuisine fraîchement récurée du sol au plafond, Boone et Hutch vinrent se joindre à elle.

— Vous êtes une vraie fée du logis, affirma Boone en regardant autour de lui.

En effet, bien que la caravane soit toujours aussi délabrée, toutes les surfaces étincelaient.

— Et toi, tu es resté bien trop longtemps célibataire, rétorqua la vieille dame sur ce ton bourru et affectueux qui était sa marque de fabrique.

Boone, qui n'avait pas dû manger de plat cuisiné maison depuis la maladie de Corrie, se jeta sur la salade de pommes de terre, avant de se servir une double portion de poulet rôti croustillant.

Opal l'observa un long moment, comme si elle le voyait pour la première fois, puis elle soupira et hocha la tête d'un air désolé.

— Ce n'est pas ce que Corrie aurait désiré pour toi et tes petits garçons, murmura-t-elle.

Boone reposa sa fourchette encore pleine de pommes de terre et fixa son assiette en silence. Il semblait si malheureux que Hutch éprouva une folle envie de se porter à son secours, mais il réprima son élan. Il savait qu'Opal avait raison. Qui sait ? Peut-être réussirait-elle à secouer Boone, alors que tant d'autres, Slade et lui inclus, avaient pitoyablement échoué.

— Je n'avais pas prévu de vivre dans cette caravane plus d'un an, expliqua Boone sans lever les yeux. C'était juste un endroit où poser nos valises en attendant que la maison soit terminée.

— Je sais bien, mon garçon, mais ne crois-tu pas qu'il serait temps d'avancer ? Construire ta maison, redonner un foyer à tes enfants et, pourquoi pas, te trouver une épouse ?

Cette fois, Boone releva la tête. Il y avait tant de détresse dans son regard que Hutch sentit son cœur se serrer.

— Je ne peux pas épouser une femme que je n'aime pas, et je ne pourrai jamais aimer une autre femme que Corrie, affirma-t-il d'une voix rauque.

Il y eut un profond silence, que ni Opal ni Hutch n'osèrent briser.

Boone reprit sa fourchette et s'efforça de reprendre son repas, mais son bel appétit s'était visiblement envolé.

— Ce qui t'est arrivé est très dur, reprit Opal, au bout d'un moment, avec une douceur pleine de tendresse. Boone, Corrie est partie, pour toujours, mais toi, tu es vivant. Tes fils aussi. Ils ont besoin de leur père.

— Ma sœur…

— Je sais que Molly les aime, il n'empêche que ces petits sont à toi, le coupa-t-elle. Ils sont ton sang, la chair de ta chair. *Leur place est ici, avec toi.*

Boone repoussa son assiette. Il paraissait si ébranlé qu'il semblait prêt à s'effondrer. Il réussit toutefois à se ressaisir et déclara sans les regarder :

— Opal, j'apprécie beaucoup ce que vous faites pour moi et je ne voudrais pas me montrer discourtois, mais vous ignorez de quoi vous parlez. Griff et Fletch sont parfaitement bien chez leur oncle et leur tante, avec leurs cousins.

— Excuse-moi, murmura-t-elle, navrée. Tu ne m'avais pas demandé mon avis. J'aurais dû le garder pour moi.

Sans un mot ni un regard, Boone se leva et quitta la caravane en faisant claquer la porte-écran derrière lui.

— Opal, c'est un progrès, affirma Hutch pour consoler la vieille dame, dont les yeux se mouillaient de larmes. Il fait un grand pas en avant en laissant ses fils revenir à Parable, ne serait-ce que pour le week-end. Songez qu'à Noël dernier, il a préféré aller à Missoula plutôt que les faire revenir ici. Et aujourd'hui non seulement il fait le ménage chez lui, mais il accepte qu'on l'aide, alors que cela faisait longtemps, très longtemps qu'il résistait, croyez-moi.

Opal renifla, lui tapota l'épaule, puis se leva à son tour pour débarrasser son assiette et celle de Boone.

— Depuis quand es-tu devenu si futé ? lança-t-elle. Moi qui aurais juré qu'un type dans ton genre, qui pratique le rodéo, interrompt son mariage et mène l'existence d'un vieux schnock rassis avant l'âge, ne pouvait avoir une once de bon sens.

— Arrêtez de me dorer la pilule et dites-moi le fond de votre pensée, répliqua-t-il, moqueur, en se remettant à manger.

— Ce garçon déprime, affirma Opal en grattant les assiettes, avant de les déposer dans l'évier. Oh ça ! Il donne bien le change, au point d'être devenu shérif. Il faut pourtant qu'il ait le moral à zéro pour avoir laissé les choses dégénérer à ce point.

— Ne vous inquiétez pas trop pour lui. La mort de Corrie l'a anéanti, c'est certain, mais il va se remettre. Il commence à aller mieux.

— J'espère que tu as raison, marmonna Opal, dubitative.

— Vous verrez, affirma-t-il en se demandant d'où lui venait soudain une telle confiance dans l'avenir de son meilleur ami.

Cela faisait pourtant des années que tout le monde, Slade et lui en premier, se faisait du souci pour Boone.

Cependant, le fait qu'il se soit présenté au poste de shérif constituait un premier signe de vie, et il y avait d'autres petits indices encourageants.

Par exemple, Boone était un shérif hors pair. Déjà, quand il travaillait sous les ordres de Slade, il s'était montré un adjoint formidable, stable, fiable et d'une honnêteté à toute épreuve. Ses vêtements étaient toujours impeccables, ses bottes bien cirées, et il se faisait régulièrement couper les cheveux au Curly-Burly, une fois par mois.

Malheureusement, ensuite, il retournait dans son trou à rat, et seul Dieu savait à quoi il passait ses loisirs.

— Tu sais, Tara Kendall et lui seraient bien assortis, reprit soudain Opal. Ils sont tous les deux seuls, leurs terrains sont voisins…

— Ils ne peuvent pas se voir.

— Comme Kendra et toi ? riposta la vieille dame, moqueuse.

Hutch sentit sa nuque rougir et ses oreilles se mettre à chauffer. A tous les coups, elles devaient être écarlates.

— Je n'ai rien contre Kendra, répliqua-t-il gravement.

En revanche, il était incapable de dire si Kendra le détestait ou pas. Il espérait simplement que non, car cette simple idée le démoralisait.

— Boone non plus n'a rien contre Tara, affirma Opal, avec une certitude absolue. Seulement, elle réveille en lui des sentiments qu'il préférerait éviter, et cela lui fiche une trouille bleue. Et réciproquement. Tara a autant peur de Boone qu'il a peur d'elle.

Elle fit une pause, certainement pour mieux ménager son effet, avant de porter l'estocade :

— Exactement comme Kendra et toi.

Hutch posa sa fourchette et repoussa son assiette. Il n'avait plus faim. Opal s'était excusée de se mêler de la vie de Boone, mais il savait qu'elle ne s'excuserait pas de se mêler de sa vie *à lui* — elle s'était imposée sous son toit et devait s'être octroyée des droits connus d'elle seule.

Il se leva prestement, jeta les restes de son repas à la poubelle, posa son assiette et ses couverts dans l'eau chaude savonneuse qu'avait fait couler Opal, la salua et quitta le mobil-home. Sans un mot.

— Tu veux aller là-bas ? Tu es folle, décréta Kendra, ajustant à sa vue les jumelles que Tara était allée chercher, afin que toutes deux puissent espionner ce qui se passait chez Boone.

Une vague de chaleur l'envahit en voyant Hutch ôter

son T-shirt et découvrir ce torse lisse et musclé, dur comme le granit, où elle avait tellement aimé se blottir…

— Pas du tout, ce serait un geste de bon voisinage, répliqua Tara en s'appropriant les jumelles.

— Depuis quand Boone et toi êtes-vous devenus *bons voisins* ?

Elle n'avait pas la moindre envie d'approcher Hutch Carmody, et encore moins de le voir torse nu ! Même si cette perspective était des plus alléchantes…

— Nous ne le sommes pas, répondit Tara en lui rendant les jumelles, qu'elle s'empressa de porter à ses yeux. N'empêche qu'après tous mes reproches cinglants sur l'état honteux de son terrain, je ne peux faire moins que l'encourager dans sa campagne de nettoyage. Et puis Opal est là-bas, en train de s'user les doigts à faire le ménage. Elle serait sûrement contente d'avoir un coup de main.

— Bonne idée, je porte exactement la tenue adéquate ! répliqua Kendra, en désignant d'un geste son tailleur et ses chaussures à talons. En revanche, toi, tu ressembles à un vagabond dans un remake des *Raisins de la colère*, alors ne te gêne pas, vas-y !

— Pas sans troupe de soutien.

— Opal est la meilleure troupe de soutien que l'on puisse trouver, répliqua Kendra, qui, le cœur battant, observait Hutch en train de s'essuyer le front et la nuque avec son T-shirt.

Elle sentit son cœur battre un peu plus fort en voyant saillir les muscles luisants de ses bras et de ses épaules. Malgré la distance, elle avait l'impression que Hutch se sentait observé et qu'il faisait tout ce cinéma de macho exprès.

Tiens ! Sa façon de marcher, par exemple. Cette lente démarche chaloupée de bandit de grand chemin, comme s'il revendiquait chaque pouce du terrain où il posait le pied. Et sa manière de jeter la tête en arrière pour s'esclaffer aux propos que lui criait Opal depuis la caravane.

— Tu as peur ? demanda Tara.

Kendra abaissa à regret les jumelles.

— Non, mentit-elle. Je dois récupérer Madison au jardin d'enfants et je dois penser au souper et…

— Tu es censée récupérer ta fille dans *deux heures.*

— Enfin Tara, pourquoi tiens-tu tant à y aller, tu ne supportes pas Boone Taylor ?

— Comme je te l'ai dit, il faut encourager le bon comportement. De plus, je meurs d'envie de découvrir ce qui le pousse soudain à se lancer dans ces travaux d'Hercule.

— Si ce n'est que ça, je peux te le dire. Ses fils viennent passer le week-end avec lui. Il prépare sa maison pour les accueillir.

— Boone a *des enfants* ? murmura son amie, ébahie.

— Oui. Deux garçons qui, depuis la mort de sa femme, vivent dans la famille de sa sœur, à Missoula. Tu ne le savais pas ?

Comment pouvait-elle vivre depuis un an à Parable sans connaître ce détail ?

— Non, répondit son amie. Je savais qu'il était veuf, mais pas qu'il avait des enfants. Alors comme ça, le lendemain de la mort de leur mère, Boone les a expédiés chez sa sœur ?

— Eh bien, je ne crois pas que la coupure ait été aussi brutale…, avança Kendra.

Mais elle n'en dit pas plus. Elle avait beau aimer Boone et être prête, au besoin, à le défendre bec et ongles, elle lui aurait volontiers secoué les puces pour avoir envoyé ses gamins vivre loin de lui.

— Il est encore plus égoïste que je le pensais, décréta Tara. Qui peut faire un truc pareil ?

— Tara, tu n'étais pas là quand sa femme est morte. C'était terrible. A la fin, Corrie souffrait le martyre et il ne pouvait rien faire pour la soulager. Une situation atroce pour n'importe qui, mais plus encore pour un homme aussi responsable que lui.

— Cela n'a pas dû être facile, non plus, pour ces pauvres gamins, fit remarquer son amie, sur un ton légèrement radouci. Quel âge ont-ils ?

— Cinq et six ans, quelque chose comme ça. Ils sont adorables et ressemblent comme deux gouttes d'eau à leur père.

Une profonde tristesse obscurcit les yeux de Tara, et elle fixa la caravane de Boone, pensive.

— Ne sois pas trop dure avec Boone, dit Kendra en se levant pour prendre congé. Corrie et lui se sont mariés jeunes et ils s'aimaient désespérément.

Tara hocha distraitement la tête sans répondre.

— Hé, pourquoi ne viendrais-tu pas en ville avec Lucy, tout à l'heure ? lui proposa Kendra. Vous pourriez dîner avec nous.

Tara sembla revenir à la réalité et lui sourit.

— Non merci, peut-être une autre fois, répondit-elle.

— Quand tu voudras. Tu n'auras qu'à m'appeler.

Quelques instants plus tard, après avoir récupéré Daisy, Kendra reprenait la route de Parable, en proie à un méli-mélo d'émotions et de pensées contradictoires. Dans sa tête, des images de Hutch, torse nu dans le soleil de l'après-midi, se superposaient à celles de Boone à l'enterrement de Corrie…

Il pleuvait à verse, ce sinistre jour d'hiver. Dès le dernier « amen » prononcé, un vent glacial avait chassé toute l'assistance loin de la tombe. A l'exception de Boone qui était resté sur place, figé dans son costume trempé, la tête basse, les mains jointes et les yeux rivés sur le cercueil.

Finalement, Hutch, Slade et quelques amis étaient venus le chercher. Mais il les avait repoussés en hurlant qu'il refusait de laisser Corrie toute seule sous la pluie. Et, s'ils étaient finalement arrivés à leur fin, cela n'avait pas été sans mal, tant Boone avait résisté.

Depuis ce jour, il n'était plus le même.

Il travaillait dur — et il était de notoriété publique qu'il envoyait la majorité de sa paie à sa sœur pour l'entretien et l'éducation de ses fils —, mais ensuite, il regagnait son sinistre lopin de terre, ce domaine pour lequel il avait caressé autrefois tant de grands rêves.

Son repli sur soi affligeait toute la ville, car Parable était une famille dont Boone, comme Hutch et Slade, était un des fils favoris.

Quand Boone s'était présenté au poste de shérif, tout le monde avait repris espoir, s'imaginant que les choses allaient s'arranger. Malheureusement, jusqu'à l'opération de nettoyage d'aujourd'hui, aucun autre signe de changement n'était apparu. Peut-être que cette fois serait la bonne. Kendra l'espérait de tout son cœur.

Rentrée chez elle, elle se changea pour enfiler un short, un débardeur et des sandales. Puis elle brossa ses cheveux, les noua en queue-de-cheval et vérifia le contenu de son réfrigérateur, envisageant diverses possibilités de menu pour le dîner.

Elle ne pensait plus à Boone, ce qui était un soulagement. En revanche, malgré tous ses efforts, Hutch refusait de décoller de son esprit…

Et ce n'était pas faute d'essayer de se distraire !

Après avoir joué dans la cour à jeter une vieille balle de tennis à Daisy, pendant une quinzaine de minutes, elle alluma son ordinateur portable pour consulter ses e-mails. Rien de bien intéressant.

Finalement, le moment était presque arrivé d'aller chercher Madison au jardin d'enfants. Daisy ne se fit pas prier pour sauter sur le siège passager et se mit à observer attentivement le paysage, comme si une interro écrite l'attendait à la fin du trajet et que les réponses étaient inscrites dans le ciel.

Le jardin d'enfants occupait un coin du centre communautaire, un grand bâtiment à l'architecture hétéroclite, hébergeant également la chambre de commerce, plusieurs salles de conférences et une immense salle de spectacles où avaient lieu les bals, les réceptions de mariage et la plupart des fêtes. Elle était aussi utilisée par la troupe de théâtre amateur, ainsi que par les clubs d'art et de jardinage. A l'extérieur, on trouvait une piscine, un court de tennis et un terrain de base-ball.

La ville était très fière de ce centre, et ceux qui l'entretenaient, en majorité des bénévoles, le faisaient avec beaucoup d'amour.

Kendra se gara près du terrain de base-ball, sa place habituelle, puis promena Daisy en attendant l'heure de sortie.

Soudain, la cloche sonna, et quelques secondes à peine plus tard, les enfants, catapultés dans la cour, célébrèrent leur liberté retrouvée en relâchant leur trop-plein d'énergie avec un enthousiasme débordant… et bruyant.

Kendra sourit en voyant Madison tourner la tête dans sa direction et se mettre à courir en agitant un papier au-dessus de sa tête.

— Regarde mon dessin ! cria-t-elle en lui tendant la feuille.

Kendra examina l'œuvre de sa fille et ressentit un coup au cœur. Madison avait dessiné au crayon vert une maison parfaitement reconnaissable — celle qu'elles habitaient — avec quatre figures distinctes dans la cour : une fillette aux cheveux orange, un chien jaune, un *personnage* portant un énorme collier de perles bleues — qui devait la représenter — et un autre, affublé… d'un chapeau de cow-boy.

Hutch.

— C'est *ma famille* ! proclama la petite fille tout excitée. Ma famille avec un papa cow-boy.

Kendra déglutit et lui sourit.

— Je vois ça, mon cœur. C'est un très beau dessin.

Elle n'osa pas en dire plus, de peur de laisser échapper les larmes qui lui montaient aux yeux.

— On pourra le mettre sur le réfrigérateur ? s'enquit

Madison en ouvrant de grands yeux solennels, comme si, s'attendant à un refus, elle se préparait à défendre fermement son point de vue.

— Bien sûr, répondit faiblement Kendra, après s'être éclairci la gorge.

Elle passa les cinq minutes suivantes à installer sa petite troupe dans la voiture.

— Mon copain Brooke a un papa, comme plein d'autres enfants, déclara Madison, une fois qu'elles eurent démarrées.

« Donnez-moi la force », implora Kendra, accablée, avant de répondre :

— Oui.

— Ils dessinent tous leur papa, alors moi aussi. Mais le mien, c'est un cow-boy.

— Et ce cow-boy a un nom ? hasarda Kendra, qui connaissait parfaitement la réponse.

Mais elle savait qu'elle ne pourrait pas faire taire sa fille. Et inutile d'essayer de changer de sujet de conversation, avant que Madison ne soit d'accord, car cela ne marcherait pas.

— Vrai cow-boy ! répondit gaiement la fillette. Il a plein de chevaux et un jour, je pourrai en monter un !

— Ce sera très amusant.

— C'est bien ce qu'il a dit, hein, maman ? Tu te souviens, il a dit que je pourrais monter un de ses chevaux si tu le voulais bien ?

— C'est vrai, il a dit ça.

Hutch se rappelait-il son offre, ou avait-il parlé pour ne rien dire, simplement parce que c'était ce que Madison souhaitait entendre à cet instant précis ?

Si pour lui, c'était probablement des paroles en l'air, pour Madison, c'était une promesse sacrée.

Préoccupée, elle se mordilla la lèvre. Bien sûr, elle pouvait toujours couper court en disant à sa fille qu'elle préférait qu'elle grandisse un peu avant de monter à cheval. Mais d'abord, elle ne voulait pas élever une enfant peureuse, et ensuite pourquoi serait-ce à *elle* de décevoir Madison en donnant, par-dessus le marché, le beau rôle à Hutch ? Parce que si elle refusait de laisser monter sa fille, c'est Hutch qui apparaîtrait comme le gentil et elle la méchante mère.

Et ça, pas question !

Pour une fois dans sa vie, Hutch allait devoir assumer.

Madison monterait à cheval, car elle allait s'en assurer.

Dès qu'elles furent revenues à la maison, Madison alla chercher un rouleau de Scotch dans le bureau, grimpa sur une chaise et fixa fièrement son dessin sur la porte du réfrigérateur.

— Voilà ! dit-elle, satisfaite, avant de descendre et d'admirer son œuvre.

— Et si tu faisais d'autres dessins ? suggéra Kendra, après l'avoir complimentée. Celui-ci paraît un peu tristounet, tout seul.

Madison accepta la proposition avec empressement et courut chercher ses crayons, Daisy sur ses talons.

Kendra en profita pour sortir son portable et, sans hésitation, fit défiler les numéros enregistrés pour trouver celui de Hutch.

— Allô ? lança Hutch, à la seconde sonnerie.

— Il faut qu'on parle, quand pouvons-nous nous voir ? murmura-t-elle, pour ne pas que Madison l'entende.

10

« Il faut qu'on parle, quand pouvons-nous nous voir ? »

Prétendre que les paroles de Kendra avaient pris Hutch au dépourvu aurait été la litote du siècle ! Toutefois il espérait avoir un ton détaché pour répondre :

— D'accord, je pars de chez Boone. Mais avant, j'ai du boulot à faire au ranch et besoin d'une bonne douche.

Qu'est-ce qui lui avait pris d'ajouter ça ? Cette femme ne demandait pas un rapport sur son hygiène personnelle !

Kendra semblait un peu tendue quand elle marmonna en réponse :

— Ce soir, demain… quand tu veux.

On aurait dit qu'elle regrettait déjà son invitation et se mordait même les doigts de l'avoir appelé. Mais si elle pensait qu'il n'irait pas, elle se fourrait le doigt dans l'œil ! Il irait. Et plutôt deux fois qu'une !

Malgré ses courbatures, il en fut tout ragaillardi. Manifestement, il n'était pas le seul à se sentir en porte-à-faux, et puis, il devait avouer que son « il faut qu'on parle » l'intriguait fort.

— Si je comprends bien, rien ne presse, conclut-il avec un sourire dans la voix.

Inutile de voir Kendra pour savoir qu'elle rougissait jusqu'à la racine des cheveux, car elle était incapable de dissimuler ses émotions ou son humeur.

Kendra Shepherd avait beau avoir le physique glacial d'une déesse nordique, elle pouvait se montrer aussi passionnée qu'une tempête tropicale.

— Non, rien ne presse, confirma-t-elle. Enfin, si. Je pense que l'on pourrait discuter de ça tout de suite…

Se délectant de son trouble, il laissa passer quelques secondes avant de reprendre :

— Cela me convient parfaitement.

— Oui, Madison, tu *dois* te laver les mains avant le dîner ! lança-t-elle à sa fille qui l'interrogeait de loin. Tu as joué avec le chien, pour l'amour du ciel !

Hutch sourit.

— Je passerai dans la soirée, proposa-t-il. A quelle heure couches-tu Madison ?

— 20 heures.

— Alors j'arriverai vers 20 h 30.

Le silence qui s'ensuivit lui donna à penser qu'elle avait changé d'avis. A tous les coups, elle allait lui annoncer qu'il était inutile de venir, qu'elle pouvait lui dire ce qui la préoccupait au téléphone.

Sauf que, pour une raison quelconque, Kendra ne semblait pas vouloir que sa fille entende leur conversation.

— 20 h 30, c'est d'accord, confirma-t-elle dans un soupir.

Après avoir raccroché, il se dépêcha de rentrer à Whisper Creek. Il s'occupa de ses chevaux, prit une douche rapide et engloutit un reste de poulet froid et de salade de pommes de terre du midi en lorgnant l'horloge toutes les cinq minutes.

Il était à peine 18 heures.

Apparemment, il avait effectué toutes ses corvées à la vitesse de l'éclair. Qu'était-il supposé faire durant les deux heures et demie qui lui restaient à tuer avant son rendez-vous mystérieux avec Kendra ?

— Toi, tu es aussi nerveux qu'un matou sur un gril, je suis sûre que tu me caches quelque chose, lui fit remarquer Opal qui rangeait les restes de son repas pantagruélique du midi.

Avec bonne humeur, Hutch l'écarta du réfrigérateur et finit d'y entreposer les boîtes de poulet et de salade de pommes de terre dans tous les coins disponibles. Et pourtant, Opal en avait laissé une bonne partie à Boone et aux hommes venus l'aider !

— Pourquoi ne prendriez-vous pas votre soirée ? proposa-t-il, quand il jugea que s'était écoulé un délai suffisant pour que la question paraisse naturelle.

— Vu que je ne suis pas à ton service, la suggestion est intéressante, mon garçon. Qu'est-ce que tu mijotes, Hutch Carmody ? Tu veux récolter de nouveaux ennuis en retournant à la Boot Scoot Tavern ?

— Non, je ne vais pas à la Boot Scoot. D'ailleurs, ne vous formalisez pas, mais ce ne sont pas vos oignons.

Opal lui jeta un regard inquisiteur.

— Ce soir, il y a une séance de bingo à l'Elk's Club et je n'en rate pas une, surtout quand je me sens en veine, dit-elle. Puisque je vais en ville, je peux te déposer où tu veux et venir te rechercher.

— Je me conduis moi-même depuis que j'ai obtenu mon permis, répliqua-t-il d'un ton moqueur.

— Très bien, ne me dis *rien*, marmonna Opal, vexée, en dénouant son tablier. Il me suffira d'ouvrir grand les oreilles. Quelqu'un finira bien par me dire qu'il t'a vu ce soir et me fournir tous les détails.

Hutch éclata de rire. Qui aurait dit qu'il prendrait autant de plaisir à se faire persécuter par une femme ? La présence d'Opal lui donnait l'impression d'avoir retrouvé une mère — et, malgré le côté agaçant parfois, c'était une sensation fort agréable.

— Je vais voir Kendra, avoua-t-il. Et ne me demandez pas pourquoi, parce que c'est *son* idée, et je ne sais pas du tout ce qu'elle me veut.

Vu la lueur malicieuse dans les yeux de la vieille dame, elle s'était déjà fait sa petite idée.

— Voilà-t-il pas que Kendra désire te voir ! s'exclama-t-elle, ravie. Quant à ce qu'elle te veut, il n'y a qu'un grand benêt de cow-boy dans ton genre pour ne pas l'avoir deviné !

Elle s'interrompit, pensive, et il vit son visage s'assombrir.

— Tu ne l'as pas prise à rebrousse-poil, j'espère ? demanda-t-elle en lui jetant un regard d'institutrice.

— Je hérisse toujours Kendra, vous le savez bien, riposta-t-il sur un ton léger.

Opal haussa les épaules.

— N'oublie pas de lui acheter des fleurs en chemin, ordonna-t-elle. Comme ça, si elle a une dent contre toi, ce qui ne m'étonnerait guère, elle te pardonnera plus facilement.

— Me pardonner ? s'écria-t-il, offensé. Et me pardonner quoi ? Je n'ai rien fait que Kendra doive me pardonner !

— Peut-être pas récemment, reconnut Opal en le toisant d'un œil sévère. Il n'empêche qu'à une époque, tu as fait suffisamment de dégâts dans sa vie pour qu'elle t'en veuille. Alors achète des fleurs. Quand je suis allée au supermarché hier, il y avait de jolis bouquets de gerbera en promotion.

Hutch s'inclina profondément pour marquer son accord.

Opal se mit à rire et agita la main pour le chasser, puis alla se préparer pour sa soirée endiablée de bingo.

Kendra scruta le halo de lumière sous le porche en retenant son souffle.

Evidemment, elle s'attendait à voir Hutch puisqu'elle lui avait demandé de passer, mais pour une raison inconnue, chaque fois qu'elle le voyait, que la rencontre soit prévue ou pas, elle avait la sensation d'être traversée par un câble haute tension.

Hutch était vêtu d'un jean flambant neuf, d'une chemise en coton jaune pâle fraîchement repassée — et peut-être même *amidonnée* ! — de bottes impeccablement cirées et d'un Stetson relativement neuf au lieu de son chapeau habituel, qui avait perpétuellement l'air d'avoir été piétiné par un troupeau de taureaux sauvages.

Et, dans sa main gauche… un joli bouquet de fleurs.

Il devait s'être mépris sur le sens de son coup de fil, songea-t-elle, aussi inquiète que ravie.

Son cœur cognait dans sa poitrine et elle respira si fort qu'elle avait peur de s'évanouir si elle ne se ressaisissait pas dans la minute.

Hutch l'ayant aperçue à travers la vitre de la porte d'entrée, il était donc trop tard pour prétendre ne pas être chez elle. Résignée, elle prit une profonde inspiration et lui ouvrit.

Il lui sourit et ôta son chapeau avec dextérité. Son geste lui en rappela d'autres, plus délicats, au cours de circonstances bien plus intimes, remontant à leurs jours et leurs nuits passionnés d'autrefois…

— Les fleurs, c'est une idée d'Opal, dit-il vivement.

Elle sourit, amusée de constater que, malgré ses efforts, il était aussi nerveux qu'elle — si ce n'est plus.

— Pas de vin ? répliqua-t-elle. Tu baisses, cow-boy.

— J'ai pensé que ce serait trop pousser ma chance.

Plaisantait-il ou pas ? Impossible de le dire.

Elle le conduisit jusque dans la cuisine, se demandant de quelle manière elle allait aborder le problème. Madison était couchée depuis un petit moment déjà, mais elle était tout de même retournée deux fois dans sa chambre au cours de la dernière demi-heure pour voir si elle dormait bien. Ce qu'elle allait dire à Hutch était délicat, et elle ne voulait pas que sa fille entende.

Elle prit les fleurs, chercha un vase et arrangea prestement un bouquet. Son camaïeu de rouge, de brun, d'orange, de rose profond et de mauve était d'une beauté saisissante. Hutch l'avait-il choisi lui-même ?

Quand elle se retourna, le vase à la main, elle faillit le percuter. Les joues en feu, elle le contourna et alla déposer les fleurs au milieu de la table.

— Il y a du café si tu en veux, lui proposa-t-elle.

Elle se sentait aussi intimidée que s'il était un étranger et non l'homme qui lui avait fait l'amour dans toutes les positions et les endroits les plus scabreux…

« Stop, arrête ça tout de suite ! », se tança-t-elle.

Hutch dut déceler son trouble, car il la scruta, le regard un peu moqueur. S'il pouvait se montrer obtus au point d'en être exaspérant, il avait aussi un côté perspicace qui lui donnait souvent l'avantage sur elle.

— Merci, mais j'en ai déjà bu suffisamment, répondit-il. Une tasse de plus et je vais devoir passer la nuit à refaire le toit de ma grange.

L'image fit sourire Kendra, dont la nervosité baissa d'un cran. Mais d'un cran seulement.

— Je vais aller jeter un coup d'œil à Madison, annonça-t-elle, quittant précipitamment la cuisine.

Qu'y avait-il donc chez Hutch pour que, chaque fois qu'elle était en sa présence, elle se retrouve dans un tel état ? Il n'avait encore rien dit de spécial !

Non, mais il l'avait regardée, et elle avait senti la chaleur de son regard incandescent sur tout son corps…

Madison dormait comme un angelot dans son lit de princesse — ou alors, elle jouait les marmottes à la perfection. Daisy, roulée à ses pieds, leva la tête, bâilla, puis replongea au pays des rêves canins.

Kendra n'avait plus d'excuse pour s'attarder, d'autant que c'était elle qui avait proposé le rendez-vous. Elle se força donc à retourner dans la cuisine pour affronter Hutch.

Il était toujours debout, son Stetson à la main.

La voyant revenir, il lui tira galamment une chaise, comme s'ils se trouvaient dans la salle d'un grand restaurant et non dans une cuisine tout à fait modeste.

Elle s'assit, se demandant ce qui lui avait pris de se fourrer dans un pétrin pareil ; cela lui ressemblait si peu. Un psychologue à la petite semaine en aurait sûrement conclu qu'elle avait obéi à une motivation inconsciente — probablement d'origine sexuelle.

Ce qui était absolument faux.

La présence de Madison dans la maison excluait toute possibilité de faire l'amour.

Il n'empêche que… l'atmosphère de la petite cuisine,

saturée de phéromones, vibrait d'ondes tout à fait caractéristiques.

Hutch s'installa en face d'elle. Le visage grave, il l'observa pendant un long moment, avant de grommeler :

— Quoi ?

Elle le regarda et esquissa un rapide sourire. Pourquoi diable ne s'était-elle pas expliquée avec lui directement au téléphone ? Elle aurait pu l'appeler une fois Madison couchée.

Mais… elle voulait le voir, voilà pourquoi. Parce que depuis qu'elle l'avait vu torse nu chez Boone, il l'obsédait. Bien sûr, elle devait lui parler de Madison, de cette balade à cheval ; une discussion des plus normales. Il n'empêche que le but de ce rendez-vous semblait… transparent.

Mon Dieu, comme c'était embarrassant ! songea-t-elle, accablée.

— Oh ! Rien de grave ! lança-t-elle soudain. Simplement…

Les joues brûlantes, incapable d'ajouter un mot, elle voulut se détourner pour échapper au regard scrutateur de Hutch, mais sa fierté lui interdit cette faiblesse.

— Je t'écoute, dit-il calmement.

— Tu sais, Madison compte vraiment sur sa balade à cheval, bredouilla-t-elle, gênée.

— Et ?

— Désolée, je m'y prends comme un manche. Au départ, étaler le problème au grand jour me semblait une bonne idée, mais maintenant…

Hutch la fixait, sincèrement étonné. Si elle ne s'était pas sentie aussi mal à l'aise, son expression l'aurait fait éclater de rire.

— Qu'est-ce qui te prend ? demanda-t-il. Tu as décidé de lui interdire de monter ?

Elle se mit à rire. Bêtement. Un rire nerveux, aussi grinçant qu'un ressort d'horloge cassé, mais qui lui fit du bien.

— Non, pas du tout, répondit-elle. Seulement je

pensais que tu pouvais avoir oublié ta promesse, et comme Madison…

— … compte vraiment dessus, termina-t-il à sa place, le visage toujours aussi perplexe. Kendra, où veux-tu en venir *exactement* ?

Mais avant qu'elle puisse formuler une réponse, elle le vit se rembrunir sous le coup d'une révélation subite. Ses yeux prirent une nuance orageuse, prémices d'une tempête dévastatrice.

— Tu as pensé automatiquement que j'allais la laisser tomber, c'est ça ? demanda-t-il, le regard brûlant d'indignation.

— Non, pas exactement…

Pas exactement ? Allons donc ! Hutch venait d'exprimer exactement le fond de sa pensée. La vérité, c'est qu'elle avait eu peur qu'il déçoive sa fille, qu'il la blesse.

— Si tu te souviens bien, reprit-il, j'ai dit à Madison que, *si tu étais d'accord*, elle pourrait monter un de mes chevaux. C'est *toi* qui as refusé de t'engager par un « oui » catégorique, *toi* qui t'es contentée de répondre « peut-être ». Et maintenant, c'est *ma* faute ? C'est *moi* qui ai laissé tomber ta fille ?

C'était tout Hutch, ça : résumer en termes clairs ce qui n'était qu'un fouillis de pensées dans son esprit à elle. Mortifiée, elle déglutit péniblement en détournant les yeux.

— Kendra…

— Pardonne-moi, j'ai eu tort, murmura-t-elle en se forçant à croiser son regard. Nous ne pourrions pas passer à autre chose, s'il te plaît ?

Si Hutch sourit, l'expression de ses yeux resta grave, presque navrée.

— Kendra, je pensais ce que j'ai dit. Si tu y consens, nous ferons monter Madison sur mon cheval le plus docile et elle aura sa petite balade. A moins que tu ne préfères que je la prenne en selle avec moi.

La gorge de Kendra se serra. Une fois de plus, elle

fut obligée de détourner les yeux pour puiser le courage de le regarder. Elle avait l'impression que son regard la perçait jusqu'au tréfonds de son âme pour déceler ses secrets les plus cachés — ceux qu'elle dissimulait depuis des années, aux autres, autant qu'à elle-même.

— Quand ? demanda-t-elle, s'efforçant de faire bonne figure. Madison va exiger des détails.

— A toi de choisir, répondit-il avec un grand sourire.

Elle soupira. La balle était dans son camp et Hutch ne la laisserait pas l'oublier.

— Demain, après sa sortie du jardin d'enfants ? proposa-t-elle

— Ça marche. Vers quelle heure dois-je vous attendre à Whisper Creek ?

— 15 h 30, ce n'est pas trop tôt ? Tu as certainement beaucoup à faire et je ne voudrais pas m'imposer.

— 15 h 30, répondit-il en lui prenant la main. Kendra, une question. Pourquoi as-tu eu tant de mal à me faire part de tes inquiétudes ? Toi et moi, nous avons un passé. Un passé qui n'est pas entièrement à jeter, loin de là.

— Je… je ne sais pas trop.

— C'est une réponse honnête, bien qu'un peu décevante, répliqua-t-il avec un sourire sincère.

Il se leva et ajouta :

— A demain alors ?

— Oui, si tu es sûr que cela ne te dérange pas. Un autre jour conviendrait tout autant, je t'assure…

Il plissa les yeux, non pas de colère, cette fois, mais d'étonnement.

— Ah, les femmes ! soupira-t-il, une note de consternation dans la voix.

Kendra se leva et le raccompagna jusqu'à la porte.

— Ah, les hommes ! répliqua-t-elle en levant les yeux au ciel.

Elle n'avait rien prémédité et Hutch non plus, probablement, mais une fois sous le cône de lumière du porche, ils se retrouvèrent soudain enveloppés dans les ombres douces de l'été, proches. Trop proches.

Hutch se pencha vers elle et l'embrassa aussi naturellement qu'à l'époque de leurs amours.

Et elle lui rendit son baiser, tout aussi naturellement. Aussitôt son corps se réveilla, envahi par un flot de sensations inouïes — certaines nouvelles, d'autres plus familières…

Elle frissonna, surprise de tout revivre à l'identique : le désir, le besoin, et toutes ces émotions enivrantes que, depuis leur rupture, elle s'était efforcée d'oublier.

Elle savait qu'elle aurait dû résister avant qu'il ne se produise une collision dévastatrice. Mais c'était impossible.

Elle était noyée dans ce baiser, dans le bonheur et cette sensation de sécurité absolue que lui procurait l'étreinte ferme et rassurante des bras de Hutch.

Un baiser qui s'éternisait et, doté d'une vie propre, passait de la légèreté d'une plume à l'avidité la plus impérieuse. Sentant ses genoux faiblir, elle s'agrippa à la chemise de Hutch.

— Maman ?

La voix, qui provenait de l'autre côté de la porte-écran, les sépara comme une lame.

Ils se reculèrent dans un même élan.

— Tu ne m'avais pas dit que le vrai cow-boy était là, marmonna Madison en frottant ses yeux ensommeillés.

— Je ne voulais pas te réveiller, expliqua Hutch. Ta maman et moi étions en train de décider quand aurait lieu la balade à cheval dont nous avons parlé.

Aussitôt, Madison écarquilla grands les yeux et les rejoignit.

— C'est vrai ? Quand ?

Hutch la souleva dans ses bras en souriant.

— Oui, c'est vrai, demain après-midi, dans mon ranch.

— Super ! s'exclama la fillette, folle de joie, en levant au ciel son petit poing triomphant.

Amusé, Hutch la reposa par terre et ébouriffa ses boucles cuivrées.

Kendra, le cœur battant la chamade, ne disait rien. Qu'avait vu Madison en arrivant ? Rien de leur baiser, sans doute, se rassura-t-elle. Sinon, la connaissant, elle aurait fait une réflexion.

— L'affaire est donc réglée, conclut Hutch en souriant. Bonne nuit, mesdames, à demain !

— Attends ! s'écria Madison.

Soulagée, Kendra réalisa que ce n'était pas elle qui avait crié, car une prière identique lui était montée aux lèvres, manquant lui échapper.

« Attends, Hutch. »

Attendre quoi ? Une nouvelle chance ? Un miracle ? Une faille temporelle entre le présent et l'époque où tout se passait si bien entre eux ? Ou, simplement, qu'il l'embrasse encore ?

Elle perdait la tête !

Hutch s'immobilisa et attendit patiemment.

Kendra ne lui avait jamais connu une telle sérénité. Il avait toujours été un cow-boy prompt à la bagarre et elle doutait qu'il se soit assagi, mais on sentait aussi en lui un silence impressionnant, comme si, solidement ancré au cœur de l'univers, il y puisait sa confiance en lui.

— Daisy pourra venir aussi ? s'enquit Madison avec le plus grand sérieux.

— Si ta maman est d'accord, je n'y vois pas d'inconvénient, répondit-il en se tournant vers elle.

Kendra, n'osant pas parler, se contenta de hocher la tête.

Hutch descendit l'allée, et remonta dans son vieux pick-up.

Kendra prit Madison par la main et rentra, consciente que sa fille lui parlait mais ne comprenant pas un traître mot de ce qu'elle lui disait.

*
* *

A la fois exalté et mort de trouille, Hutch retourna chez lui. Le baiser échangé avec Kendra vibrait encore dans tout son être, comme des balles de fusil ricochant dans une cuve. Son instinct lui criait de fuir cette femme en vitesse et le plus loin possible.

Sauf qu'il n'avait nulle part où aller. Et qu'il n'avait jamais fui de sa vie.

Il alluma la radio et, pendant un bon kilomètre, accompagna à pleins poumons une chanson à boire country. La manœuvre réussit, car au moment de franchir le dernier tournant, la vague d'adrénaline avait légèrement reflué. Il allait peut-être enfin arriver à réfléchir clairement.

Malgré sa vitesse raisonnable — la contravention de Boone était encore fraîche dans son esprit —, il n'en faillit pas moins heurter la bestiole assise au beau milieu de la route.

Saisi, il fit une embardée, freina, puis coupa son moteur et, laissant les phares allumés, descendit. Il contourna en courant son camion et, soulagé, constata que l'animal — un gros chien noir ou un ours squelettique, difficile à dire — était indemne. A son approche, la *créature*, qui n'avait pas bougé d'un pouce, émit un sourd grondement en se recroquevillant sur elle-même.

— Tu es blessé ? demanda Hutch, conscient qu'un véhicule pouvait déboucher à tout moment du virage et les envoyer, lui et cette *chose*, qui se révélait être un chien, directement en Terre promise.

Il s'accroupit avec précaution et palpa d'une main experte de rancher le dos et les pattes du chien. Rien de cassé.

— Allons, voyons voir si tu peux marcher, murmura-t-il en se redressant. Allez, viens.

Et il se dirigea lentement vers son camion.

Le chien se redressa péniblement et boitilla à sa suite.

Avec précaution, il le hissa sur le siège passager.

— Il ne faut pas s'asseoir sur la chaussée, dit-il en

se remettant au volant. C'est le meilleur moyen de se faire tuer. On ne…

Bon sang ! Voilà qu'il parlait à un chien !

Le chien frissonna et tourna vers lui ses yeux las et limpides.

Il envisagea de faire demi-tour pour l'amener directement à la clinique vétérinaire, ou au moins chez Martie Wren, pour qu'elle l'examine et vérifie la présence éventuelle d'une puce d'identification. Mais il y renonça. Ayant vécu toute sa vie en compagnie de chevaux, de chiens et de bovins, il sentait instinctivement qu'en dépit de sa maigreur et de sa saleté, l'animal était solide.

Il fut soulagé de découvrir qu'Opal était revenue. A l'évidence, la séance de bingo était terminée car, à son avis, jamais elle n'aurait décollé du sous-sol de l'Elk's Club avant l'annonce du dernier numéro.

Il se gara, et déposa le chien sur ses pattes tremblotantes.

— Tout va bien se passer, mon vieux, tu as ma parole, affirma-t-il, la gorge nouée, avant de rentrer avec l'animal dans la maison.

Opal, assise à la table, buvait une tisane en lisant la Bible.

— Doux Jésus ! s'exclama-t-elle en découvrant le chien. Qu'est-ce que c'est que cette *chose* ?

— Un voyageur qui traverse une période difficile.

Opal se leva, ôta ses lunettes, les frotta avec un torchon, avant de les rechausser pour pouvoir inspecter de plus près l'animal.

— Pauvre bête, on va t'examiner, décréta-t-elle, avant d'étendre un grand sac plastique sur la table. Pose-le donc là-dessus.

Le chien chancela sur ses pattes au milieu du plateau. Manifestement convaincu de transgresser une obscure loi humaine et qu'il serait châtié pour sa faute, il se mit à trembler comme une feuille.

— Personne ne va te faire de mal, le rassura gentiment Opal, tout en commençant son examen. Doux Jésus que tu es maigre ! lança-t-elle en se reculant. De quand date ta dernière pâtée, mon pauvre toutou ?

Hutch reposa l'animal sur le sol, alla chercher un bol, le remplit d'eau et le posa par terre.

Le chien lapa jusqu'à la dernière goutte, puis leva sur lui un regard implorant, aussi audible que s'il avait parlé tout haut.

Hutch remplit de nouveau le bol.

Après s'être lavé les mains, Opal se mit à fureter dans le réfrigérateur, d'où elle sortit deux morceaux de poulet et un pot de fromage blanc.

Comme si elle avait passé toute sa vie à nourrir des chiens affamés, elle dépiauta prestement la viande, la découpa en petits morceaux, la mélangea au fromage blanc, puis posa l'assiette contenant la préparation par terre.

Le chien quitta aussitôt son bol d'eau et plongea sur la nourriture comme s'il avait peur qu'elle parte en fumée. Il dévora sa pâtée à la vitesse de l'éclair. Hutch lui en aurait bien resservi une portion, mais Opal le lui déconseilla.

— Son pauvre estomac ne pourra pas supporter un gramme de plus.

Toujours avec mille précautions, Hutch lava l'animal dans la buanderie, et le frictionna jusqu'à ce que son poil reluise.

Quand tous deux revinrent dans la cuisine, Opal avait repris sa lecture de la Bible et sirotait une tisane. Elle leva les yeux vers lui et tapota le livre saint de l'index.

— Lévitique. Voilà le nom idéal pour notre ami, décréta-t-elle.

— On peut savoir pourquoi ?

— Parce que c'est ce que j'étais en train de lire quand tu l'as amené.

Il sourit. Quand il était petit, chaque année, sa mère relisait la Bible, quelques versets chaque jour. Elle affirmait que si on était capable de lire le Lévitique, on pouvait surmonter n'importe quoi.

— Alors, ce bingo ? demanda-t-il tout en regardant

Lévitique qui se dirigeait vers la pile de vieilles couvertures qu'Opal avait installée à son intention.

Epuisé, le chien s'allongea dessus avec un gros soupir et ferma les yeux.

Le visage d'Opal s'illumina et elle annonça triomphalement :

— J'ai gagné le gros lot : cinq cents dollars ! Ce soir, je suis pleine aux as.

— A propos d'argent, je vous en dois beaucoup pour tout ce que vous avez fait ici, sans oublier chez Boone.

— Je ne veux pas de ton argent, répliqua-t-elle avec un geste de dédain. D'ailleurs, je viens de te dire que j'avais cinq cents beaux dollars dans mon porte-monnaie.

— Opal, vous n'êtes qu'une tête de mule.

— Raison de plus pour ne pas discuter avec moi, rétorqua-t-elle, avant de dresser un sourcil interrogateur.

Hutch vit la question arriver, avant même qu'elle ne franchisse ses lèvres.

— Comment ça s'est passé, avec Kendra ?

— Suffisamment bien pour qu'elle et Madison viennent demain après-midi monter à cheval.

C'était plus qu'il n'en aurait dit habituellement, mais il avait une dette envers Opal, et c'était si facile de lui parler.

— Elles resteront pour le souper, décréta la vieille dame, radieuse. Je vais préparer ma fameuse tourte à la purée de maïs. Kendra l'adore et je suis sûre qu'elle plaira à son adorable petite fille.

— Mieux vaut que l'invitation vienne de vous. Si c'est moi qui lui propose, elle risque de refuser.

Sans doute était-elle furieuse après lui à cause de ce fichu baiser. A l'heure qu'il est, elle devait se reprocher sa faiblesse et regretter de ne pas l'avoir giflé au lieu de… De lui rendre son baiser avec une intensité qu'il n'aurait jamais imaginée.

— Je me demande d'où te vient une idée pareille ? répliqua Opal, feignant l'étonnement, avant de poser les yeux sur le chien. Tu as l'intention de garder Lévitique, je me trompe ?

— A moins que quelqu'un ne le réclame. Je vérifierai chez Martie, demain.

— Personne ne recherche Lévitique. S'il appartenait à quelqu'un, il aurait un collier et une médaille.

Hutch en éprouva une certaine joie. Ce chien ne lui apporterait peut-être que des ennuis — il n'était certainement pas bien éduqué et allait tout mordiller — mais qu'importe ! Il avait envie de le garder. Une envie plus forte que tout, à part celle de trouver un terrain d'entente avec Kendra, afin qu'ils cessent enfin de se disputer à tout bout de champ.

C'est pourquoi, il lui tardait terriblement d'être à demain.

11

— Il me faut des bottes, décréta Madison, le matin suivant, au petit déjeuner. On peut en acheter, aujourd'hui ?

Depuis son réveil, elle faisait une fixation sur la prochaine balade à cheval à Whisper Creek et, tout en avalant allègrement son bol de céréales favorites, balançait les pieds d'avant en arrière sous la table, comme pour se transporter plus vite vers l'heure magique du rendez-vous.

— Attendons de voir, éluda Kendra, qui sirotait son café sans enthousiasme.

D'ordinaire, elle ne sautait jamais le petit déjeuner, mais ce matin, elle se sentait incapable d'avaler une miette. C'était elle qui avait orchestré cette balade, elle aussi qui avait rappelé sa promesse à Hutch, et maintenant, la réalité planait comme une menace au-dessus de sa tête — et celle de Madison.

Qu'est-ce qui lui avait pris ? se demandait-elle, accablée. Pourquoi les avait-elle mises, sa fille et elle, dans un pétrin pareil ? Alors que rester le plus loin possible de Hutch était la sagesse même.

— Tous mes amis ont des bottes, insista Madison.

Kendra reposa sa tasse avec une grimace de dégoût. Le café, d'ordinaire sa planche de salut, avait, ce matin, un goût âcre.

— La plupart de tes amis montent à cheval depuis qu'ils sont bébés, expliqua-t-elle. Imagine qu'à la fin de la balade, tu t'aperçoives que tu détestes ça et que tu ne veux plus jamais recommencer ?

— Je vais aimer, répliqua Madison avec une conviction inébranlable.

D'où tenait-elle cette certitude ? De son héritage génétique ? Un lointain vestige de ses ancêtres anglais, adeptes de la chasse à courre, qui, depuis des siècles, battaient la campagne en sautant haies et ruisseaux ?

— Qu'est-ce qui te rend si sûre de toi, jeune fille ? répliqua-t-elle en souriant.

— Tu dis tout le temps que c'est bien de tenter de nouvelles expériences, rétorqua Madison en lui retournant son sourire, avec une note de triomphe dans la voix qui renforça son impression qu'elle était une très vieille âme qui jouait à l'enfant de quatre ans.

Là, Kendra ne trouva rien à répondre. Elle était bien attrapée. C'est vrai, elle disait souvent à sa fille qu'il ne fallait pas avoir peur — du jardin d'enfants, de s'exprimer en classe ou de se faire de nouveaux copains au parc de jeux, par exemple. Et Madison avait bien retenu la leçon ! Pour son plus grand malheur. Allons ! Elle ne devait pas projeter ses propres angoisses sur sa fille. Madison n'était pas la gamine craintive qu'elle avait été à son âge, mais une petite fille audacieuse qui rêvait de monter sur un cheval et de galoper sur le dos d'un gigantesque étalon — alors que l'expérience risquait fort de se limiter à tourner en rond à califourchon sur un poney ou une jument arthritique.

— Je te propose un marché ! lança gaiement Kendra. On attend la fin de la promenade et si tu as encore envie d'une paire de bottes, nous irons l'acheter.

Sa fille la regarda un instant, pas vraiment satisfaite, mais finit par hocher la tête.

— D'accord, dit-elle enfin. Mais je sais que je vais aimer monter à cheval.

— Dépêche-toi de finir ton petit déjeuner ! lança Kendra en riant. Ensuite, tu iras te laver les dents, pendant que j'emmènerai Daisy faire un petit tour dans le jardin. Tu dois arriver à l'heure au jardin d'enfants et moi au bureau.

D'après les peintres et l'équipe de nettoyage, les travaux de rafraîchissement du manoir touchaient à leur fin, et elle avait déjà deux visites programmées : une à midi, l'autre le lendemain matin.

Les choses s'annonçaient bien.

Alors pourquoi n'était-elle pas heureuse ?

Madison descendit en se tortillant de sa chaise et emporta son bol vide à l'évier. Elle se dressa sur la pointe des pieds en chantonnant, le posa sur l'égouttoir, puis fonça vers la salle de bains.

Daisy s'apprêtait à la suivre, mais Kendra l'arrêta dans son élan et la fit sortir.

La matinée était resplendissante. Le gazon épais sentait bon l'herbe coupée, des oiseaux sifflotaient dans les branches et quelques-uns, perchés sur la corde à linge, observaient placidement les ébats de Daisy.

Madison réapparut dans la cuisine juste au moment où Kendra et le chiot rentraient. Elle ouvrit grand la bouche pour montrer ses quenottes immaculées à sa mère, qui fit mine d'être éblouie, allant même jusqu'à se cacher les yeux, comme aveuglée par leur éclat — un de leurs petits jeux favoris. Madison éclata de rire.

— Que tu es bébête, maman !

En représailles Kendra tira sur une de ses boucles cuivrées et piqua un baiser sur sa tête.

— T'ai-je déjà dit que je t'aime plus que tout ?

— Je t'aime *dix* fois plus, répliqua Madison.

— Et moi un millier de fois plus, riposta-t-elle, tout en jonglant avec son sac, ses clés de voiture et Daisy, surexcitée, qui s'emmêlait avec sa laisse.

— Et moi, multiplié par *le plus gros chiffre de l'univers* ! proclama Madison.

— Je t'aime dix mille fois plus que ça.

— Ce n'est pas juste, j'ai dit « le plus gros chiffre de l'univers » !

— D'accord, tu as gagné, reconnut Kendra avec un grand sourire.

Hutch passait de stalle en stalle, examinant d'un œil critique chaque cheval.

Bien que la plupart soient des bêtes ordinaires, elles n'en étaient pas moins trop imposantes et puissantes pour une fillette de quatre ans.

Etait-il trop tard pour acheter un poney ?

L'idée le fit rire. Whisper Creek était un ranch en exercice où les hommes et les chevaux trimaient dur du matin au soir. S'il lui prenait la fantaisie d'ajouter un poney à ces coureurs de prairies et ces chevaux de rodéo, il deviendrait la risée de l'Association des éleveurs. L'hiver dernier, la vieille et douce jument qu'il destinait aux cavaliers novices était morte de sa belle mort et, en dépit de son affection pour l'animal, il ne lui était pas venu à l'idée de la remplacer, n'en ayant pas vraiment l'usage.

Au moment où il sortait du dernier box, Opal entra dans l'écurie, vêtue de sa tenue de ville.

— J'ai rendez-vous à l'église, annonça-t-elle. Après, je passerai dire bonjour à la maisonnée de Joslyn, voir un peu comment ça se passe.

Hutch s'avança vers elle, le sourire aux lèvres.

Opal lui ayant fait récemment remarquer qu'elle n'était pas à son service, il répliqua aimablement :

— Vous ne travaillez pas pour moi, inutile donc de me tenir au courant de vos faits et gestes.

La vieille dame ne bougea pas, pressant à deux mains son sac sur sa poitrine comme si elle redoutait qu'un voyou lui saute dessus pour le lui arracher.

— Je vis sous ton toit, c'est la moindre des courtoisies de te donner mon emploi du temps, rétorqua-t-elle sur le ton de l'évidence.

— Très bien, c'est fait. C'était superflu, mais je vous remercie tout de même.

Mais Opal ne semblait pas vouloir partir et continuait à le fixer. Puis elle soupira avec lassitude.

— Boone et toi, à force de me donner du souci, vous allez m'envoyer prématurément dans la tombe, dit-elle.

Gêné, Hutch fourragea dans ses cheveux en laissant échapper un petit rire éraillé.

— Non, Opal, ce serait trop bête ! Ne vous faites pas de bile. Boone va très bien s'en tirer, et moi aussi.

— Que tu dis. Parfois, je me demande si j'arriverai à vous rayer de ma liste de prières.

— Parce qu'on figure sur votre liste de prières ? répliqua-t-il en réprimant un sourire. Eh bien, Opal, j'en suis à la fois touché et flatté.

— Tu as tort. Cela signifie que tu es un cas désespéré, et ton copain aussi.

— Je vois. Bon, alors peut-être qu'en fin de compte, je ne suis pas si flatté. Néanmoins, ça me touche toujours autant.

Il avait envie de rire, mais son intuition lui soufflait qu'Opal prenait cette histoire de prière très au sérieux.

La vieille dame lui adressa un de ses chaleureux sourires avant d'afficher une moue dubitative.

— Après tout, ton cas n'est peut-être pas si désespéré, conclut-elle avec une lueur dans le regard. Je rentrerai à temps pour vous préparer le souper à Kendra, sa gamine et toi. Alors, avant mon retour, essaie de ne pas les faire fuir en disant n'importe quoi.

Sur ce, elle lui tourna le dos et, son sac toujours plaqué sur sa poitrine, quitta l'écurie.

Hutch, qui avait déjà nourri les chevaux, les fit sortir de leur stalle pour les conduire au pâturage — tous, sauf Remington. Opal démarra, en faisant rugir son moteur et en projetant une gerbe de gravier.

Aucun doute, Opal Dennison mettait de l'énergie dans tout ce qu'elle faisait, songea-t-il, amusé.

Il alla chercher le harnachement de son cheval dans la sellerie et le porta jusqu'au box du hongre, qui leva la tête à son approche en poussant un petit hennissement amical.

Dès qu'il ouvrit la porte, Remington, qui connaissait la manœuvre, sortit dans le couloir central, soudain impatient d'être sellé et de quitter l'espace confiné de l'écurie pour retrouver les grands espaces.

Cinq minutes plus tard, Hutch était en selle, et galopait en direction de la Big Sky Mountain.

Arrivé au bout du sentier, Remington ralentit l'allure pour aborder la montée et escalada la pente abrupte en faisant rouler les cailloux sous ses sabots.

Comme ils traversaient un bosquet de chênes et d'érables, Hutch se pencha au maximum sur le cou de sa monture pour éviter d'être agrippé au passage par les branches. Mais il connaissait tous les arbres par cœur ; ce n'était pas la première fois qu'il venait là, bien au contraire.

Cette montagne représentait énormément de choses pour lui. D'aussi loin qu'il se souvienne, c'était ici qu'il venait se réfugier quand il était malheureux, qu'il souhaitait fêter quelque chose ou avait simplement besoin de réfléchir.

D'un promontoire, un peu plus haut, il pouvait d'un seul regard embrasser son royaume, tout ce qu'il aimait : les vastes étendues du ranch, le bétail, les chevaux, la rivière et les ruisseaux y affluant et, plus loin, la ville de Parable.

Après une quinzaine de minutes d'un trajet difficile, il atteignit la petite clairière qui incarnait pour lui le cœur de Whisper Creek.

C'est là qu'à douze ans, il avait pleuré la mort de sa mère.

C'est là qu'il était venu pester contre son père quand, trop furieux ou blessé, il ne pouvait demeurer une seconde de plus à l'école, dans sa chambre ou même dans le sanctuaire odorant de l'écurie.

C'est là que Kendra et lui avaient fait l'amour pour la première fois.

Il sauta de selle en soupirant et laissa Remington brouter tranquillement l'herbe tendre.

Comme il fallait s'y attendre, l'amoncellement de pierres n'avait pas bougé. Il mesurait à peu près deux mètres de long et lui arrivait à hauteur de la poitrine ; on aurait dit une tombe ou un autel élevé en hommage à un Dieu que, franchement, Hutch ne comprenait guère et n'aimait pas davantage.

Si elle était au courant de ses pensées, nul doute qu'Opal condamnerait son impiété, et le garderait pour l'éternité en tête de sa liste de prières, songea-t-il avec une ironie amère.

Il contempla quelques instants le paysage, essayant de rassembler ses esprits, puis rejoignit le monument improvisé et posa les mains sur les pierres froides et poussiéreuses en se remémorant le passé. Chacun de ces cailloux représentait une chose qu'il aurait voulu dire à son père sans jamais y parvenir, ou une qu'il regrettait de lui avoir dite.

Loin au-dessus de sa tête, il entendait la brise murmurer à travers les aiguilles des pins ponderosa et le feuillage des érables et des chênes sauvages — des arbres déjà vieux longtemps avant sa naissance. Soudain, Remington hennit de contentement.

Submergé par un sentiment de paix, Hutch sourit.

— Tu étais dur à aimer, vieil homme, murmura-t-il.

John Carmody reposait dans le cimetière des pionniers. Pourtant, c'est ici que Hutch venait quand, poussé par la colère ou le chagrin, il éprouvait le besoin de lui parler, ou simplement de sentir sa présence.

Si la colère avait presque disparu depuis sa mort, quelques mois auparavant, le chagrin, en revanche, perdurait. Et si la douleur était devenue plus supportable, elle faisait toujours partie de lui, comme la terre et le ciel infini du Montana.

Au fond, c'était très bien ainsi. La vie n'était pas tout d'une pièce, et ce mélange inextricable du meilleur et du pire avait quelque chose de rassurant.

Ayant tourné le dos à l'amoncellement rocheux, Hutch croisa les bras et respira à pleins poumons. Comme chaque fois, il sentit le vaste panorama glisser en lui jusqu'à l'âme.

A l'horizon, on apercevait les flèches de la petite église de Parable, le modeste dôme du tribunal avec son drapeau dressé fièrement, ainsi que la rivière et les ruisseaux qui s'en échappaient, semblables aux doigts d'une gigantesque main scintillante.

Son regard vagabond finit par se fixer sur le château d'eau.

A l'instar de la clairière où il se trouvait, l'édifice branlant signifiait beaucoup pour lui. Au cours de sa vie, il avait dompté maints taureaux et broncos sauvages, certains médiocres, d'autres démoniaques, se brisant plusieurs fois les os dans l'opération. Il avait descendu les rivières les plus tumultueuses de l'Ouest, pratiqué la course automobile, le parachutisme, le saut à l'élastique, et ce, sans le moindre frisson d'effroi.

Seul le château d'eau lui avait résisté.

Comme la plupart des enfants ayant grandi à Parable, il l'avait escaladé. Echelon après échelon, il avait gravi la vieille échelle rouillée, si terrorisé que son cœur battait dans ses oreilles et qu'il pouvait à peine respirer, tant sa gorge était serrée.

A son arrivée sur la fragile passerelle, à quinze mètres du sol, il avait eu soudain l'impression que tout l'édifice se mettait à tournoyer comme une attraction foraine déréglée. Pétrifié par le vertige, il s'était agrippé convulsivement à la rambarde, incapable de bouger. Malgré la chaleur de ce bel après-midi d'été, il était glacé, couvert de sueurs froides. Et, pour compléter son humiliation, cela se passait en présence de Slade Barlow.

C'était Slade, à l'époque son ennemi juré, qui l'avait

mis au défi de monter là-haut. Et, ironiquement, c'était lui qui avait escaladé l'échelle pour l'aider à redescendre. Heureusement pour sa fierté, Slade et lui étaient seuls, ce jour-là. Et, pour une raison qu'il ignorait toujours, Slade n'avait rien dit de ce petit incident.

Après tant d'années, ce souvenir restait fiché comme une flèche empoisonnée en lui et lui donnait encore des aigreurs.

Il se força à détourner son attention de la tour. Bien que la plupart des gens s'accordent à penser que l'édifice, devenu obsolète, aurait dû être abattu avant qu'un imbécile de gamin ne se tue ou ne blesse gravement, l'idée n'avait jamais été mise à exécution. Etait-ce par nostalgie pour une jeunesse enfuie ou tout bêtement par oubli ?

Un peu déprimé, il se demanda en soupirant ce qu'il avait cherché à accomplir en venant ici. Il rejoignit Remington, empoigna les rênes et sauta en selle.

Et il reprit le chemin de son ranch, où personne ne l'attendait.

A midi, Kendra avait fait visiter le manoir à son premier client potentiel, un homme d'affaires très occupé de San Francisco, en quête, disait-il, d'investissements intéressants. A l'entendre, sa femme rêvait depuis toujours d'ouvrir un Bed and Breakfast dans une petite ville pittoresque.

Souriant intérieurement, elle l'avait écouté avec attention, lui avait posé quelques questions, avait répondu aux siennes, puis lui avait déclaré que la ville disposait déjà de trois Bed and Breakfast et que ceux-ci avaient le plus grand mal à se maintenir à flot financièrement.

A la suite de quoi, l'homme l'avait remerciée pour sa peine et était reparti dans son luxueux 4x4. A l'évidence, il avait promis à sa femme de venir jeter un coup d'œil et, à présent qu'il avait tenu sa promesse, il allait pouvoir repousser son projet en toute bonne conscience.

Intuitivement, elle savait qu'aucune offre ne suivrait cette démarche. Mais cela ne la découragea pas pour autant.

Ensuite, elle était retournée directement à l'agence pour avaler vite fait son déjeuner, un yaourt et une pomme, pendant que Daisy ronflait comme une bienheureuse dans un coin du bureau.

Même si c'était un coup d'épée dans l'eau, cette visite du manoir lui avait fourni un dérivatif bienvenu, et elle avait oublié temporairement ses sentiments contradictoires envers Hutch et la séance d'équitation de l'après-midi. Mais à présent qu'elle se retrouvait seule dans l'agence déserte, son imagination menaçait de partir en roue libre.

D'autant plus que le téléphone restait silencieux.

Et que son ordinateur ne lui annonçait aucun e-mail.

Par conséquent, elle se sentit absurdement reconnaissante de voir arriver le facteur, une poignée de prospectus et de factures à la main, et au comble de la joie quand l'employé de la compagnie d'électricité passa relever le compteur !

Pitoyable.

— Je perds la boule, murmura-t-elle. Ma pauvre Daisy, tu as été adoptée par une folle. Oh. Désolée de te déranger, ajouta-t-elle en voyant le chiot bâiller puis refermer les yeux et replonger dans le sommeil sans lui prêter la moindre attention.

Aux alentours de 15 heures, Kendra, proche de se taper la tête contre les murs, éteignit son ordinateur, accrocha la laisse au collier de Daisy, verrouilla la porte d'entrée et se dirigea vers sa voiture.

A son arrivée au centre communautaire, Madison l'attendait en compagnie de sa maîtresse, miss Abbington, qui faisait grise mine.

— Qu'est-ce qui ne va pas ? s'enquit Kendra.

— J'estime que c'est à Madison de vous répondre, répliqua miss Abbington, une petite femme énergique.

Madison rougit, mais garda la tête haute pour avouer :

— Je n'ai pas été gentille.

— Dis plutôt « incorrigible », corrigea sèchement miss Abbington.

— Que s'est-il passé ? demanda Kendra.

— J'ai gêné la classe, répondit Madison.

— Pas « gêné », « perturbé », corrigea une nouvelle fois mss Abbington.

Kendra lui jeta un regard acéré. A l'entendre, sa fille était passible d'un emprisonnement immédiat !

— Ce n'est pas bien, Madison, dit-elle. Qu'as-tu fait précisément ?

Madison redressa ses frêles épaules.

— J'ai pris les bottes de cow-boy de Becky Marston, quand elle a enfilé ses tennis pour la gym, avoua-t-elle sans la moindre honte.

— Sans demander la permission, précisa miss Abbington. Et quand Becky t'a demandé de les lui rendre, tu as répondu que tu voulais encore les garder.

— Madison, nous avons déjà parlé de cette histoire de bottes, tu te souviens, ce matin, au petit déjeuner ? demanda Kendra en retenant un gémissement.

— Je voulais juste voir comment on se sentait dedans, se défendit Madison, dont la lèvre inférieure s'était mise à trembler et qui ne semblait plus aussi sûre de son bon droit. Je lui aurais rendues demain.

Kendra jeta un regard en coin à miss Abbington qui, impassible, attendait la conclusion de l'entretien.

— Madison, c'est très mal de prendre les affaires des autres, tu le sais, dit-elle.

Les yeux de sa fille s'emplirent de larmes, des larmes sincères. C'était une enfant précoce, mais elle ne faisait jamais semblant de pleurer pour arriver à ses fins.

— Maman, tu m'en veux beaucoup ? bredouilla-t-elle d'une petite voix.

— Non, répondit vivement Kendra, qui, l'imaginant en train de courir dans une paire de bottes volées, poursuivie par miss Abbington, avait le plus grand mal à garder son sérieux. Excusez-la, ajouta-t-elle en se tournant vers l'institutrice. Cela n'arrivera plus.

— On va quand même aller monter à cheval chez le vrai cow-boy ? demanda craintivement Madison, alors qu'elles retournaient toutes les deux vers la voiture.

Annuler la sortie aurait été la bonne décision. Cela aurait incité sa fille à méditer sur sa mauvaise conduite. Pourtant, Kendra repoussa l'idée, et ce, pour deux raisons. Primo, elle savait que ce serait une punition disproportionnée pour la faute de Madison, et deuzio, elle serait obligée de fixer un nouveau rendez-vous pour la balade et… elle ne supporterait pas un nouveau stress de ce genre.

— Oui, tu monteras tout de même à cheval chez M. Carmody, répondit-elle. Mais demain, dès ton arrivée à l'école, tu vas t'excuser auprès de miss Abbington *et* de Becky pour ta conduite. C'est d'accord ? insista-t-elle en attachant sa fille dans le siège-auto, tandis que Daisy lui léchait le visage en guise de bienvenue.

Madison réfléchit longuement à la question, comme si c'était une proposition et non un ordre, avant de répondre :

— D'accord. N'empêche que Becky n'est qu'un bébé.

— Attention, ne pousse pas le bouchon trop loin, la menaça Kendra en s'installant au volant.

— Rien de tout ça ne serait arrivé si j'avais eu mes propres bottes, rétorqua sa fille avec logique.

Kendra ferma les yeux en réprimant un petit rire. Certes, elle désirait une enfant vive et dynamique, mais certainement pas une insolente revendicatrice.

— Un mot de plus sur ces bottes et il n'y aura ni visite au ranch, ni balade à cheval, ni spectacle de rodéo, décréta-t-elle en jetant un coup d'œil à sa fille dans le rétroviseur.

Madison se renfrogna. Manifestement, si elle avait encore beaucoup à dire, elle était trop intelligente pour ajouter quoi que ce soit. Et elle voulait monter à cheval.

Une demi-heure plus tard, après une courte halte à la

maison pour enfiler un jean et un T-shirt, Kendra prit la direction de Whisper Creek.

Sur le trajet, elle tenta de se calmer en se disant qu'elle accordait trop d'importance à l'événement. Que pouvait-il arriver de dramatique ? Hutch sortirait un cheval de l'écurie, Madison grimperait dessus, resterait en selle quelques minutes et la messe serait dite.

Et sa fille et elle n'auraient plus qu'à rentrer tranquillement à la maison.

Ce n'était pas la mer à boire.

A l'approche du ranch, la masse imposante de la Big Sky Mountain se dressa devant elle, toute proche. S'il y avait un élément dans la région qui lui faisait penser à Hutch, c'était bien cette montagne.

Combien de fois s'étaient-ils rendus là-haut tous les deux, à cheval ou à pied, pour s'isoler dans la clairière retirée qu'il aimait tant, passant leur temps à discuter, rire et faire l'amour sous le soleil ou la clarté argentée des étoiles ?

Bien trop souvent, songea-t-elle, déprimée, sentant sa nuque rougir et ses joues s'enflammer. Et c'était merveilleux.

Sa grand-mère, ayant eu vent de leurs rendez-vous clandestins, probablement en lisant son journal intime, lui avait fait un petit sermon.

— Tu es bien comme ta mère, on ne peut pas te faire confiance ! Ma fille, tu vas tomber enceinte, ça ne fait pas un pli, et je m'en laverai les mains.

Kendra avait pris grand soin de ne pas tomber enceinte, pas à cause de la menace de sa grand-mère, mais parce qu'elle refusait de piéger Hutch en le forçant à l'épouser parce qu'elle attendait un bébé de lui. Quelques filles de sa classe avaient emprunté ce chemin et les conséquences avaient été désastreuses, pour ne pas dire catastrophiques.

Elle avait eu beau aimer Hutch, elle avait absolument tenu à aller à l'université et à mener à bien ses études — et jusqu'au bout. Bien sûr, elle désirait des enfants, mais dans les règles et au moment propice. Ayant toujours été considérée comme un fardeau, elle était déterminée à attendre que Hutch et elle soient prêts pour fonder une famille.

Mais la vie en avait décidé autrement. Elle avait rencontré Jeffrey Chamberlain. Fascinée par son accent anglais, son humour pince-sans-rire, son style raffiné et ses belles manières, c'était en toute innocence qu'elle était devenue son amie.

D'ailleurs, elle ne l'avait pas vraiment épousé par amour. Pressée de régler sa situation une fois pour toutes, afin de pouvoir avancer dans la vie, elle *voulait* l'aimer, *voulait* vivre l'existence de conte de fées qu'il lui offrait.

Pourtant, jusqu'au « oui » fatal, elle avait espéré que Hutch interviendrait et la réclamerait comme sienne, prêt à combattre des dragons pour la garder.

Ce qu'il n'avait pas fait, bien sûr. Il fallait être une pauvre folle perdue dans ses rêves pour s'illusionner à ce point.

En s'engageant dans la longue allée qui menait au ranch, elle chassa résolument le passé de son esprit.

Hutch se tenait devant l'écurie. Il avait sellé trois chevaux, deux de taille normale et un minuscule poney à la robe grise pommelée de blanc et noir.

A la vue du chien craintif qui traînait non loin, Daisy se mit à aboyer, tandis que Madison poussait un cri extasié en découvrant le poney.

Kendra, quant à elle, compta une nouvelle fois les chevaux, car, d'après ses calculs, il y en avait un de trop.

Elle eut à peine le temps d'arrêter sa voiture que Madison, qui s'était prestement libérée de son harnais de sécurité, ouvrait la portière et sautait dans la cour, Daisy à sa suite.

Hutch éclata de rire en voyant le chiot et la fillette s'élancer dans sa direction. Il leur présenta son chien, Lévitique, qui, à l'écart, leur lançait des regards méfiants.

— C'est le plus petit cheval du monde ! s'exclama

Madison, qui ayant à peine remarqué le chien, fixait le poney avec des yeux émerveillés.

Hutch leva lentement les yeux sur Kendra, qui rougit sous l'intensité de son regard.

— Moi aussi je suis petite ! lança gaiement Madison.

— Eh bien en voilà une coïncidence ! répliqua Hutch avec sérieux. Vous êtes bien assortis, alors.

Kendra, s'apercevant qu'elle serrait les poings, se força à les desserrer. Elle ne connaissait rien à la vie dans un ranch, mais aurait parié sa chemise qu'un aussi petit animal n'y avait pas sa place.

Tout dans cette bête était minuscule, jusqu'à sa selle et sa bride lilliputiennes.

— Détends-toi un peu, lui lança Hutch, avec un sourire en coin. J'ai emprunté ce poney à un voisin. Il est doux comme un agneau. Tu veux l'essayer ? ajouta-t-il en se tournant vers Madison.

Le visage de la fillette s'illumina et elle hocha la tête avec enthousiasme.

Daisy, se désintéressant de la scène, partit, nez au vent, explorer les environs. Lévitique la suivit, comme pour s'assurer qu'elle se conduirait bien pendant la visite.

Une fois de plus, Hutch fixa Kendra, avec l'air d'attendre son feu vert.

— Tu es sûr que cette bête est docile ? demanda-t-elle.

— Sûr et certain.

— Bon... très bien, alors, bredouilla-t-elle en se mordillant la lèvre.

Il rit et posa doucement Madison sur la selle, puis il lui expliqua comment tenir les rênes, sans tirer trop fort dessus, parce que sinon, le poney aurait mal à la bouche.

— Regarde, maman ! s'écria Madison, folle de joie. Je suis sur un cheval ! Un *vrai* cheval !

— Eh oui, te voilà en selle, répondit Kendra en se forçant à sourire.

Hutch fit lentement tourner le poney dans la cour, agrandissant progressivement le cercle pour familiariser

Madison au pas de sa monture. La fillette était tellement heureuse qu'elle étincelait, comme éclairée de l'intérieur.

— Je suis sur un cheval ! Un vrai cheval !

Kendra soupira.

Madison était définitivement conquise.

Ce qui signifiait qu'elle-même était perdue.

12

Hutch observait Kendra en train de regarder sa fille qui, maintenant, se débrouillait toute seule, comme une grande. Quelle bonne idée d'avoir *emprunté* Ruffles à la famille qui vivait au bout de la route ! Même s'il devait s'attendre à quelques plaisanteries graveleuses de la part de ses employés. En réalité, il avait tout bonnement acheté le poney. D'après sa voisine, Paula Hendrix, la petite jument se retrouvait « horriblement seule » depuis que ses enfants, ayant grandi, avaient quitté la maison. Comment aurait-il pu laisser un cheval s'ennuyer ?

Il s'approcha de Kendra, suffisamment près, mais pas trop non plus — leur baiser était encore bien trop présent en lui.

Ses yeux étaient mouillés de larmes de joie et elle rayonnait de fierté maternelle.

— Elle adore ça, murmura-t-elle, si bas qu'il ne sut pas si elle s'adressait à lui.

— Madison est douée, c'est une cavalière née.

— Tu t'es donné beaucoup de mal en empruntant ce poney et tout son attirail, lui fit-elle remarquer sans le regarder.

Malgré son plaisir évident, elle semblait aux aguets, prête à réagir au quart de tour pour aller sauver sa fille si l'expérience tournait mal. Mais il sentait aussi chez elle une tension et une méfiance qui n'avaient probablement pas grand-chose à voir avec Madison ou le poney.

Il éprouva soudain un étrange pincement au cœur. Dans

un monde parfait, Madison aurait été leur fille à tous les deux. Son nom de famille aurait été « Carmody », non « Shepherd » ou « Chamberlain ». Pour elle, monter à cheval aurait été une activité quotidienne, comme pour tous les enfants vivant sur un ranch, et non une aventure exceptionnelle.

Malheureusement, le monde était loin d'être parfait. Dans la dure réalité, les choses pouvaient déraper, les gens être séparés et rater leur vie à cause d'une erreur qu'ils avaient commise un jour.

— Tu te sens prête pour une petite balade à cheval ? lança-t-il, pour ranimer la conversation.

— Cela fait des années que je ne suis pas montée. Pas depuis…

Elle rougit et se tut.

Manifestement, elle pensait aux mêmes choses que lui : leurs chevauchées passionnées de l'époque — et pas seulement à cheval !

— L'équitation, c'est comme la bicyclette, ça ne s'oublie pas, affirma-t-il.

Elle ne releva pas et fit un petit signe de la main à Madison qui, radieuse, s'avançait dans leur direction, suivie de Daisy trottinant en rythme avec Ruffles. Tous trois formaient vraiment un sacré tableau, une image sortie d'une carte postale du vieil Ouest.

— Comment allons-nous surmonter ça, Hutch ? chuchota Kendra, le prenant au dépourvu.

— Ça quoi ?

Elle esquissa un vague mouvement d'épaules, avant de répondre avec un petit tremblement dans la voix :

— Notre malaise. Je ne peux pas faire comme s'il ne s'était rien passé entre nous. Pourtant je n'arrête pas d'essayer et ça me rend dingue.

— Alors pourquoi s'obstiner, tu ferais peut-être mieux de renoncer ? répliqua-t-il, amusé. Surtout que ni toi ni moi n'avons vraiment le choix.

Les yeux toujours rivés sur Madison, elle poussa un soupir.

— Tu as raison, répondit-elle, plus détendue. Quelle que soit notre envie de changer le passé, on ne le peut pas.

Il allait lui demander ce qu'elle aurait voulu changer si elle l'avait pu, mais il en fut empêché par le break d'Opal qui franchissait la barrière et remontait l'allée en cahotant.

— Regarde ! lança Madison, dès que la vieille dame sortit de sa voiture. Je monte à cheval !

— Je vois ça, répondit Opal avec un grand sourire. Tu n'en as pas assez, ma biche ? ajouta-t-elle après avoir aperçu les deux chevaux attendant à l'écart. Parce que j'ai un dîner à préparer et j'aurais bien besoin d'un coup de main.

A l'évidence, si elle l'avait pu, Madison serait volontiers restée à cheval jusqu'au Jugement dernier, mais elle hocha la tête.

— Oui, je crois que ça me suffit. Pour le moment.

Quand Hutch l'aida à descendre du poney, elle leva sur lui un regard soucieux.

— Va avec Opal, je dessellerai Ruffles moi-même, dit-il, devinant ce qui la préoccupait. Je te montrerai comment faire la prochaine fois.

La fillette hocha solennellement la tête et caressa le chanfrein du minuscule cheval.

— Quel dommage que tu ne sois pas à moi, murmura-t-elle.

Puis elle sourit à sa mère, espérant sans doute un miracle.

Mais Kendra se contenta de lui adresser un petit sourire forcé.

Opal tendit la main à Madison, qui la prit sans hésiter, et toutes deux se dirigèrent vers la maison en bavardant comme de vieilles copines, les deux chiens sur leurs talons.

*
* *

Kendra suivit des yeux le petit groupe jusqu'à ce qu'il soit entré dans la maison, et se tourna vers Hutch.

— Bravo ! Bien joué ! lança-t-elle. Tu as bien réussi ton coup. Content ?

— Je n'ai rien manigancé du tout, si c'est ce que tu veux insinuer, se défendit Hutch. Mais si ça t'amuse de le penser... Surveille les chevaux s'il te plaît, qu'ils ne jouent pas les filles de l'air, ajouta-t-il en lui mettant les rênes dans la main. Je reviens tout de suite.

Kendra le fusilla du regard mais ne put faire autre chose qu'obéir. Voilà qu'elle allait devoir monter à cheval et, pour couronner le tout, seule avec Hutch Carmody ! Mais elle ne pouvait s'en prendre qu'à elle-même. C'est elle qui s'était mise toute seule dans cette situation.

Décidément, elle n'avait pas toute sa tête, ces temps-ci.

Distraitement, elle flatta l'encolure des chevaux et attendit que Hutch ait dessellé Ruffles et l'ait ramené dans son box.

Elle connaissait le grand hongre ; c'était Remington, la monture favorite de Hutch. En revanche, la jument lui était inconnue.

— J'ai un enfant à élever et une entreprise à faire tourner, je ne peux pas me permettre de me briser les os, marmonna-t-elle à l'intention de l'animal. Alors n'essaie pas de m'impressionner en me montrant tes talents.

La jument hennit doucement, semblant promettre de bien se conduire.

Quand Hutch la rejoignit, elle n'était toujours pas disposée à partir en balade seule avec lui, mais comme elle n'avait trouvé aucune excuse...

Hutch empoigna les rênes de Remington et, désignant la jument de la tête, fit les présentations :

— Voici Coco. C'est une jument qui sert à attraper les bêtes au lasso, alors elle est vive et rapide, mais plutôt de bonne composition.

— *Plutôt* ? s'exclama Kendra, horrifiée.

Elle empoigna le pommeau de la selle, essayant de se souvenir comment monter sans trop se ridiculiser. Pour lui faciliter la tâche, Hutch, qui prenait un plaisir manifeste à sa maladresse, saisit la bride de la jument et l'immobilisa.

— Nous ne sommes pas un ranch d'opérette, dit-il en riant. A part Ruffles, ici, tous les chevaux doivent gagner leur pitance, d'une manière ou d'une autre.

N'ayant rien à répliquer — en tout cas rien de *poli* —, Kendra agrippa plus fermement le pommeau de la selle, mit le pied à l'étrier et se hissa en l'air.

Sans prévenir, Hutch plaqua une main sur ses fesses et poussa pour accompagner son élan. Saisie, elle hoqueta en se sentant projetée vers le ciel, puis retomba avec un bruit mat sur sa selle.

En riant, Hutch sauta sur Remington et vint se placer à sa hauteur.

— Prête ?

— Prête, répondit-elle, le visage en feu.

Têtue, elle s'obstinait à ne pas le regarder, avec la conviction ridicule que si elle ne pouvait pas le voir, la réciproque était vraie.

— Parfait !

La seconde suivante, Remington et lui étaient partis au petit trot.

La jument leur emboîta le pas, faisant durement tressauter sa cavalière. Concentrée, Kendra s'employa à synchroniser ses mouvements avec ceux de Coco et, au bout d'une centaine de mètres, finit par trouver le bon rythme.

Manifestement, le hongre brûlait de s'élancer au galop, mais Hutch le retenait avec une aisance aussi admirable qu'exaspérante. Tout semblait si facile pour lui que cela finissait par en devenir injuste !

— Où veux-tu aller ? demanda-t-il en souriant, quand

Coco, arrivée à leur hauteur, calqua son pas sur celui de Remington.

— Partout sauf dans la clairière du haut, répondit-elle vivement.

Seigneur ! Vous parlez d'un lapsus ! Hutch n'avait jamais parlé de chevaucher jusqu'à leur refuge secret. Et voilà que c'était *elle* qui amenait le sujet sur le tapis !

Rougissant violemment, elle fixa un point devant elle. Mais cela ne l'empêcha pas de sentir le regard moqueur de Hutch peser sur elle.

— Dis-moi, Kendra, de qui as-tu le plus peur ? De moi ou de toi ?

— Ne sois pas ridicule ! lança-t-elle sèchement. Si j'en parle, c'est que je ne suis pas montée à cheval depuis des lustres, que la clairière se trouve haut dans la montagne, et que le chemin pour y accéder est sacrément raide, si je me souviens bien.

Si elle s'en souvenait bien ? Evidemment, qu'elle s'en souvenait…

— Calme-toi, Kendra. Je n'ai pas l'intention de te sauter dessus à la première occasion. Nous sommes deux vieux amis partis faire une balade à cheval, rien de plus.

« Parle pour toi », songea-t-elle, maussade.

La question de Hutch trottait dans sa tête. Avait-elle peur de lui ou d'elle ? Et surtout la réponse, bien trop évidente à son goût… Bien sûr, que c'était d'elle qu'elle avait peur, pas de lui. Peur de ses désirs, de l'étrange paralysie qui la saisissait dès qu'il était près d'elle — sans parler de la perte totale de tous ses moyens quand il l'embrassait !

Qu'il en soit conscient ou pas, depuis son arrivée au ranch, Hutch faisait tout pour la séduire. Mais elle ne tomberait pas dans le piège. Du moins elle ferait tout pour l'éviter.

Ils chevauchèrent pendant un moment en silence, laissant les chevaux choisir plus ou moins leur direction. Les bêtes firent une halte au bord d'un ruisseau et plongèrent la tête dans le courant pour boire.

Hutch scrutait l'horizon, perdu très loin dans ses pensées.

Perdue elle aussi dans ses pensées — ou plutôt *emmêlée* dans ses pensées —, elle profita de cet instant de calme pour mettre un peu d'ordre dans les images qui ne cessaient de défiler devant ses yeux.

— Kendra, pourquoi es-tu restée à Parable ? demanda soudain Hutch en descendant de cheval.

— Parce que c'est chez moi. Parce que je veux élever Madison dans une ville où les gens sont solidaires les uns des autres.

— C'est parce que ton enfance a été heureuse que tu te figures que celle de Madison le sera aussi ?

Venant de Hutch, qui connaissait tout de sa vie avec sa grand-mère, elle ne s'offusqua pas de l'ironie de cette question.

— Ce n'était pas toujours la joie, je l'avoue, mais le bonheur parfait n'existe pas, répondit-elle.

— Ça, on peut le dire ! répliqua-t-il avec un gloussement rauque, avant de détourner les yeux vers le ruisseau impétueux.

Kendra se tortilla sur sa selle. Elle avait perdu l'habitude de monter et allait être toute courbatue à la fin de la balade.

Qu'importe ! Mieux valait quelques courbatures — qu'un bon bain chaud aux sels d'Epsom suffirait à atténuer — qu'un cœur en mille morceaux.

Hutch se pencha pour ramasser un caillou qu'il fit ricocher d'une main habile sur l'eau.

— J'ai menti à propos du poney, laissa-t-il tomber.

— Pardon ?

— Je n'ai pas emprunté Ruffles, je l'ai achetée. Les gamins à qui elle appartenait ont grandi et sont partis. Elle déprimait, toute seule.

Kendra sourit. « Elle déprimait. » C'était du Hutch tout craché.

— Très bien, mais pourquoi ne pas l'avoir dit tout de suite ? demanda-t-elle.

— J'ai pensé que tu t'imaginerais que je cherchais à te séduire en passant par Madison.

— Et c'est ce que tu cherches à faire ?

Elle le vit crisper et décrisper la mâchoire. C'était un peu fort ! Il semblait furieux, alors que c'était *lui* qui, le premier, avait évoqué le sujet.

— Ce serait une grave erreur et sur de nombreux plans, répondit-il enfin. Et puis Madison n'est pas un pion. C'est une personne à part entière.

— Ravie de te l'entendre dire.

Brusquement, il passa le bras autour de sa taille, la fit descendre de cheval et la plaqua contre lui.

— Si je veux te séduire, Kendra, je le peux, et sans utiliser une gamine innocente pour arriver à mes fins.

Puis il l'embrassa, non pas timidement ou délicatement, mais avec la faim dévorante, la fougue, l'ardeur et la dureté d'un homme qui désire passionnément une femme.

Kendra, instantanément métamorphosée en une colonne de feu, s'arrima fermement à son cou, puis, haussée sur la pointe des pieds, se livra sans réserve à l'ardeur de son baiser.

Et voilà ! Ce qu'elle redoutait le plus était en train de se produire…

Et ce qu'elle *désirait* le plus.

Ce fut Hutch qui rompit le premier leur étreinte. Le souffle court, il fourragea dans ses cheveux en jurant.

— Je t'interdis de me blâmer ! le menaça Kendra, vexée. C'est *toi* qui as commencé !

Il ne répondit pas. Ne la regarda même pas.

Pire, il lui tourna le dos.

— Je suis désolé, lâcha-t-il d'une voix rocailleuse, au bout d'un long moment.

Hutch était *désolé* ? Il l'avait totalement chamboulée,

avait fait basculer l'univers sur son axe, avait inversé la direction des marées, et il était *désolé* ?

— Pour une simple balade à cheval entre deux amis, eh bien, c'est réussi ! lança-t-elle sèchement.

Furieuse, elle remonta en selle — toute seule, cette fois.

— Non, Kendra, ne dis pas ça. Quelque chose vient de se passer, quelque chose d'important.

Du haut de sa monture, elle ressentit un sentiment de pouvoir, bien illusoire, certes, mais qui lui donna le courage de répliquer :

— En effet, tu m'as *embrassée*, tu te souviens ?

— Je ne parle pas de ça.

— Alors de quoi parles-tu ?

— Entre toi et moi, ce n'est pas terminé, Kendra. C'est de *ça* que je parle.

— Eh bien, tu te trompes. Toi et moi c'est fini, terminé. Et ça, depuis des années, au cas où tu ne l'aurais pas remarqué.

— Ta manière de m'embrasser prouve le contraire, rétorqua-t-il, avant de remonter en selle et de venir se placer en face d'elle.

— C'est toi qui m'as embrassée ! protesta-t-elle.

— Tu as raison, c'est moi. Mais tu m'as rendu mon baiser et, si nous avions été à l'abri dans notre clairière, au lieu de nous trouver ici, à découvert, nous serions déjà en train de faire l'amour. Comme au bon vieux temps.

— Ton ego n'a d'égal que ta vanité. Je ne fais pas partie de ces… de ces femmes que tu peux culbuter d'un simple claquement de doigts !

— Prouve-le ! répliqua-t-il, avec un rire qui sonnait à la fois comme un défi et une promesse.

Mais elle ne voulait rien prouver du tout ; elle n'aspirait qu'à une chose : rentrer au ranch, descendre de ce maudit canasson, récupérer sa fille et son chien et rentrer chez elle, où elle pourrait faire semblant que rien ne s'était passé. Mais c'était sans compter avec la Kendra audacieuse…

— Qu'est-ce que ça veut dire, « prouve-le » ? demanda-t-elle.

— Opal surveille Madison. Montons donc sur la montagne. Tout de suite.

— C'est hors de question ! riposta-t-elle, malgré l'envie qui la tenaillait de le prendre au mot et de relever son défi.

Il se pencha vers elle pour déposer sur ses lèvres un baiser qui l'embrasa comme une torche.

— Tu as peur ?

— Oui, avoua-t-elle.

— De moi ?

Elle déglutit péniblement en secouant la tête. Hutch avait eu raison tout à l'heure : c'était d'elle qu'elle avait peur, pas de lui. Mais jamais elle ne le reconnaîtrait devant lui !

— Ça paraît inévitable, reprit-il. Que nous fassions l'amour, je veux dire.

— Crois ce que tu veux, répliqua-t-elle, cinglante. Parce que j'ai déjà suivi ce chemin, et il est exclu que j'y remette les pieds. Je ne suis plus une ado naïve et crédule. Je suis une adulte responsable, et j'ai une fille.

— Et cela implique de faire une croix sur ta vie sexuelle ?

— Je ne discuterai pas de cette question avec toi.

Résolue à couper court, elle fit tourner Coco en direction du ranch. Vers l'écurie et Madison. Vers la sagesse et le bon sens.

Hutch, qui avait deviné sans peine ce qui motivait sa retraite, chevaucha près d'elle, avec l'insolence tranquille d'un cow-boy de légende sûr d'être le héros à la fin du film.

Elle était dans de sales draps.

De très sales draps.

Kendra fut obligée de rester dîner avec Madison — Opal n'aurait pas supporté un refus, et une fuite précipitée aurait été trop révélatrice.

Elle se résigna donc.

Pendant que Hutch ramenait les chevaux à l'écurie, elle alla retrouver sa fille et Opal dans la cuisine.

Madison, affublée d'un tablier démesuré et plongée jusqu'aux coudes dans une pâte odorante, lui fit part de ses nouvelles connaissances en cuisine.

— Cette petite est prête à avoir sa propre émission sur la chaîne gastronomique, annonça fièrement Opal qui, debout à côté de l'enfant, supervisait chacun de ses gestes.

— Je n'en doute pas une seconde, répondit Kendra, espérant que le trouble qui l'avait saisie après sa petite discussion avec Hutch avait totalement disparu.

— Je prépare des biscuits, précisa Madison.

— Très impressionnant ! répliqua-t-elle. Tu pourras m'apprendre à en faire ?

— Que tu es bête, maman ! Il suffit de regarder dans un livre de cuisine pour savoir les faire.

— Tu as raison, reconnut-elle en embrassant sa joue couverte de farine.

— Je viens de faire du café, annonça Opal en désignant la cafetière électrique. Les tasses sont dans le placard du haut.

— Merci.

Elle n'en avait pas vraiment envie, mais s'occuper lui ferait du bien. Elle se servit une tasse de café qu'elle sirota lentement. Pourvu qu'il ne la tienne pas éveillée toute la nuit à ruminer sur son faux pas avec Hutch ! Elle était suffisamment énervée comme ça.

— Comment s'est passée la balade ? demanda Opal, dont les efforts pour prendre un ton détaché étaient visibles à cent lieues à la ronde.

— Très bien, éluda-t-elle.

— Où est M. Hutch ? s'enquit Madison.

Tiens ! Voilà que Hutch était passé du statut de « vrai cow-boy » à celui de « M. Hutch ». Et ensuite quoi ? Papa ?

— Il panse les chevaux, répondit-elle en s'appuyant au comptoir pour boire son café.

Bizarrement, la caféine semblait l'apaiser au lieu de redoubler sa nervosité. Un paradoxe qui était en soi une petite bénédiction.

— Quand est-ce qu'on va acheter mes bottes ? demanda soudain Madison.

— Est-ce que cela signifie que tu as envie de remonter à cheval ?

Debout sur sa chaise, Madison hocha la tête avec enthousiasme, sans arrêter de pétrir la pâte dans la grosse jatte en faïence placée devant elle.

— La prochaine fois, je veux aller loin ! proclama-t-elle. Pas tourner dans la cour, comme une petite fille.

— Tu *es* une petite fille, lui fit remarquer Kendra.

— Je crois qu'il est temps d'étaler la pâte à biscuit pour la découper, intervint Opal.

En deux temps trois mouvements, elle sortit les mains de Madison du bol, les essuya prestement avec un torchon humide et remit la fillette par terre.

— Je peux t'aider, protesta Madison.

— Oh ! Mais j'en suis sûre, répondit Opal.

— Mais avant je dois dire bonne nuit à Ruffles, expliqua la fillette.

— Après dîner, décréta Kendra, au moment où Hutch entrait en roulant ses manches de chemise.

En chaussettes, les cheveux en bataille, ses vêtements constellés de brins de paille… Même au sortir de l'écurie, il était beau à tomber. Si beau que Kendra fut incapable de détacher son regard de lui.

En le voyant, personne n'aurait pu deviner qu'à peine une demi-heure plus tôt, il l'avait embrassée comme jamais elle ne l'avait été — même pas par lui autrefois ! En quelques battements de cœur, il l'avait projetée dans un délicieux délire. Et non seulement elle ne s'était pas débattue, mais elle avait *répondu* à son baiser…

Il avait affirmé qu'il était inévitable qu'ils fassent

l'amour. Il l'avait défiée de gravir la montagne avec lui jusqu'à cette maudite clairière enchantée où ciel et terre semblaient s'unir, à l'image de leurs deux corps.

« Arrête ça ! », s'ordonna-t-elle.

— J'ai fait des biscuits, monsieur Hutch ! annonça fièrement Madison. Plutôt, j'ai *aidé* à les faire.

La précision fit glousser Opal, qui sortait un rouleau à pâtisserie et un emporte-pièce du placard.

— Regrimpe sur ta chaise, jeune fille, que je te montre la suite des opérations, ordonna-t-elle.

Madison s'empressa de lui obéir.

La vieille dame repassa le torchon humide sur ses mains, puis toutes deux, après avoir étalé la pâte, la découpèrent à l'emporte-pièce et alignèrent les cercles sur du papier sulfurisé.

Voyant Hutch marcher jusqu'à la cuisinière et empoigner la porte du four, Opal le rabroua vivement :

— N'ouvre pas, malheureux ! Tu vas laisser s'échapper toute cette bonne vapeur.

— En tout cas, ça sent super bon, répliqua-t-il, ressemblant soudain plus à un garçonnet gourmand qu'à un homme.

— Je t'avais dit que je préparerais ma tourte spéciale au maïs. Et je te prie de ne pas y toucher avant qu'on ait dit les grâces.

— Oui, m'dame, répondit-il en écartant les mains en signe de soumission. Loin de moi l'idée de gâcher le dîner.

— Alors tiens-toi tranquille, conclut Opal, résolue à avoir le dernier mot. Et va te laver les mains.

C'était un échange tout ce qu'il y avait de plus banal, mais Kendra sentit son cœur se serrer. Dans son enfance, la préparation des repas ressemblait à une foire d'empoigne. Les rares fois où sa grand-mère décidait de cuisiner, elle cognait bruyamment les casseroles et les plats durant toute l'opération, soucieuse de bien faire comprendre à sa petite-fille que c'était une corvée. Qu'*elle* était une corvée.

Mais à quoi bon revenir là-dessus ? Ces jours étaient depuis longtemps enfuis. Et elle avait survécu, non ?

— Je parie que je sais ce qui se passe dans ta tête ! lança Hutch, la faisant sursauter.

Quand avait-il traversé la pièce pour venir près d'elle, si proche qu'il aurait pu la toucher ?

— Je pensais simplement à la chance que j'ai, éluda-t-elle.

Il observa en souriant Madison en train d'aider Opal à glisser les biscuits dans le four encastré dans le mur, près de la cuisinière.

— Oui, tu as bien de la chance, confirma-t-il d'une voix douce.

Trop douce.

Voilà pourquoi elle devait se méfier de lui.

Hutch pouvait se montrer adorable et, la seconde d'après, vous provoquer sans vergogne.

Bref ! La plupart du temps, cet homme était indéchiffrable.

Enfin, ils s'assirent tous ensemble pour dîner, Opal près de Madison, Hutch près d'elle. Une situation presque trop *normale* pour ne pas être inconfortable. Après avoir lutté pour retrouver son équilibre, Kendra sentait de nouveau le sol se dérober sous ses pieds.

Malgré ses nerfs à cran, elle avait faim et prit deux biscuits ainsi qu'une grosse portion de la délectable tourte d'Opal.

A la fin du dîner, Madison, qui avait passé une journée épuisante, avait du mal à garder les yeux ouverts. Mais elle voulut tout de même aller souhaiter bonne nuit à Ruffles.

Hutch la souleva dans ses bras et se tourna vers Kendra.

— Et ta maman est une femme de parole, fit-il. Alors allons-y !

Kendra le regarda sans comprendre. Que voulait-il dire par là ? Y avait-il une épine dissimulée sous le compliment ?

Mais elle avait eu, elle aussi, une journée épuisante, et elle était fatiguée des sous-entendus de Hutch et de ses petites remarques. Aussi remercia-t-elle Opal pour le souper et pour avoir laissé sa fille l'aider à le préparer, puis elle rejoignit Hutch, Madison et Daisy qui traversaient la cour en direction de l'écurie.

Hutch porta Madison, qui somnolait dans ses bras, jusqu'à la stalle de Ruffles.

Submergée par un flot d'émotions qu'elle ne chercha même pas à analyser, Kendra observa sa fille, accrochée fermement d'une main au cou de Hutch, se pencher pour caresser la tête du poney.

— Bonne nuit, Ruffles, murmura-t-elle, avant de lui ordonner de dormir et de faire des beaux rêves.

La gorge nouée, Kendra prit une inspiration tremblante. Elle s'aperçut trop tard que Hutch l'observait et lisait en elle beaucoup plus clairement qu'elle ne l'aurait souhaité. Mais qu'y pouvait-elle ? Rien.

— Il vaudrait mieux y aller, articula-t-elle avec difficulté.

Hutch hocha la tête et, gardant Madison dans ses bras, quitta l'écurie. Il installa la fillette dans son siège-auto si habilement que l'on aurait pu croire qu'il avait fait cela toute sa vie.

Kendra résista à l'envie de vérifier le harnais pour s'assurer qu'il l'avait bien fixé.

Evidemment qu'il était bien fixé. C'était Hutch Carmody. Il faisait tout à la perfection — du moins, quand il le voulait.

En dépit de la douceur de la nuit, elle frissonna et pressa ses bras sur sa poitrine.

— Merci, murmura-t-elle. D'avoir permis à Madison de monter Ruffles, précisa-t-elle vivement, ne voulant surtout pas qu'il pense qu'elle le remerciait pour son baiser ravageur.

Un sourire ironique se dessina sur le visage de Hutch qui, pour une fois, ne fit aucun commentaire. Au-dessus d'eux, les étoiles scintillaient sur le velours noir du firmament et la lune, presque pleine, semblait translucide.

— On recommence quand tu voudras, répondit-il simplement.

— Très bien.

Galamment, il lui ouvrit la portière côté conducteur et attendit qu'elle se soit glissée au volant, ait fouillé dans son sac pour trouver ses clés, bouclé sa ceinture et allumé son moteur.

Madison dormait déjà profondément — heureusement, car elle aurait exigé d'eux un nouveau rendez-vous pour sa deuxième leçon d'équitation !

Surprise de voir que Hutch ne s'écartait pas de son chemin, elle baissa sa vitre.

— Tu as quelque chose d'autre à me dire ? demanda-t-elle sur un ton qu'elle espérait naturel.

— Oui. Vous comptez vous rendre au rodéo, Madison et toi ?

— Même si je le voulais, je ne vois pas comment j'y échapperais. Madison n'y est jamais allée et elle attend impatiemment le week-end pour assister au rodéo et au feu d'artifice. Sans compter que j'ai promis de lui acheter une paire de bottes.

— Samedi après-midi, j'entrerai dans l'arène sur un taureau sauvage. Mais le soir, j'aimerais bien vous inviter à dîner et faire faire quelques attractions à Madison, avant le feu d'artifice.

Tout ce qu'elle avait à dire, c'était « non » et s'en aller. C'était simple, rapide, précis.

— D'accord.

— Super ! s'exclama Hutch, ravi. Je t'appellerai pour régler les détails.

Elle hocha machinalement la tête, comme s'il ne s'était rien produit d'extraordinaire de la journée. Ce qui était probablement le cas pour Hutch — idée des plus déprimantes.

Elle murmura « Bonne nuit », et elle quitta enfin la cour du ranch.

En arrivant chez elle, elle porta Madison réveillée mais encore engourdie de sommeil jusqu'à la maison, l'aida à enfiler son pyjama, surveilla le brossage des dents et les prières, puis la borda et l'embrassa sur le front.

— Bonne nuit, Annie du Far West.

— C'est qui ? demanda Madison dans un énorme bâillement, avant de s'endormir sans lui laisser le temps de répondre.

Kendra lui caressa le front et sortit doucement de la chambre.

Trop surexcitée pour dormir, elle fit un peu de ménage — totalement superflu —, arrosa les plantes puis s'installa à son bureau et alluma son ordinateur pour consulter ses e-mails personnels et professionnels. Ensuite, elle irait se plonger dans un bon bain bien chaud, le meilleur traitement préventif contre les courbatures.

Après élimination des spams, il ne lui resta plus que deux messages, un de Tara, l'autre de Joslyn. Les deux avaient des pièces jointes.

Elle cliqua sur celui de Joslyn, s'attendant à voir s'ouvrir une jolie photo du petit Trace.

Au lieu de quoi, une page d'un important réseau social apparut. Une photo de Hutch et elle en train de faire la course à trois pattes, le week-end dernier, dans le cimetière des pionniers. Tous deux claudiquaient en riant aux éclats, juste avant la chute qui allait les envoyer rouler dans l'herbe.

La légende, fort concise, allait à l'essentiel. « Déjà retourné à ses anciennes amours. »

13

Les yeux rivés sur la photo, Kendra se raidit sur sa chaise avec la sensation d'avoir reçu une gifle. Elle cliqua pour revenir à l'e-mail de Joslyn et lut : « Maintenant, ils sont allés trop loin. C'est la guerre ! »

Le second message, celui de Tara, était du même tonneau.

Elle se recula dans son fauteuil et respira à fond en se répétant que l'affaire n'avait rien de grave. Une simple manœuvre mesquine de la part de gens ayant du temps à perdre. Rien à voir avec une croix enflammée sur sa pelouse ou une brique projetée dans son salon.

Elle répondit aux e-mails de ses amies d'une courte phrase. « Je m'en occupe. » Puis, plus calme, mais toujours indignée par cette malveillante intrusion dans sa vie privée, elle imprima une copie de la page Web, la plia en quatre et la glissa dans son sac. Puis elle alla vérifier si sa fille dormait, et se replia dans la salle de bains pour s'accorder enfin le long bain qu'elle s'était promis.

Merveilleusement détendue par l'eau chaude et les deux antidouleurs avalés avant de se mettre au lit, elle s'endormit rapidement — ne rêva pas ! — et ne se réveilla qu'à la lueur rouge orangée du soleil levant.

Elle se lança donc dans sa routine matinale : lever, habiller et faire déjeuner Madison, sortir Daisy et lui donner de l'eau fraîche et des croquettes, mais, à la place de son café habituel, elle opta pour une tisane.

— Tu es très jolie, maman, déclara Madison en contemplant d'un œil admiratif le tailleur-pantalon en lin qui remplaçait le jean que, ces derniers temps, elle portait à longueur de journée.

— Merci, ma chérie, répondit-elle gaiement en piquant un baiser sur sa tête. Ce matin, j'ai rendez-vous avec un client qui vient visiter l'autre maison. Alors dépêche-toi un peu, tu veux ?

— Et mes bottes ?

« Tiens, tiens, le compliment, bien que sincère, n'était pas désintéressé », songea Kendra en souriant.

— Au rodéo, ce week-end, il y aura toutes sortes de vendeurs. Nous te chercherons des bottes à ce moment-là.

Ravie, Madison s'illumina, mais son visage s'assombrit rapidement.

— Il faut que je m'excuse auprès de miss Abbington et de Becky, aujourd'hui, murmura-t-elle, morose.

— Absolument. Imagine que Becky ait pris *tes* bottes sans ta permission et qu'elle ait refusé de te les rendre, comment tu l'aurais pris ?

— Je n'aurais pas été contente.

— Alors ?

— Becky n'a pas été contente, conclut Madison. Mais je n'ai pas emprunté les chaussures de miss Abbington, ajouta-t-elle aussitôt. Alors pourquoi il faut que je lui fasse mes excuses ?

— Ça suffit ! lança Kendra en adoucissant la réprimande par un sourire. Tu sais très bien pourquoi il faut t'excuser auprès de ta maîtresse.

— Ah bon ?

Puis, comme sa mère attendait, la mine sévère, elle finit par répondre :

— Parce que je me suis mal conduite en classe.

— Bingo !

*
* *

Une demi-heure plus tard — une fois sa fille au jardin d'enfants et Daisy montant la garde au bureau —, Kendra fit visiter le manoir à son client, le délégué d'un grand groupe d'investissement envisageant de transformer les lieux en complexe d'appartements.

Elle comprit tout de suite que la vente ne se ferait pas, mais ce n'était pas bien grave. Le travail d'agent immobilier consistait à faire visiter et revisiter des maisons, jusqu'à ce que le bon acheteur se présente. En général, elle devait appâter une foule de poissons avant qu'un seul morde à l'hameçon.

Et puis aujourd'hui, avec cette feuille de papier en train de carboniser le fond de son sac, le travail était le cadet de ses soucis.

A l'heure du déjeuner, elle ferma le bureau, chargea une Daisy toujours prête pour l'aventure dans la Volvo et prit la route de Three Trees.

Bien qu'elle connaisse à peine Brylee Parrish, elle savait parfaitement où la trouver. En effet, Brylee, à la tête d'une prospère entreprise d'événementiel, était « la fille du coin qui avait réussi », et elle possédait un entrepôt dans la banlieue de Three Trees.

Kendra ne répéta pas ce qu'elle allait lui dire durant le trajet, vu qu'elle n'en avait qu'une très vague idée. Si elle doutait que Brylee soit personnellement impliquée dans cette histoire de photo et son commentaire — comme quoi Hutch serait retourné à ses anciennes amours —, en revanche, elle était persuadée qu'elle saurait qui était le responsable.

A son arrivée à Décor Galore, l'entreprise de Brylee, elle baissa légèrement sa vitre pour que Daisy puisse respirer et lui promit de revenir très vite.

Dans le hall, la réceptionniste la gratifia d'un sourire crispé, puis, tout en lui jetant à la dérobée des regards furtifs, appela sa patronne pour l'avertir que Kendra Shepherd voulait la voir.

— Elle arrive dans quelques minutes, annonça la jeune femme en raccrochant. Prenez donc un siège.

— Je resterai debout, merci, répondit poliment Kendra.

Quand Brylee s'avança vers elle, elle fut saisie par sa beauté. La jeune femme possédait de magnifiques yeux bruns et une glorieuse crinière châtaine, nouée en queue-de-cheval.

Elle rougit, puis blêmit.

— Suivez-moi, dit-elle sans un sourire.

Elles traversèrent un entrepôt encombré et bruyant pour aboutir dans un bureau d'une banalité surprenante. Un bureau, deux chaises, quelques armoires dépareillées et une simple étagère. Il n'y avait aux murs aucune photo ou décoration d'aucune sorte, et pas le moindre bibelot.

— Asseyez-vous, je vous en prie, lui dit Brylee en prenant place derrière son bureau.

Après s'être installée, Kendra ouvrit son sac, en sortit le feuillet imprimé qu'elle glissa vers elle.

Brylee le déplia et y jeta un rapide coup d'œil.

Kendra vit que ses mains tremblaient légèrement, et son émoi la toucha. Sans comprendre pourquoi, elle éprouva un subit élan de sympathie à son égard. Perdre Hutch Carmody était une chose. Mais se faire larguer dans la robe de mariée de ses rêves en présence de sa famille et de ses amis réunis avait dû être une épreuve horrible, un réel traumatisme.

Après avoir poussé un profond soupir, Brylee ferma les yeux un instant. Mais elle se ressaisit, redressa les épaules et, la regardant droit dans les yeux, déclara avec dignité :

— Je doute que vous me croyiez, mais j'ignorais tout de cette photo.

— Je n'ai aucune raison de ne pas vous croire.

Kendra inspira profondément, relâcha progressivement son souffle et reprit en pesant soigneusement ses mots :

— Certains, peut-être même la plupart, diraient que ce n'est qu'une photo sans importance et que je ferais mieux de laisser tomber. Si cela doit en rester là, fort bien. Je peux m'en accommoder. Mais, mademoiselle Parrish, j'ai une petite fille de quatre ans et…

Son interlocutrice leva la main pour l'interrompre. Elle semblait toujours aussi navrée, mais une lueur amicale brillait dans ses yeux.

— Je vous en prie, appelez-moi « Brylee ». Nous ne sommes pas des ennemies. Du moins, je l'espère. Et je comprends tout à fait vos préoccupations. Je vous assure, je les comprends.

Elle se tut et scruta le visage de Kendra en se mordillant les lèvres. Elle devait mourir d'envie de lui demander ce qui se passait au juste entre Hutch et elle, mais elle était trop bien élevée pour le faire.

— Donc, nous n'avons pas de problème, répondit aimablement Kendra. Pourriez-vous avoir l'obligeance de demander à la personne qui a mis cette photo sur le Web de l'enlever et de me ficher la paix.

— Et pour Hutch ? lança Brylee en haussant un sourcil parfait.

— Quoi, Hutch ?

— Aucune importance !

Tant mieux ! Kendra fut soulagée que Brylee ne persévère pas dans cette voie.

— Je ferais mieux de m'en aller, dit-elle en se levant. Mon chien est resté dans ma voiture et j'ai du travail.

Brylee se leva à son tour et lui offrit un sourire affligé mais sincère.

— Kendra, je suis désolée pour cette photo. Au début, c'était comme un jeu plus ou moins innocent. Mes amies et moi étions folles de rage contre Hutch, et je suis sûre que vous me comprenez. Mais là, ça dépasse les bornes. Je vais m'assurer que l'on supprime cette page.

— Merci.

Brylee la raccompagna jusqu'au parking. Peut-être par pure politesse, ou pour s'excuser une dernière fois, mais Kendra sentait qu'elle voulait lui dire quelque chose.

— Je ne crois pas que Hutch vous ait oubliée, lui dit soudain Brylee, sans aucune trace de colère dans la voix. J'aurais dû faire davantage attention aux indices. Le fait qu'une ou deux fois, il m'ait appelée par votre prénom, par exemple. Malheureusement, j'étais trop amoureuse pour être lucide.

Kendra ne trouva rien à répondre à cela. Elle ressentit juste une nouvelle vague de sympathie pour Brylee Parrish. La jeune femme avait du caractère, c'était certain, mais elle pouvait faire preuve d'humilité et reconnaître ses erreurs. Et c'était là une qualité que Kendra appréciait.

— Merci encore, lança-t-elle en montant dans sa voiture.

Comme Brylee la regardait s'éloigner en la saluant de la main, elle lui renvoya son salut et, assaillie par ses pensées, emprunta la grande route menant à Parable. Elle entendait résonner dans sa tête les mots de la jeune femme. « Je ne crois pas que Hutch vous ait oubliée. Une ou deux fois, il m'a appelée par votre prénom. »

Est-ce que… ?

— Arrête ça ! marmonna-t-elle.

Daisy se mit à pousser ses petits gémissements qui avaient un caractère d'urgence, et Kendra se gara sur le bas-côté.

Au moment de reprendre la route, elle commençait à se dire qu'elle était idiote d'être allée trouver Brylee pour une simple histoire de photo et qu'elle avait réagi de façon excessive.

Avant de démarrer, elle appela Joslyn.

— Tu dormais ? lança-t-elle.

— Je suis une jeune mère, je ne dors jamais ! répliqua son amie en riant.

— Ta mère est toujours là ?

— Non, maman est partie ce matin. Elle m'a été d'une aide précieuse. Tout comme Callie. Mais il est temps que la maisonnée retrouve son train-train habituel. Et puis Slade et Shea s'occupent formidablement bien de Trace.

— Parfait !

— Tu téléphonais simplement pour savoir si je dormais ? Ou à propos de cette page Web débile ? Cinq minutes après te l'avoir envoyée, je m'en mordais déjà les doigts. Et Tara aussi. C'était une bêtise de t'agresser avec ça.

— Ce n'est pas grave, répondit Kendra, distraite par le flot des voitures et des camions qui filaient sur la route. Mais en effet, c'est pour ça que je t'appelais. Je viens de voir Brylee.

— Passe à la maison immédiatement, à défaut de tout de suite ! lui ordonna Joslyn. Je veux *tout* savoir de l'entrevue.

— Il ne s'est *rien* passé.

C'était la vérité. Brylee et elle ne s'étaient pas crêpé le chignon ou arraché les yeux. Elles n'étaient pas des collégiennes en furie se bagarrant pour un ado boutonneux.

— Quoi qu'il en soit, tu as besoin de voir ta meilleure copine, sinon tu n'aurais pas téléphoné, rétorqua Joslyn. Alors, viens !

— J'arrive dans vingt minutes.

— Quinze.

Quand elle arriva à Windfall Ranch, le coupé sport de Tara était garé à côté de l'indescriptible monospace de Joslyn. Bien entendu, Joslyn s'était empressée de la mettre au courant des derniers rebondissements. Le pick-up de Slade n'était pas là.

Dès qu'elle descendit de voiture, Joslyn et Tara surgirent sur le perron de la cuisine. Elle libéra Daisy qui courut rejoindre Lucy, et s'avança vers la maison.

Si Joslyn la salua en souriant, Tara arborait une mine soucieuse.

— Je me suis ridiculisée en beauté, c'est ça ? lança Kendra.

— Je ne sais pas trop, répondit Tara. Rentre. Nous allons discuter de la question devant un café et des gâteaux.

Toutes trois pénétrèrent dans la cuisine nouvellement refaite de Joslyn.

Trace dormait dans son berceau.

Emue, sa mère planta un baiser sonore sur son front en murmurant :

— Je t'aime, mon petit cow-boy adoré.

En dépit de la joie qu'elle éprouvait pour son amie, Kendra sentit ses paupières la picoter. Joslyn avait monté avec succès une société de logiciels informatiques qu'elle avait revendue une fortune, consacrant tout l'argent de la vente à racheter une escroquerie qui ne la concernait en rien. Et aujourd'hui, elle était heureuse.

Il suffisait de la regarder pour en être convaincu : elle rayonnait littéralement de bonheur.

— Et voici, devant nous, la femme la plus heureuse du monde ! lança Tara, comme pour annoncer un numéro de music-hall.

Kendra hocha la tête en refoulant ses larmes, puis toutes trois s'assirent devant une tasse de thé et des beignets aux pépites de chocolat.

— Ta mère ne va pas te manquer, maintenant qu'elle est repartie pour Santa Fe ? demanda Kendra.

— Bien sûr que si, c'était tellement agréable de l'avoir avec nous, répondit Joslyn. Mais elle doit retrouver sa vie. Et puis je suis certaine de la revoir bientôt.

— Nous n'aurions jamais dû te transférer cette page Web, intervint Tara d'un ton lugubre. Je ne sais pas ce qui nous a pris.

— Ce n'est rien, la rassura Kendra. De toute façon, j'en aurais eu vent un jour ou l'autre, alors autant que ce soit par vous.

— Tu es vraiment allée trouver Brylee ? demanda Joslyn, visiblement surprise.

— Pas du tout, j'ai seulement dit ça pour te faire hurler, plaisanta Kendra. Oui, j'y suis allée. Et depuis, je me sens complètement idiote. Pareille à ces gens qui sautent sur la moindre occasion pour faire un esclandre.

— Mais non ! A mon avis, tu avais de bonnes raisons de t'indigner ! s'écria Tara. Ce genre d'incident n'est pas toujours anodin. Il arrive qu'une photo postée avec un commentaire perfide fasse boule de neige et provoque une crise majeure.

— Quoi qu'il en soit, ce qui est fait est fait, décréta Kendra, philosophe. En fait, Brylee est très gentille. Elle m'a assuré qu'elle allait tout faire pour que la page soit retirée du site. Alors il n'y a pas grand mal.

— Elle t'a demandé si vous sortiez ensemble, Hutch et toi ? s'enquit Joslyn, dont la politique se résumait en une phrase : inutile de noyer le poisson, mieux vaut aller droit au but.

— Elle en mourait d'envie, mais elle s'est abstenue.

— Parce que c'est le cas ? demanda Tara.

— De quoi parles-tu ?

— Tu sors avec Hutch Carmody ?

— Non, pas du tout ! s'exclama Kendra.

La veille, ce n'était qu'un simple baiser. Brûlant…

— Pourtant, j'ai entendu dire que Hutch avait acheté un poney pour Madison, enchaîna Joslyn.

— Qui t'a dit ça ? demanda Kendra, intriguée.

— Les nouvelles circulent vite…

— Opal !

Il suffisait de voir le visage dépité de son amie pour savoir qu'elle avait deviné juste.

— Ne te fâche pas contre Opal, la supplia Joslyn. Nous parlions au téléphone quand elle a laissé échapper que Hutch avait acheté un poney pour Madison. C'était naturel d'en tirer des conclusions.

— Ce qu'évidemment vous n'avez pas manqué de faire, conclut Kendra. N'empêche que vous avez tout faux. Hutch a acheté cette bête parce que ses propriétaires lui ont dit qu'elle déprimait toute seule, depuis que leurs enfants avaient quitté la maison.

Tara et Joslyn échangèrent un regard entendu.

— Bien sûr, tous les éleveurs de bétail ont besoin d'un poney déprimé, observa Joslyn, une étincelle malicieuse dans les prunelles.

— Cela ne veut rien dire, se défendit Kendra.

— Si c'est toi qui le dis ! répliqua Tara en riant.

— Vous êtes… insupportables !

— Peut-être, mais nous sommes objectives, rétorqua Joslyn. Pas comme une certaine personne que je connais.

Kendra but une gorgée de thé, avant de riposter :

— Objective ! Tu ne connais même pas le sens de ce mot.

— Nous voulons que tu sois heureuse, intervint Tara.

— Moi aussi, je veux que tu sois heureuse, répliqua Kendra. Alors qu'attends-tu pour te jeter à la tête du premier venu ? Tiens, pourquoi pas… Boone Taylor ?

— Oh ! Je t'en prie ! protesta Tara.

Joslyn, confortablement installée dans le mariage et la maternité, leur sourit benoîtement. Les gens heureux en ménage pouvaient être absolument exaspérants, surtout quand ils essayaient de vous convertir.

— Il fut un temps où je ne pouvais pas souffrir Slade Barlow, leur rappela-t-elle. Et regardez comment l'histoire a tourné.

— Parfait, marmonna Tara en reposant brutalement sa tasse, avant de se tourner vers Kendra. Puisque c'est le plus sûr moyen de trouver le bonheur, mettons-nous tout de suite à faire la liste des hommes que nous ne pouvons pas sentir. Je me demande bien pourquoi nous n'y avons pas pensé plus tôt !

— Si tu donnais à Boone ne serait-ce que le plus petit encouragement, je suis sûre que tu n'en reviendrais pas, répliqua malicieusement Joslyn. Quant à vous, mademoiselle Shepherd, nous savons très bien que Hutch Carmody fait palpiter votre cœur, alors pourquoi s'obstiner à prétendre le contraire ?

— C'est peut-être vrai, avoua Kendra en soupirant. Mais cela ne signifie pas pour autant que ça peut marcher entre nous. Nous avons déjà échoué, souviens-toi.

— Donc, tu as toujours un faible pour lui, conclut Joslyn, ravie, en lui tapotant la main. Enfin ! On y arrive !

— Je ne sais pas ce que j'éprouve, murmura Kendra, le regard dans le vague. A part qu'il me fiche une trouille bleue.

— Pourquoi ? demanda Tara, étonnée.

— Chat échaudé craint l'eau froide, répondit-elle, avant de regarder sa montre. Bien ! Je ferais mieux de retourner au bureau, avant que les gens s'imaginent que j'ai mis la clé sous la porte.

A son arrivée à l'agence, elle écouta sa messagerie. Durant son absence, trois personnes qui souhaitaient vendre leur maison avaient téléphoné. Elle les rappela les unes après les autres et prit rendez-vous avec les trois dans l'après-midi, heureuse d'avoir trouvé une occupation.

La première propriété était une modeste maison de style campagnard, dotée d'une grande cour, d'un garage indépendant et d'un vaste espace pour jardiner. Le propriétaire, John Gerard, veuf et âgé, avait décidé d'aller s'installer à Great Falls, partager un appartement avec son frère. L'endroit, bien qu'impeccablement entretenu, avait besoin d'être modernisé — un premier investissement parfait pour un jeune couple, avec ou sans enfant.

Après s'être mis d'accord sur le prix de vente, ils réglèrent tous les détails, puis signèrent le contrat.

La seconde propriété était un local commercial, un vieil hôtel miteux qui, vu son état de délabrement, serait difficile à vendre. Mais Kendra aimait les défis. Elle accepta donc de s'en occuper également — principalement parce qu'il était très bien placé, en plein centre-ville.

Alors qu'elle rejoignait le troisième bien à vendre, un double mobil-home situé dans l'ancien quartier de sa grand-mère, l'anxiété la gagna. Elle devait être au jardin d'enfants à 15 heures pour récupérer Madison. Ce dernier rendez-vous risquait de la mettre en retard.

Le propriétaire était l'adjoint du shérif, Treat McQuillan — elle était tellement distraite en ce moment qu'elle n'avait même pas fait le rapprochement, en écoutant le message qu'il lui avait laissé. Son visage arborait encore des cocards du plus beau mauve, séquelles de sa rencontre musclée de l'autre soir avec Walker Parrish. Depuis, l'incident devait avoir pris dans la région des proportions homériques. Intriguée et un peu ennuyée, elle se demanda si Treat avait mis sa menace à exécution et poursuivi Walker pour agression.

Sur le perron, en uniforme, il attendait qu'elle se gare. Elle se réjouit de s'être arrêtée en chemin pour déposer Daisy à la maison. Treat était du genre à détester les animaux.

Il n'empêche que, femme d'affaires jusqu'au bout des ongles, elle descendit de voiture et lança aimablement :

— Bonjour ! J'espère que je ne vous ai pas fait attendre.

Puis elle souleva le loquet du portillon qui s'ouvrit, en grinçant, sur un jardin pelé.

— Certaines choses valent la peine d'attendre, répondit Treat d'une voix nonchalante en la toisant d'un œil concupiscent.

Elle ne prêta aucune attention à ses propos. L'ancienne caravane de sa grand-mère se trouvait deux numéros plus bas, de l'autre côté de la route en terre, et elle sentait monter en elle une vieille sensation d'angoisse mêlée de chagrin, comme si, ayant fait un bond dans le passé, elle se retrouvait en pleine enfance, petite fille abandonnée et terrorisée…

Soucieuse de cacher son trouble, elle lança gaiement :

— Vous projetez de déménager ?

Après tout, McQuillan était adjoint du shérif, et même s'il avait outrepassé les limites en se conduisant comme un goujat avec Brylee, rien n'autorisait à le considérer comme un violeur en série rôdant en quête de sa prochaine victime.

— Je ne sais pas encore, répondit-il en levant enfin les yeux de ses seins pour fixer son visage. Peut-être que si j'obtiens un bon prix pour mon mobil-home, je m'achèterai un lopin pour y construire une maison.

— Je vois, répondit Kendra en s'approchant avec assurance. Mais s'il se vendait tout de suite, où iriez-vous habiter dans l'intervalle ?

McQuillan descendit du perron et, la gratifiant d'un lent sourire qui la hérissa, lui tendit la main.

— Je n'ai pas réfléchi aussi loin, avoua-t-il, avant de vérifier sa montre et de brandir un trousseau de clés. Je suis de service dans quelques minutes. Alors entrez faire un tour. Quand vous aurez fini, vous n'aurez qu'à fermer à clé. Je viendrai récupérer le trousseau plus tard et on réglera les termes du contrat.

Kendra était habituée à se retrouver dans des maisons ou des appartements en tête à tête avec des gens qui la mettaient mal à l'aise. Mais cela faisait partie de son travail d'agent immobilier. Néanmoins, elle fut extrêmement soulagée que McQuillan ait décidé de la laisser explorer seule les lieux. L'idée d'être enfermée avec lui dans un espace confiné lui donnait le frisson.

Elle n'en sourit pas moins.

— Entendu. Je serai de retour à l'agence vers 15 h 30. Vous pouvez passer quand vous voulez.

— Très bien.

Sans plus attendre, il se dirigea vers sa voiture, un petit 4x4 vert, loin d'être récent, mais si bien astiqué qu'il brillait de mille feux.

Elle attendit qu'il se soit éloigné, non sans avoir lancé un petit coup de Klaxon guilleret, pour commencer sa visite.

La porte était restée ouverte. Elle entra dans le salon, la réplique exacte de celui de sa grand-mère.

Aussitôt, son estomac se crispa sur les restes de son frugal déjeuner. Mais elle s'ordonna de ne pas en tenir compte.

Elle n'était plus une gamine, et cet endroit n'était pas le mobil-home de son enfance.

Si le salon de Treat McQuillan était miteux et si son tapis, ses rideaux et ses meubles avaient visiblement connu des jours meilleurs, en revanche, toutes les surfaces rutilaient, aussi immaculées que la carrosserie de son véhicule.

Elle fit un tour rapide des lieux, examina la kitchenette, la salle de bains où régnait un ordre obsessionnel, puis les trois chambres. Les deux premières étaient à peine plus grandes que des placards. Quant à la chambre principale, elle possédait, pour tout meuble, un matelas d'eau, doté d'une immense tête de lit en miroir et d'un couvre-lit en velours écarlate.

Ce décor la fit battre en retraite en frissonnant.

Une fois dehors, elle respira plusieurs fois à fond avant de se forcer à explorer la cour. Elle comportait une cabane à outils, un garage indépendant et une petite roseraie entourée d'un lacis de fil de fer peint en blanc. Dans cette cage, les fleurs semblaient s'étioler, comme des prisonniers attendant leur délivrance.

— Là, ma vieille, tu commences à délirer, marmonna-t-elle.

Elle n'en fut pas moins soulagée de remonter dans sa voiture et de reprendre le chemin du centre-ville.

— Je me suis scusée ! annonça Madison. Maintenant, moi et Becky on est copines. Elle m'a invitée à dormir chez elle un jour. Et chez elle, il y a des *chevaux*…

Kendra résista à l'envie de la corriger — Becky et moi — et l'attacha dans son siège-auto.

— C'est formidable, ma chérie. Tu as également fait tes excuses à miss Abbington ?

Madison hocha vigoureusement la tête, avant de demander, soucieuse :

— Où est Daisy ? Tu n'as pas été la rendre à la dame du refuge, j'espère ?

Interloquée, Kendra se raidit.

— Daisy est à la maison, répondit-elle. Bien sûr que je ne l'ai pas rendue, ma biche. Pourquoi ferais-je une chose pareille ?

— Parfois, les gens rendent les enfants.

Oh Seigneur… Après avoir avalé péniblement sa salive, Kendra se força à sourire. Durant sa courte vie, Madison avait été trimballée d'un foyer à l'autre. Il n'était donc pas difficile de deviner la source de son anxiété, pour Daisy… et pour elle-même.

— Tu vas vivre avec moi jusqu'à ce que tu sois grande et prête à partir à l'université, expliqua-t-elle. Et même après, tu auras toujours une maison pour t'accueillir, et une maman aussi.

— Tu ne me rendras pas ? Jamais ?

— Jamais de la vie, mon cœur, jura Kendra en réprimant ses larmes. Et c'est pareil pour Daisy. Nous trois, nous sommes ensemble pour longtemps. Nous sommes une famille pour toujours.

— Ça serait tout de même bien d'avoir un papa, murmura Madison.

— Oui, sûrement, reconnut Kendra en se glissant au volant, cherchant un autre sujet de conversation.

— Si je pouvais choisir un papa, je prendrais M. Hutch, annonça Madison.

Kendra soupira et quitta prudemment le centre communautaire, saluant les mères et les pères qui venaient chercher leurs enfants.

— Malheureusement, ça ne marche pas comme ça, expliqua-t-elle.

— Alors comment on fait pour trouver un papa ?

— Ma chérie, ce n'est pas comme pour les gâteaux, il n'y a pas de recette, pas de formule magique.

— Oh ! murmura Madison, une note de tristesse dans la voix.

Elles roulèrent en silence pendant une minute ou deux.

— Ce n'est pas juste ! protesta soudain Madison.

— Qu'est-ce qui n'est pas juste ? demanda Kendra, concentrée sur la route.

— Que mon papa soit au ciel au lieu d'être à Parable, avec nous. Je veux un papa que je puisse voir, à qui je puisse parler.

Kendra ne répondit pas. Elle était à deux doigts d'éclater en sanglots.

14

Ce soir-là, après le dîner, après avoir lu une histoire et assisté à la prière — prière où Madison avait demandé un papa au Bon Dieu en suggérant que Hutch Carmody serait le meilleur candidat pour le poste —, Kendra, légèrement perturbée, resta un moment assise à la table de la cuisine, songeuse.

En écoutant sa fille prier pour avoir un papa, elle avait eu un mal fou à se retenir de pleurer, et maintenant qu'elle se retrouvait seule devant sa tisane, ses larmes coulaient librement.

Daisy qui, quelques minutes plus tôt, était roulée en boule au pied du lit de Madison, se glissa furtivement dans la cuisine. Elle marcha droit vers elle, posa les pattes avant sur sa cuisse et la contempla d'un regard brillant de sympathie canine en poussant de petits gémissements.

Avec un petit rire sans joie, Kendra tapota en reniflant sa tête dorée, puis murmura d'une voix enrouée par le chaos d'émotions qui la submergeait :

— Oui, Daisy, tu es un bon chien.

La jeune chienne posa son museau sur sa cuisse et poussa un soupir à fendre l'âme.

Tout en continuant à la caresser, Kendra sirota quelques gorgées de tisane, avant de reprendre :

— Si tu savais comme je me sens perdue.

Daisy agita la queue en levant sur elle un regard humide.

— Ça, c'est le pompon ! marmonna-t-elle en reniflant de plus belle. Voilà que je parle à un chien !

Daisy pencha la tête et la regarda d'un air de dire « Ben oui, tu parles à un chien, où est le problème ? ».

Amusée, Kendra éclata de rire et s'essuya les joues du dos de la main.

— Je t'en prie, arrête de te faire du mouron pour moi. Tu verras, ça va aller.

Apparemment satisfaite que sa seconde maîtresse favorite soit en état de se passer d'elle — du moins, pendant un moment —, Daisy repartit en trottinant vers la chambre de Madison.

Après avoir terminé sa tisane, Kendra resta encore un peu dans la cuisine, à contempler sa tasse vide.

Ce soir elle était trop fatiguée pour lire, se prélasser dans un bain somptueux ou même se coucher tôt — les remèdes habituels à tous ses maux : du traumatisme éprouvant à la frustration mineure. Dès qu'elle se sentait déprimée, accablée par trop de poids, elle lisait, prenait un bain ou dormait.

Des activités en soi parfaitement légitimes, mais qu'elle commençait à considérer comme des formes de fuite, de bonnes vieilles méthodes de déni. Des refuges métaphoriques où elle s'abritait pour échapper aux pensées et aux émotions susceptibles d'agresser la part la plus fragile et meurtrie de son être profond.

A présent elle était une femme et une mère. Mais alors qu'elle estimait assumer plutôt bien dans ce dernier rôle, la femme en elle commençait à regimber et à se plaindre haut et fort. Cette Kendra-là en avait par-dessus la tête de tout faire toute seule — en particulier dormir seule dans son lit. Elle voulait un homme qui la serre dans ses bras quand elle avait besoin de réconfort, qui l'aime de toutes les manières imaginables et sur tous les plans — mental, émotionnel et… oui, oui, physique.

Mais comme elle était incapable de choisir le bon numéro…

D'abord, il y avait eu Hutch. S'il l'avait vraiment aimée, il se serait battu pour elle, pour la garder. Ils avaient partagé tant de rêves, tant d'espoirs ! Mais il avait piétiné son cœur. Ensuite était arrivé Jeffrey, le chevalier à l'armure ternie. L'avait-il vraiment aimée ou simplement désirée sexuellement ? Si elle s'était toujours considérée comme une femme modérément attirante, elle avait pourtant eu son content d'admirateurs — pour la plupart falots et inconsistants.

Oui, elle avait un problème avec les hommes. Et elle allait sérieusement se pencher là-dessus, décida-t-elle en quittant la cuisine pour se rendre dans son bureau. Là, elle alluma son ordinateur et ouvrit la page « Nous haïssons Hutch ». Brylee avait-elle tenu sa promesse ?

La photo de Hutch et elle prise durant la course à trois pattes avait bien été retirée, tout comme le commentaire qui l'accompagnait. Il n'empêche que la campagne contre le marié déserteur continuait à battre son plein.

Cela l'énerva, au point d'avoir envie de prendre la défense de Hutch. Preuve de plus qu'elle oscillait au bord d'un précipice obscur — le même où elle était tombée quand il l'avait abandonnée à Jeffrey, tel un livre déjà lu et sans intérêt.

Avec un profond soupir, elle cliqua sur sa messagerie.

Il y avait des e-mails de Joslyn et Tara et un autre de Treat McQuillan. Comme il se doit, quand l'adjoint s'était arrêté à l'agence, tard dans l'après-midi, pour récupérer ses clés, elle lui avait donné son mail. Apparemment ravi de mettre son mobil-home en vente, McQuillan avait rapidement fait affaire avec elle et signé son contrat.

Mais elle lui avait fourni son e-mail *professionnel*, or elle venait d'ouvrir son compte personnel, dont seuls ses amis étaient censés posséder l'adresse. Ce petit détail lui déplut fortement. Et plus encore le message de McQuillan.

Comme s'ils avaient gardé les vaches ensemble, ce dernier écrivait :

> Salut, Kendra. Ainsi que tu le sais, le rodéo a lieu ce week-end et je me demandais si tu voudrais

m'y accompagner. Si tu trouves une baby-sitter, on pourrait dîner ensemble, s'attarder pour assister au feu d'artifice et, pourquoi pas, en allumer un de notre côté ?

Kendra ôta vivement les mains du clavier, comme s'il était devenu gluant. « Et, pourquoi pas, en allumer un de notre côté ? »

Est-ce que ce type plaisantait ?

Elle se remémora sa rencontre avec lui, au Butter Biscuit Café, l'autre matin, quand il lui avait pratiquement ordonné d'éviter Hutch Carmody, comme s'il avait le droit de lui dicter sa conduite.

Et voilà qu'il avait le toupet de lui suggérer un *feu d'artifice* à sa façon ? D'où sortait cet individu pour écrire un truc pareil ?

Elle inspira à fond et souffla lentement, avant de reposer ses doigts sur les touches pour répondre :

Merci pour l'invitation, malheureusement j'ai d'autres projets. De plus, je ne mélange jamais affaires et vie privée. Cordialement, Kendra Shepherd.

Le message était court, concis et partiellement véridique. En effet, elle avait d'autres projets — et que Dieu lui vienne en aide ! Elle devait assister au rodéo avec Madison, puis au feu d'artifice avec Hutch.

Les relations publiques représentant une part essentielle de son métier, elle était souvent amenée à organiser des déjeuners et des dîners, parfois même des réceptions pour ses clients. Avant que Madison n'entre dans sa vie, il lui était arrivé, en effet, de sortir occasionnellement avec des relations d'affaires.

Quoi qu'il en soit, elle n'avait pas la moindre intention de répondre aux avances de Treat McQuillan. Non seulement elle ne le trouvait pas attirant, mais il la répugnait, tout simplement. Ce type était hargneux, toujours en train de chercher la bagarre.

L'ego des hommes étant ce qu'il était, elle s'attendait à ce que Treat réponde à son refus — aussi courtois soit-il — en la limogeant pour engager un autre agent immobilier. Il existait deux ou trois autres agences dans le comté, avec quelques vendeurs qualifiés, mais la sienne était la seule de Parable.

Agent immobilier dans l'âme, elle détestait rater une commission — même aussi modeste que celle qu'elle escomptait tirer de la vente du mobil-home de McQuillan. Mais si cela devait se terminer ainsi, tant pis ! Même dans ses meilleurs jours, l'immobilier restait une entreprise très aléatoire. Vous faisiez visiter tout un tas de maisons, et si vous travailliez dur et aviez un peu de chance, vous réussissiez à en vendre… une ou deux.

La réponse de McQuillan surgit sur l'écran, à la minute où elle s'apprêtait à éteindre l'ordinateur pour retourner dans la cuisine se préparer une nouvelle tisane.

tu te crois trop bien pour moi

La phrase, écrite en minuscules, bizarrement espacées, dénuée de ponctuation…

Kendra sentit un frisson glacé la parcourir tout entière, immédiatement chassé par la colère.

Relisez mon premier e-mail, s'il vous plaît.

Puis elle cliqua sur « Envoi » d'un doigt rageur.

Son correspondant répondit presque aussitôt, mais elle n'ouvrit pas son message. Elle bloqua toute communication ultérieure avec lui en reléguant son adresse dans les indésirables, et se déconnecta avant de se ruer comme une tornade dans la cuisine.

Ce type était-il simplement infect ou représentait-il une menace ? Elle attendrait un peu, pour voir, et si

Treat insistait et se montrait trop entreprenant, elle en parlerait à Boone.

Elle se prépara la tasse de tisane qu'elle s'était promise et s'assit pour la boire. Après tout, rien ne l'obligeait à prendre toutes les décisions de sa vie ce soir, demain ou même cette année.

Elle allait arrêter de se battre contre les moulins, et laisser les choses avancer à leur rythme. Même si cela la tuait à petit feu.

Le matin suivant, comme chaque fois qu'ils avaient une matinée de libre, Boone et Hutch se retrouvèrent au Butter Biscuit Café à l'heure du petit déjeuner et commandèrent chacun le menu spécial. Leur excuse, disaient-ils en plaisantant, c'était que, n'étant pas mariés, ils n'étaient pas obligés de manger tous les jours leur cuisine.

— Est-ce que McQuillan a tenu bon et porté plainte contre Walker Parrish ? s'enquit Hutch tandis qu'ils attendaient leur café.

— Bon sang, oui ! répliqua Boone, sur un ton accablé. J'aurais été obligé d'arrêter Walker, si je n'avais pas pris les devants et contacté le juge Renson. Elle a suivi mon avis et demandé une caution. Walker s'est empressé de la payer, ce qui lui a évité de faire un tour dans ma prison. N'empêche que dans six semaines, il devra passer au tribunal pour répondre à une accusation d'agression.

Hutch jura.

— Je me suis toujours demandé pourquoi Slade n'avait pas viré McQuillan quand il était shérif, dit-il. Et je me pose la même question à propos de toi, vieux frère. Ce type est une tête brûlée, une vraie grenade dégoupillée, sans oublier que c'est un emmerdeur de première.

— Ce n'est pas si simple et tu le sais très bien. Nous sommes tous des fonctionnaires. Bien sûr, mes recommandations ont un certain poids, mais je n'ai pas la capacité de virer Treat, au simple motif que personne ne peut le sentir.

Deux énormes piles de pancakes s'approchèrent en oscillant, portées par Essie elle-même, qui leur faisait l'honneur de les servir.

— Sur le compte de la maison, annonça-t-elle en déposant dans un même mouvement leurs deux assiettes. Même si, la semaine dernière, tu as filé une contravention à ma nièce favorite, ajouta-t-elle en fusillant Boone du regard. A cause de toi, le tarif de son assurance va grimper.

— De toute façon, c'était à Carmody de payer l'addition, répliqua Boone en riant. Quant à Laurie, dis-lui donc de lever le pied quand elle conduit. Son problème sera réglé. Plus de contravention !

Essie haussa les épaules et les laissa à leur petit déjeuner.

— Il te tarde de revoir les garçons ? demanda Hutch, une fois qu'ils eurent noyé leurs pancakes luisants de beurre sous une épaisse nappe de sirop.

— Evidemment. Quelle question ! répliqua Boone, piqué au vif. Je préférerais simplement disposer d'un meilleur logement pour les accueillir.

— Boone, il n'y a rien de mieux qu'un foyer, et pour ces deux gosses, leur foyer, c'est l'endroit où *tu* te trouves.

Après lui avoir jeté un regard noir par-dessus sa pile de pancakes, Boone grommela :

— Excuse-moi de te le dire, mais tu ne connais fout… fichtrement rien à l'éducation des gosses.

Hutch planta allègrement sa fourchette dans un pancake dégoulinant de sirop d'érable.

— Au moins, tu as commencé à modérer ton langage, c'est bien, fit-il remarquer. Il ne faudrait pas que ces gamins apprennent tout un tas de mots grossiers de la bouche de leur vieux papa.

— Ferme-la ! marmonna Boone sans conviction.

Hutch se mit à rire et, apercevant Slade qui venait d'entrer, lui fit signe de les rejoindre.

Slade tira une chaise et se laissa tomber dessus en lançant à Hutch sur un ton mi-figue mi-raisin :

— Depuis que tu nous as piqué Opal, tout ce que j'ai pour mon petit déjeuner, c'est des céréales baignant dans du lait froid.

— Une vraie pitié ! Pauvre de toi !

— Comment se portent Joslyn et le bébé ? s'enquit Boone entre deux bouchées.

A la simple mention de sa femme et de son fils, Slade sembla s'illuminer de l'intérieur. Souriant, il répondit avec une étincelle dans les yeux :

— Ils vont bien.

Mais son visage s'assombrit aussitôt, et, en dépit de l'agitation qui régnait comme à l'ordinaire dans le café, il baissa la voix pour ajouter :

— En revanche, je m'inquiète un peu pour Shea.

Essie, apparue comme par enchantement près de leur table, une cafetière à la main, leur servit leur café en un tournemain, avant de prendre la commande de Slade.

Dès qu'elle fut repartie, Boone reprit :

— Shea ? C'est une bonne gamine qui, à ma connaissance, n'a jamais posé de problème.

Slade soupira en passant nerveusement la main dans ses cheveux.

— C'est une bonne gamine. Mais elle est normale.

— Là, je ne te suis pas, répliqua Boone qui engloutissait ses pancakes comme s'il n'avait pas mangé de la semaine.

Hutch se demanda si Shea ne s'était pas trouvé un petit copain, stimulant du même coup le légendaire instinct protecteur de son beau-père. Mais, jugeant que ce n'était pas ses affaires, il s'abstint de poser la question et continua tranquillement à déguster son petit déjeuner en sirotant son café.

— Le 4 Juillet arrive dans quelques jours, reprit Slade. Tu sais comment ça se passe, Boone. Durant le feu d'artifice, il y a toujours des gosses qui escaladent le château d'eau pour mieux profiter du spectacle. Joslyn a entendu par hasard Shea en parler au téléphone avec une copine.

La simple mention du château d'eau suffit à faire frissonner Hutch. Heureusement, Boone et Slade étaient trop absorbés par leurs soucis respectifs pour s'en apercevoir.

— Tu penses qu'elle projette d'escalader la tour avec des copains de sa classe ? demanda Boone.

— Nous lui avons demandé, Joslyn et moi, et elle a répondu qu'elle ne ferait jamais un truc aussi débile, répondit Slade. Mais…

— Si grimper sur cette tour est dangereux, ce n'est pas illégal, comme tu le sais.

— Bien sûr que je le sais ! Mais ce soir-là, tu ne pourrais pas envoyer un de tes adjoints faire une ronde dans le coin ?

Boone, visiblement navré, écarta les mains en signe d'impuissance.

— Slade, tu devrais savoir mieux que personne que ça m'est impossible. Je manque cruellement d'effectifs et j'ai besoin du peu d'hommes dont je dispose pour maintenir l'ordre durant les festivités. Après le rodéo et quelques tours sur les montagnes russes, les gens sont surexcités, et je ne te parle pas de la bière et de la danse à la Boot Scoot Tavern. Avec, pour couronner le tout, le feu d'artifice.

— Bon sang, Boone ! Un gosse pourrait tomber et se casser le cou, protesta Slade, juste au moment où Essie posait son assiette sur la table. Votre devise ne serait-elle plus « Servir et protéger » ?

— Je ne peux pas être partout à la fois, et mes adjoints non plus, répéta Boone, patient. Le mieux que je puisse te promettre, c'est que quelqu'un ira de temps en temps faire un tour au château d'eau pour vérifier que tout se passe bien.

— D'accord, marmonna Slade, un peu découragé.

Je surveillerai les lieux moi-même, du moins pendant le feu d'artifice.

Boone leva sa fourchette et, tel un professeur pointant une formule au tableau, lui fit remarquer :

— Tu n'es plus shérif, et je ne suis plus ton adjoint. Si tu t'inquiètes tant que ça, tu n'as qu'à garder Shea à l'œil et laisser les autres parents se charger de leurs gamins. Cette tour est une menace, je te l'accorde, mais les gosses montent dessus depuis le siècle dernier, et personne n'a encore fait le grand plongeon.

— Il y a un début à tout, grommela Slade, avant d'attaquer ses pancakes.

Hutch s'abstint de proposer la solution la plus évidente : abattre, une bonne fois pour toutes, ce satané château d'eau et évacuer les débris ! Car cela faisait plus de vingt ans que des gens faisaient pression en ce sens, tout cela en pure perte. Et puis, il ne souhaitait pas que Slade lui rappelle l'humiliant après-midi de leur enfance, où il s'était retrouvé bloqué à mi-chemin, pétrifié par le vertige et la trouille, jusqu'à ce que son demi-frère qu'il haïssait réussisse à le faire redescendre en alternant moqueries et encouragements.

Heureusement pour lui, la conversation prit une direction nouvelle, et Slade demanda à Boone combien de temps ses fils resteraient avec lui.

— Seulement jusqu'au dimanche soir, répondit Boone. Cette année, ils vont dans une école d'été.

— Une *école d'été* ? répéta Hutch, choqué. Dis donc, Boone, c'est un peu dur. L'été, c'est fait pour paresser, nager, jouer au base-ball ou monter à cheval pendant des heures, pas pour potasser des bouquins. D'ailleurs, ces gosses ont quel âge, six et sept ans ?

— Merci de me dispenser votre infinie sagesse, professeur Carmody, répondit Boone d'une voix traînante en le foudroyant du regard. Si je voulais élever une paire de cow-boys, votre vision de l'éducation me conviendrait parfaitement, mais il se trouve que ce n'est pas mon intention.

— Qu'est-ce que tu reproches aux cow-boys ? demanda Slade, qui avait quitté ses fonctions de shérif pour en devenir un.

— Si tu voulais élever Griff et Fletch, ils vivraient avec toi, comme il se doit, renchérit Hutch.

— Les opinions, c'est comme les trous du cul, tout le monde en a, rétorqua Boone.

Avec un sourire ironique, Hutch prit sa tasse et la tendit dans sa direction, comme s'il portait un toast.

— C'est super que tu sois allé à l'université, Boone. Tu n'aurais peut-être pas d'aussi bonnes notions d'anatomie si tu n'étais, disons, *qu'un cow-boy.*

Slade se mit à rire, mais préféra garder ses commentaires pour lui. C'était tout sauf un bavard. Il avait dit ce qu'il avait à dire à propos de Shea et du château d'eau et avait probablement fini de s'exprimer pour un moment.

Après avoir lâché un soupir exaspéré, Boone marmonna :

— Tu peux m'expliquer pourquoi tout le monde dans ce fichu comté se sent obligé de me dire ce qui est le mieux pour *mes* gosses ?

Hutch et Slade échangèrent un regard entendu, mais ce fut Essie, revenue les ravitailler en café, qui répondit sèchement :

— Peut-être, Boone Taylor, parce que tu sembles incapable de le comprendre tout seul. Ces petiots ont besoin de leur papa.

Alors que Kendra, Madison et Daisy, en route pour le jardin d'enfants, passaient le long du champ de foire, où la fête foraine était en pleine installation, Madison ne put contenir son excitation. Des bannières flottaient déjà dans la brise légère et une grande roue s'élevait haut dans le ciel. Des chevaux, des girafes, des éléphants et des cygnes de carrousel attendaient d'être fixés sur le manège que des hommes étaient en train de monter. Tout autour, une kyrielle de voitures, de camions et de vans étaient garés en désordre et, à l'extérieur du hall d'exposition, vendeurs et artisans venus des quatre coins de l'Etat commençaient à installer leurs produits sur les étals. Le week-end du 4 Juillet approchait à grands pas et, pour tous les commerces de la ville, c'était une occasion unique de faire des affaires.

— Regarde, maman ! s'écria Madison, comme si Kendra avait pu rater le spectacle coloré et bruyant. Y a un cirque !

— C'est une fête foraine, ma chérie. Et nous y allons samedi, tu n'as pas oublié ?

— On ne peut pas y aller maintenant ? Juste pour regarder ?

— Non, ma biche. C'est l'heure d'aller à l'école. Et puis la fête n'est pas encore ouverte au public.

— Quand est-ce qu'elle ouvre ?

— Pas avant vendredi soir, dans deux jours. Il en reste donc trois avant samedi. Ce jour-là, nous irons au rodéo, puis à la fête foraine et au feu d'artifice.

— Au rodéo, M. Hutch va monter sur un taureau ! s'exclama Madison, ravie. Il me tarde d'y être !

Kendra ne partageait pas l'enthousiasme de sa fille. Mais elle ne savait pas ce qui l'effrayait le plus. L'idée de laisser Hutch franchir une fois de plus ses défenses ou la perspective de le voir risquer sa vie sur un taureau furieux de neuf cents kilos ?

Cette manie qu'avaient les hommes de rechercher toutes les manières de prouver leur virilité en chevauchant des bêtes sauvages ! Et tout cela pour quoi ? Une boucle de ceinture fantaisie et un prix certainement inférieur à la somme que Hutch portait d'ordinaire dans son portefeuille — et encore, *s'il* gagnait.

Hutch Carmody était sauvage, impulsif, irréfléchi. Un vrai gosse dans un corps d'adulte.

En fait, l'exact opposé de l'homme qu'il lui fallait.

— Est-ce que Daisy viendra avec nous au rodéo ? demanda Madison.

— Ça ne serait pas une bonne idée. Elle pourrait se perdre ou se blesser, et puis le vacarme risquerait de l'effrayer.

— Mais elle n'aura pas peur, toute seule, à la maison ?

— Non, elle sera très bien.

A leur arrivée au centre communautaire, une petite fille jaillit de la foule des gamins rassemblés sur la pelouse de la cour de récréation pour courir les accueillir.

— C'est Becky, ma meilleure amie du monde ! proclama Madison, enchantée.

Kendra regarda en souriant la fillette, une petite boule d'énergie aux tresses blondes, foncer dans leur direction. La fillette portait un jean, une blouse en coton froissé et une paire de bottes de cow-boy rose fluo — certainement celles que Madison s'était appropriées —, et arborait un large sourire.

A l'évidence, la faute était pardonnée.

Madison se tortilla pour sortir de son siège et bondit hors de la Volvo avant que Kendra soit descendue.

— C'est ma maman, dit-elle à Becky.

Becky, plissant les yeux à cause du soleil, leva la tête vers Kendra.

— Ma maman va vous téléphoner, dit-elle. Elle pense que vous devez faire un peu connaissance, avant que Madison vienne passer une soirée pyjama à la maison.

— Il me tarde de lui parler, répondit Kendra.

Elle estimait que sa fille était un peu jeune pour les soirées pyjamas, mais elle ne voulait pas assombrir la journée des deux amies en le leur annonçant d'emblée.

— Maman dit qu'après tout, on pourrait très bien être une famille de tueurs en série, poursuivit Becky, le plus naturellement du monde.

Bien que légèrement refroidie par cette image, Kendra ne put s'empêcher de rire.

— Allez, les filles ! C'est l'heure.

Elle piqua un baiser sur le front de Madison.

— Sois sage, mon cœur.

Madison leva les yeux au ciel avec un air de dédain des plus comiques.

— D'accord, je vais essayer, répondit-elle.

— Tâche de faire plus qu'essayer, je te prie, répliqua Kendra dont le sourire démentait la sévérité des propos.

Madison et Becky se tapèrent dans les mains en éclatant de rire, puis coururent rejoindre les autres enfants et les surveillantes, dans la cour de récréation.

Kendra attendit qu'elles soient arrivées au milieu du groupe pour remonter en voiture.

En arrivant devant son bureau, elle trouva Treat McQuillan. Ce n'était pas la personne qu'elle aurait aimé voir, mais il lui avait confié un bien à vendre, et elle se devait de rester polie. Elle descendit tranquillement de voiture et mit sa laisse à Daisy. Cette dernière, en voyant Treat, grogna sourdement en se plaquant contre ses jambes. Kendra la rassura de quelques mots puis se dirigea vers son bureau.

— Bonjour, dit-elle en adressant à Treat McQuillan son plus beau sourire commercial.

— J'ai décidé de changer d'agent immobilier.

Kendra déverrouilla la porte du bureau et le fit entrer.

— C'est votre droit le plus strict, répondit-elle avec une dignité glacée.

Elle sortit le contrat de son dossier et le tendit à Treat qui déchira le document en deux, lui jeta les morceaux au visage et sortit à grands pas en claquant la porte.

— Eh bien voilà une affaire rondement menée, marmonna-t-elle.

Durant les heures suivantes, elle se plongea dans des tâches routinières : lire et répondre aux e-mails et aux appels, téléphoner et surfer sur le Web en quête de petites annonces postées par des particuliers de la région désireux de vendre leur bien.

Au bout d'un moment, toutefois, elle se retrouva inoccupée. Elle songeait à fermer boutique et à faire l'école buissonnière, quand Walker Parrish entra.

Comme Daisy fonçait vers lui en frétillant, il se pencha vers elle en riant et lui ébouriffa les oreilles.

Une fois de plus, Kendra s'étonna qu'un homme aussi sympathique et séduisant lui fasse si peu d'effet. Mais il ne valait mieux pas qu'elle commence à penser à l'homme qui lui faisait de l'effet…

— Mon amie a décidé qu'il valait mieux qu'elle vienne en personne jeter un coup d'œil à votre maison, annonça-t-il. Casey est en tournée avec son orchestre jusqu'à la fin du week-end, mais elle pense pouvoir s'arrêter en coup de vent pour la visiter, la semaine prochaine.

— Vous parlez de Casey *Elder* ? demanda-t-elle, se surprenant à retenir son souffle en attente de la réponse.

Pourtant, de par son métier, elle avait souvent affaire à des célébrités et n'était pas du genre à béer devant les stars. Mais Casey Elder était un des plus grands noms de la musique country, et elle l'adorait.

— En fait… oui, répondit Walker, penaud. Mais je n'étais pas censé mentionner son nom.

— Avec moi, votre secret est bien gardé, affirma-t-elle. En revanche, à la minute où Mlle Elder posera le pied à Parable, la nouvelle se répandra comme une traînée de poudre. C'est une superstar.

— Elle envisageait de porter un déguisement, expliqua Walker avec une moue sceptique.

— Une paire de lunettes avec une grosse moustache collée dessous ? demanda Kendra en riant. Je comprends que cela doit être pénible, d'être aussi reconnaissable, ajouta-t-elle, reprenant son sérieux.

— Casey gère plutôt bien sa gloire. Et puis je lui ai certifié que malgré tous les admirateurs qu'elle compte ici, elle ne déclencherait pas d'émeute.

Il avait sûrement raison. Certes, les gens seraient curieux, surtout au début, mais si Casey Elder décidait de devenir membre à part entière de leur communauté, elle serait accueillie avec des bons petits plats et des invitations à dîner, à l'instar de tout nouvel arrivant.

Mais quelle était la véritable relation qu'entretenaient Walker et Casey Elder ? se demanda-t-elle. Jamais elle ne se permettrait de poser la question directement, mais elle pouvait peut-être…

— J'en déduis qu'elle a aimé les photos que vous avez prises l'autre jour, durant la visite, fit-elle remarquer.

— Oui, beaucoup.

— Vous l'avez informée du prix ?

— Oui et cela ne pose aucun problème, répondit-il, le regard soucieux tout à coup.

— Walker, qu'y a-t-il ?

— Casey est de Dallas. Je ne suis pas sûr qu'elle réalise ce que signifie vivre dans une bourgade comme Parable, même si elle écrit et chante des chansons qui ne parlent que de ça.

Intriguée, Kendra croisa les bras et attendit la suite. Où diable voulait-il en venir ?

— Casey et moi… nous avons une… une relation compliquée, reprit-il, après s'être éclairci la gorge.

— Inutile de m'expliquer ! Cela ne me regarde pas.

Mais Walker, manifestement résolu à aller jusqu'au bout, poursuivit :

— Nous n'avons jamais été mariés… même pas vraiment engagés, mais… mais ses deux enfants sont de moi.

— Je ne…, bredouilla-t-elle, avant de renoncer à terminer sa phrase.

— Le problème, c'est qu'ils ne le savent pas encore. Casey et moi voulions leur annoncer en douceur, une fois qu'ils seraient installés pour de bon, vous comprenez ?

— Tout à fait. C'est donc un secret.

Il hocha la tête, fourragea dans ses cheveux, claqua son chapeau sur sa cuisse et précisa :

— Personne n'est au courant, même pas Brylee.

— Alors pourquoi me l'avoir dit ?

— Je ne sais pas trop, avoua-t-il, perplexe.

— Je n'en soufflerai mot à personne, promis.

Walker lui sourit, visiblement soulagé et heureux de lui avoir parlé.

— Merci, Kendra. Casey va vous appeler un de ces jours. Pour prendre rendez-vous et visiter la maison.

— Super ! J'espère qu'elle lui plaira.

— Moi aussi.

Walker parti, elle retourna s'asseoir à son bureau.

— Eh bien, c'est intéressant tout ça, murmura-t-elle.

L'espace d'un instant, elle fut tentée de téléphoner à Joslyn ou Tara pour demander si l'une d'elles savait quelque chose sur Walker et Casey. Mais elle avait promis à Walker de garder le secret. Et si Kendra Shepherd croyait en quelque chose, c'était bien au caractère sacré d'une promesse.

15

Le samedi finit par arriver, malgré la conviction de Madison qu'il serait retardé, sinon tout bonnement annulé.

Le jour se leva, chaud et brillamment ensoleillé, avec un ciel d'un bleu si profond que Kendra, les mains plongées dans l'eau chaude et savonneuse de la vaisselle du petit déjeuner — deux bols, deux cuillères et une casserole de porridge ne justifiaient pas l'usage de la machine —, le contempla un long moment, laissant son esprit vagabonder vers… Elle se remit vivement à sa vaisselle. Il valait mieux qu'elle s'occupe les mains !

Cela faisait deux jours qu'elle n'avait pas revu Hutch. Ce dernier l'avait néanmoins appelée pour proposer de venir les chercher, Madison et elle, ce matin aux environs de 11 heures. Il avait paru presque timide au téléphone, mais c'était probablement une ruse — il n'y avait pas une once de timidité chez lui.

Ils s'étaient mis d'accord pour 11 h 30, et, aussitôt après avoir raccroché, elle avait commencé à se torturer les méninges en se demandant si, d'après les critères en vigueur, la rencontre entrait dans la catégorie des rendez-vous ou, puisque Madison les accompagnait, dans celle d'une simple sortie entre amis. Elle n'avait toujours pas la réponse.

En revanche, décider de sa tenue ne posait aucun problème : un T-shirt à manches longues, un jean et des baskets feraient parfaitement l'affaire, aussi bien pour elle que pour Madison. Et la coiffure ? Maquillage ou pas ? Evidemment, elle souhaitait être à son avantage, mais pas au point de donner l'impression d'espérer qu'à un moment donné Hutch et elle s'esquiveraient en douce pour rejoindre leur clairière enchantée dans la montagne.

Etait-elle une mauvaise mère de seulement *envisager* cette hypothèse ? Madison avait de gros problèmes de séparation, même si elle semblait chaque jour plus rassurée, et parfaitement adaptée au jardin d'enfants et à leur nouvelle maison, les gens auxquels Kendra aurait pu la confier sans angoisse étaient rares. Joslyn et Tara, et, évidemment, Opal. Mais toutes trois avaient certainement d'autres projets. En plus, celle d'entre elles à qui elle demanderait de garder Madison devinerait aussitôt pourquoi elle souhaitait s'éclipser.

Mais elle ne voulait pas s'éclipser avec Hutch ! Enfin, elle ne devait pas…

Dans son dos, Madison et Daisy jouaient sur le linoléum, à quatre pattes toutes les deux, Madison riant aux éclats et Daisy aboyant avec exubérance.

Elle vida l'évier, se rinça les mains et les sécha, puis se retourna et sourit devant le spectacle de sa fille et du chien.

— Nous ferions mieux d'y aller si nous voulons déposer Daisy à temps chez Tara pour être rentrées avant l'arrivée de M. Carmody, dit-elle, élevant juste assez la voix pour se faire entendre par-dessus le joyeux tintamarre.

Madison se releva vivement, tout excitée. Une paire de bottes neuves *et* une journée en compagnie de Hutch Carmody, c'était le paradis !

Difficile de déterminer ce qui l'excitait le plus : choisir les bottes de cow-boy tant désirées, voir Hutch chevaucher un taureau furieux, faire des tours de manèges ou assister au feu d'artifice. Ce dernier n'aurait pas lieu avant 22 heures, quand le ciel serait suffisamment obscur pour projeter les premières fusées multicolores sur le velours noir du firmament.

La journée sera longue pour une si petite fille, se dit

Kendra. Et encore plus pour elle, qui allait la passer avec Hutch… Quand ils se seraient dit bonjour, de quoi allaient-ils bien pouvoir parler ? se demanda-t-elle en faisant grimper Madison et Daisy dans la voiture. Certainement pas du passé — « Dis, tu te souviens de nos ébats torrides d'autrefois ? » Malheureusement, le présent n'était pas très fertile en sujets de conversation.

Mon Dieu ! Est-ce qu'elle allait être harcelée toute la journée par le souvenir du baiser brûlant qu'ils avaient échangé au bord de la rivière ? Si c'était le cas, elle allait se retrouver en transes et finir en boule de nerfs surexcitée à la fin de la journée !

— Au rodéo, on pourra acheter un cadeau à Daisy ? Et pour Lévitique et Lucy aussi ? demanda Madison, alors qu'elles arrivaient en vue de la ferme de Tara.

— Bonne idée, ma chérie. Pendant que l'on cherchera tes bottes, on regardera si on ne peut pas trouver quelque chose qui leur plaise.

La proposition fut saluée avec enthousiasme par Madison et, bien évidemment, par Daisy, qui se mit à aboyer joyeusement — à croire qu'elle avait compris qu'on allait lui offrir un cadeau !

Dès qu'elles arrivèrent à la ferme, Tara, en tenue de travail, émergea du poulailler principal et marcha vers leur voiture, faisant s'égailler en chemin une troupe de poules indignées.

— Tu ne vas tout de même pas aller au rodéo habillée *comme ça* ? lui demanda Madison, très inquiète. Tu as du caca de poulet sur tes chaussures.

Tara éclata de rire.

— Je ne suis pas fan de rodéo, ma puce, expliqua-t-elle. Mais je viendrai pour le feu d'artifice. Sans mes chaussures pleines de caca, bien sûr !

Rassurée, Madison s'élança à la poursuite de Daisy et Lucy qui exécutaient leur habituelle danse des retrouvailles dans la cour.

Kendra la suivit des yeux, littéralement submergée

par l'amour qu'elle portait à sa fille. Comme elle avait de la chance ! Vraiment, elle possédait tout ce qu'une femme pouvait désirer.

Mais le souvenir du baiser de Hutch s'insinua dans son esprit, et une vague de chaleur l'embrasa de la tête au pied.

D'accord, *presque* tout.

Elle se tourna vers Tara, qui l'observait d'un œil tendre et moqueur à la fois.

— Eh bien, tu es radieuse, aujourd'hui ! lui lança-t-elle admirative. Si je n'étais pas bien informée, je dirais que tu t'es fait une beauté dans l'espoir que Hutch *passe à l'action*, ajouta-t-elle, baissant la voix.

— Oh ! Je t'en prie ! marmonna Kendra en la fusillant du regard.

Hutch, passer à l'action ? Seigneur !

Impassible, Tara croisa les bras en haussant un sourcil parfait. Elle portait peut-être une salopette souillée et des chaussures pleines de crottes de poules, mais elle n'en gardait pas moins la classe folle de l'aristocrate qu'elle était jusqu'au bout des ongles. Mais que diable était-elle venue faire dans ce coin perdu du Montana ?

Comme son amie continuait à l'observer sans ajouter un mot, Kendra soupira.

— Madison sera avec moi toute la journée, que pourrait-il arriver ? demanda-t-elle.

— Rien. N'empêche que tout ce temps passé ensemble risque de faire craquer les digues. Je ne comprends pas pourquoi Hutch et toi ne…

Une fois de plus, elle baissa d'un ton pour ajouter :

— Vous ne le *faites pas*. Cela va arriver, tu le sais très bien. C'est inéluctable, fatal, tu ne peux pas y échapper.

— Non, cela n'arrivera *pas*, parce que je ne le permettrai *pas* ! affirma Kendra avec véhémence, même si, au fond d'elle, elle en était beaucoup moins sûre. C'est une banale sortie, rien de plus. Le rodéo, la fête foraine, le feu d'artifice et *basta* !

— Très bien, si tu le dis, répliqua Tara, réprimant un sourire goguenard.

— Je me demande quand même de quoi nous allons bien pouvoir discuter toute la journée, laissa échapper Kendra, bien malgré elle.

— Ma chérie, Hutch et toi n'avez pas besoin de scénario, répondit gentiment Tara en lui effleurant le bras. Laisse les choses venir et réagis en conséquence.

— Facile à dire pour toi ! Tu vas passer la journée avec tes poulets !

— Eh oui, certains ont bien de la chance ! répliqua sèchement Tara, au moment où Madison les rejoignait en courant.

— Maman, on y va ? lança-t-elle joyeusement en lui prenant la main. C'est presque l'heure où M. Hutch doit venir nous chercher, non ?

— Il nous reste un peu de temps, ma biche, répondit Kendra, après avoir jeté un regard à sa montre.

— Entrez donc, il y a de la limonade maison, proposa Tara. Je l'ai préparée ce matin.

Madison afficha un air dubitatif.

— J'ai aussi des cookies, ajouta Tara.

— Ils sont à quoi ?

— Madison ! protesta Kendra, choquée.

— Aux pépites de chocolat, répondit Tara, nullement offusquée.

— Bon, mais alors, un seul, répliqua la fillette.

— Madison Shepherd, qu'est-ce qu'on dit quand quelqu'un vous offre gentiment de la limonade et des gâteaux ? la réprimanda Kendra.

— Si c'est quelqu'un que je connais, tu veux dire ? Parce que je ne dois pas parler aux inconnus.

— Oh Seigneur…, murmura Kendra dans un soupir. Mais Tara n'est pas une inconnue, alors tu lui dis… ?

— Avec plaisir, merci beaucoup ! lança triomphalement Madison, telle la participante d'un jeu télévisé ayant trouvé la bonne réponse et se réjouissant déjà d'empocher son prix.

Toutes trois se dirigèrent vers la maison, où Tara abandonna ses bottes avant d'entrer.

— Attendez-moi dans la cuisine, leur dit-elle. Je fais un brin de toilette et je vous rejoins.

Puis elle leur servit de la limonade dans des verres en cristal et disposa les cookies dans une exquise assiette en porcelaine.

Le contraste entre la rusticité de la vieille ferme et la vaisselle élégante de Tara, vestige de son ancienne vie new-yorkaise, fit sourire Kendra. Malgré leur amitié, Tara était restée fort discrète sur les événements ayant précédé son arrivée à Parable, se contentant d'évoquer un divorce éprouvant et une furieuse envie de changer de vie.

Joslyn et Kendra ne lui en tenaient pas rigueur, persuadées qu'elle se livrerait, un jour ou l'autre, dès qu'elle se sentirait prête à le faire.

Elles bavardèrent de tout et de rien en buvant leur rafraîchissement, puis arriva l'heure de retourner en ville, à la grande satisfaction de Madison.

Kendra n'était pas chez elle depuis un quart d'heure quand elle entendit un véhicule remonter l'allée.

— Le voilà ! hurla Madison qui, depuis leur retour de chez Tara, montait la garde devant la fenêtre du salon. Et il conduit un camion tout brillant !

A sa connaissance, Hutch n'avait jamais conduit autre chose que les vieux pick-up cabossés du ranch, se contentant de prendre le premier qui lui tombait sous la main. Au point qu'à l'instar de la plupart des gens, elle en arrivait à oublier qu'il était immensément riche.

Le cœur battant la chamade, elle sortit sur le pas de la porte et vit Hutch sortir d'un énorme pick-up rouge qui étincelait au soleil.

— C'est un nouveau camion ? s'enquit-elle, sur un ton dégagé — du moins elle l'espérait.

Les cheveux de Hutch, un peu trop longs, étaient

légèrement ébouriffés, ce qui lui donnait un air tout à fait… sexy. Il portait un jean, une chemise rouge et des bottes bien cirées, mais usagées — en prévision de sa participation au rodéo dans l'après-midi, évidemment. Si elle lui demandait de ne pas entrer dans l'arène, est-ce qu'il acceptera ? Malheureusement, elle ne le saurait jamais, parce qu'il était hors de question qu'elle le lui demande.

— Je l'ai emprunté pour faire un galop d'essai, expliqua-t-il. Il te plaît ?

— Il… est… très beau, bredouilla-t-elle, se retenant d'ajouter : « Et toi aussi. »

Madison lui fila sous le nez, et se catapulta dans les bras de Hutch, qui la rattrapa avec adresse. Riant, il lui enfonça son chapeau sur la tête.

— Alors, bout de chou, prête pour une longue journée ? demanda-t-il.

Madison pointa le nez sous le chapeau et, rayonnante, proclama :

— On va m'acheter des bottes !

— Je sais. Mon petit doigt me l'avait dit. Dis donc, cow-girl, tu as fière allure avec ce chapeau. Peut-être que je devrais t'en acheter un aussi.

Kendra ouvrit la bouche pour protester — elle faisait très attention à ne pas gâter Madison —, mais elle la referma aussitôt. Après tout, ce n'était pas la fin du monde. Et puis c'était un jour de fête.

Le regard de Hutch vint se poser sur elle, et une lueur admirative s'alluma dans ses prunelles.

— Aussi jolie qu'une clairière dans la montagne, déclara-t-il d'une voix chantante.

Une allusion peut-être innocente, mais qui sonnait comme une invitation audacieuse.

Pire. Comme une *promesse*.

Kendra sentit déferler en elle l'onde de chaleur familière.

— Merci, répondit-elle en s'empressant de retourner dans la maison pour camoufler son émoi.

Une fois à l'intérieur, elle respira à fond pour recouvrer

son calme et prit tout son temps pour aller chercher son sac, vérifier que les brûleurs de la cuisinière étaient bien éteints et les portes verrouillées.

Quand elle ressortit, Hutch avait installé Madison et son siège-auto dans son somptueux camion.

Madison lui reposa en riant son chapeau sur la tête, où il atterrit de guingois, lui décollant les oreilles. Pour l'amuser, il lui fit une grimace idiote qu'elle trouva du plus haut comique, puis il se redressa et se tourna vers Kendra.

— Tu es prête ?

Elle sentit qu'elle rougissait. Connaissant Hutch comme elle le connaissait, elle savait qu'il ne parlait pas seulement du rodéo, de la fête ou du feu d'artifice.

Mieux valait ne pas répondre. Dire « non » aurait été un mensonge, dire « oui » aurait eu des conséquences fâcheuses.

Hutch, qui lisait aussi en elle à livre ouvert, lui adressa un sourire faraud. Il lui ouvrit la portière côté passager et, comme le jour où ils étaient montés à cheval, donna une brève impulsion sur ses fesses pour l'aider à atteindre le marchepied surélevé.

Rouge comme une pivoine, elle s'entêta à ne pas le regarder, et garda les yeux obstinément rivés sur le pare-brise quand il laissa échapper un petit rire, claqua la portière et fit le tour du camion pour se glisser au volant.

Heureusement, durant le court trajet jusqu'au champ de foire, Madison rendit toute conversation inutile — sinon impossible — entre eux en babillant sans discontinuer. Tout y passa. Ruffles — il lui tardait de remonter à cheval, est-ce qu'elles retourneraient bientôt au ranch ? — ses nouvelles bottes et son chapeau de cow-boy — rose ou rouge ?

A leur arrivée, le parking était déjà plein de véhicules de tous genres et gabarits, mais Hutch trouva néanmoins une place. Avant même que Kendra ait eu le temps de descendre, il avait déjà libéré Madison de son siège et l'avait posée à terre.

Il lui jeta un regard en coin, sourit, puis la coiffa de son Stetson en lançant :

— Détends-toi. Avec un chaperon haut comme trois pommes pour veiller sur toi, je suis obligé de me tenir à carreau.

Le chapeau sentait… Hutch. Un mélange enivrant de coton séché au soleil, de bon air de la campagne, et d'une subtile fragrance d'herbe fraîchement coupée. Kendra s'autorisa à jouir fugitivement du moment, aussi épanouie que sa fille quand elle s'était retrouvée coiffée du même chapeau.

Ses mains tremblaient un peu quand elle l'ôta pour le rendre à Hutch. Soudain, et sans que son cerveau embrouillé y soit pour quelque chose, la question qu'elle s'était juré de ne pas poser franchit ses lèvres :

— Tu es vraiment décidé à monter sur un taureau ?

Il l'observa un long moment avec une mine indéchiffrable.

— Parce que ça compte ? répliqua-t-il enfin, tandis que Madison, qui lui avait pris la main, s'escrimait à le tirer vers la billetterie, cinquante mètres plus loin.

— Oui, ça compte.

— Intéressant. Et on peut savoir pourquoi ? demanda-t-il en lui prenant la main.

— Pourquoi quoi ? riposta Kendra, qui, consciente de s'être fourrée dans une situation sans issue, cherchait à s'en dépêtrer en gagnant du temps.

Si elle demandait à Hutch de renoncer au rodéo, elle paraîtrait vouloir diriger sa vie et, obstiné comme il l'était, il refuserait de céder par simple esprit de contradiction. D'un autre côté, si elle s'abstenait, elle raterait son unique chance de l'empêcher de se rompre le cou sous ses yeux, devant la moitié du comté et, pire que tout, devant Madison.

— Pourquoi est-ce que ça compte ? insista-t-il à voix basse.

— Je détesterais te voir te blesser, c'est tout, répondit-elle avec une désinvolture qui était loin de refléter ses tourments intérieurs.

Mais comme Madison se trouvait à portée de voix, elle ne voulait surtout pas l'effrayer.

— Je détesterais ça tout autant que toi, répliqua-t-il en ébauchant le célèbre sourire en coin de Hutch Carmody. N'empêche que je ne suis pas du genre à rester sur la touche. Et puis j'adore le rodéo, et particulièrement chevaucher des taureaux.

Elle ne le ferait pas changer d'avis. Et dire que Hutch ne sauterait pas dans la fosse, où l'attendait un taureau furieux, avant *deux* bonnes heures ! Comment allait-elle rester calme et sereine ?

— Tu n'as pas peur ? ne put-elle s'empêcher de lui demander, alors qu'ils prenaient leur place dans la file d'attente devant la billetterie.

— Et si toutes les bottes étaient déjà vendues quand on entrera ? lança soudain Madison.

Hutch lui tapota la tête d'une main tout à fait paternelle et, gardant les yeux fixés sur Kendra, la rassura :

— T'inquiète pas, bout de chou, il y en aura encore plein à vendre, quand notre tour arrivera. Walker Parrish a quelques mastodontes redoutables dans son troupeau, déclara-t-il enfin. Des bêtes dont la spécialité est d'envoyer valser leur cavalier jusqu'en Chine. Alors oui, en effet, je me sens un peu nerveux. Je serais un idiot de ne pas l'être.

— Dans ce cas, pourquoi tu le fais ?

— Parce que j'en ai envie et parce que la peur n'est pas une bonne raison pour se défiler.

Ils avaient atteint le guichet, et Kendra se mordit cruellement la lèvre pour ne pas répliquer, pendant qu'il sortait son portefeuille de la poche de son jean et payait leurs entrées.

On leur appliqua un tampon sur la main, afin qu'ils puissent aller et venir toute la journée, ce qui enchanta Madison qui trouva la chose « super cool ». Surtout quand Hutch lui fit remarquer que la marque, fluorescente, se voyait même dans le noir.

Une fois entré sur le champ de foire, il s'accroupit devant elle, repoussa son chapeau en arrière et, la fixant droit dans les yeux, ordonna sur un ton qui ne plaisantait pas :

— Madison, tu restes près de ta maman et moi, compris ?

Madison hocha solennellement la tête.

Kendra eut un pincement au cœur en voyant le tableau. Parfois, certaines choses étaient si belles qu'elles en devenaient douloureuses.

— Maintenant que c'est réglé, allons nous promener, ajouta-t-il en se redressant.

Ils se dirigèrent d'abord vers le hall d'exposition, où les commerçants avaient installé leurs stands et proposaient un éventail presque infini de produits : des bijoux artisanaux en émeraude et argent, très en vogue les jours de rodéo, aux articles de sellerie sur mesure. Bien sûr, il y avait une profusion de Stetson et de bottes, dans toute la gamme de styles et couleurs imaginable.

Madison fonça droit sur une paire de bottes au cuir brodé d'un motif de plume de faisan et piqueté de strass.

— Elles sont jolies, tu ne trouves pas ? demanda-t-elle en se tournant vers Hutch pour quêter son approbation.

Légèrement vexée de n'avoir pas été consultée — pour ne pas dire totalement ignorée — Kendra intervint :

— Ma chérie, elles sont trop…

Hutch lui coupa la parole en prenant sa main qu'il pressa discrètement. Puis il arbora un air pensif, avant de dire à la fillette :

— En effet, elles sont très jolies, mais les écuries sont des endroits très sales, et monter à cheval soulève beaucoup de poussière. Sans compter qu'on se mouille toujours quand on traverse une rivière à gué.

Madison inclina la tête de côté pour réfléchir.

— Parce que les bottes de cheval ne doivent pas être jolies ? demanda-t-elle enfin, manifestement désappointée.

Madison avait beau aimer se rouler dans l'herbe avec Daisy, elle était une petite fille jusqu'au bout des ongles et adorait les tutus, les bijoux jouets flashy et les hauts talons en plastique.

— Bien sûr, elles peuvent être jolies, mais une vraie cow-girl comme toi doit choisir des bottes qui tiennent la distance, lui répondit Hutch, très sérieusement.

Comme Madison affichait une mine perplexe, Kendra, ravie de pouvoir se rendre utile, même si elle n'était qu'une béotienne en ce domaine, traduisit :

— Tu dois prendre des bottes qui durent longtemps.

Une fois encore, sa fille réfléchit, avant de répondre :

— D'accord, on en choisira des solides *et* jolies.

— Bon plan, on va chercher, jusqu'à ce qu'on trouve la paire idéale, conclut Hutch en jetant à Kendra un regard en coin si chargé d'ironie qu'elle eut l'impression que ses vêtements s'étaient dissipés en fumée.

Ils finirent par trouver ces fameuses bottes : robustes en cuir marron foncé, avec une petite fleur rose brodée sur le côté.

Ravie de s'en être tirée aussi rapidement, Kendra tendit sa carte bleue au vendeur en précisant que sa fille allait les porter tout de suite.

Dès qu'elle les eut enfilées, Madison se pavana avec, petite Cendrillon dont les bottes de cow-boy remplaçaient les pantoufles de vair.

Et Hutch était le prince charmant en jean, songea Kendra qui observait ce dernier qui souriait devant les minauderies de Madison. « Attention ! Danger ! », lancèrent en chœur les voix de son enfance malheureuse et de son cœur brisé.

Mais ce que Hutch avait dit quelques minutes plus tôt s'imposa aussitôt. « Parce que la peur n'est pas une bonne raison pour se défiler. »

Madison la fit redescendre sur terre en lui prenant la main.

— Maman, tu as besoin de bottes, toi aussi, pour monter à cheval avec M. Hutch et moi, dit-elle.

— C'est vrai, renchérit Hutch, une étincelle dans les yeux. Les bottes sont obligatoires, si on veut chevaucher au-delà de la rivière.

La rivière…

Le baiser.

Voilà ! Elle était prise au piège. Si sa fille devait apprendre sérieusement à monter — et elle semblait le désirer ardemment —, elle serait obligée de l'accompagner au ranch. Alors… elle n'avait plus qu'à investir dans une paire de bottes. Le problème, c'était que par ce geste, elle acceptait implicitement de repartir en balade avec Hutch, non pas une fois en passant, mais des dizaines de fois.

Et cela la rendait folle.

Une demi-heure plus tard, elle se retrouva propriétaire d'une paire de bottes robuste, pratique, et dénuée du moindre ornement.

Tandis que Madison et elles patientaient à une table, près de la rangée de restaurants et de buvettes, Hutch alla porter son achat dans son camion.

— Moi, j'ai décidé de mettre mes bottes, parce que M. Hutch a dit qu'il fallait les casser au plus vite, expliqua Madison, très sérieuse.

M. Hutch a dit ci. M. Hutch a dit ça.

Manifestement, Madison était amoureuse !

— Si elles t'écorchent les orteils ou te font mal aux talons, il faut me le dire, lui conseilla Kendra. Les chaussures neuves ont tendance à blesser.

Madison se retourna vers elle en levant les yeux au ciel, puis piqua une frite dans la portion qu'elles se partageaient et la plongea dans le ketchup.

— Les cow-girls ne sont pas des *bébés*, maman. Elles s'en fichent si leurs orteils sont écorchés.

Bien décidée à se détendre, Kendra éclata de rire. Il

aurait été trop bête que sa nervosité gâche la fête. C'était la première paire de bottes de sa fille, qui se rappellerait de ce jour toute sa vie, et elle désirait qu'elle en garde le meilleur souvenir possible.

— Oui, ce sont des dures à cuire, renchérit-elle. Et tu es certainement une grande cow-girl.

Ravie, Madison plongea une nouvelle frite dans le ketchup, et se lança dans la description de ses futures grandes aventures.

Kendra l'écoutait d'une oreille distraite quand elle vit Boone qui s'approchait de leur table, flanqué de deux garçonnets aux cheveux bruns — des versions miniatures de Boone.

En jean, T-shirt rayé et baskets flambant neuves, ils avaient tous deux des taches de rousseur et une mèche qui leur tombait sur le front. Si l'un des garçons n'avait pas dépassé l'autre d'une tête, on aurait pu les prendre pour des jumeaux.

Kendra sentit sa gorge se nouer, car, autant que Boone, ils lui rappelaient leur mère, Corrie, qu'elle avait beaucoup aimée.

Elle s'efforça de sourire et lança avec une gaieté forcée :

— Eh ben, dites-moi, Griffin et Fletcher, comme vous avez grandi ! J'ai failli ne pas vous reconnaître.

Le plus jeune des garçons se blottit craintivement contre la jambe de son père. Naturellement, il ne se souvenait pas d'elle. Pour lui, elle n'était certainement qu'une amie de ses parents parmi d'autres, vaguement familière peut-être, mais une étrangère.

A l'inverse, le plus âgé lui tendit une main virile en disant :

— Je m'appelle Griff.

Madison, la bouche maculée de ketchup, fixait les deux garçons avec une méfiance mêlée de fascination.

— Bonjour, Griff, moi c'est Kendra, répondit-elle en lui serrant la main. Salut, toi ! ajouta-t-elle en souriant à Fletcher.

— Fletch est un peu timide sur les bords, expliqua Boone, presque aussi intimidé que son rejeton.

— Voici ma fille, Madison.

— J'ai des bottes toutes neuves, lança aussitôt Madison qui sauta du banc et fit le tour de la table en courant pour venir se planter devant Griffin. T'as vu ?

Fletcher, toujours caché derrière son père, jeta un coup d'œil et laissa tomber avec un mépris non dénué d'un certain intérêt :

— Bof, des bottes de filles !

Boone éclata de rire en ébouriffant la tête de son fils.

— Evidemment que ce sont des bottes de filles, Fletch.

— Parce que Madison est une *fille*, bourrique, renchérit son grand frère.

Un silence s'installa, et Kendra remarqua que Boone semblait totalement dépassé par la situation. Il ne s'était pas occupé de ses fils depuis la mort de Corrie, et ne savait visiblement pas quoi faire d'eux.

Emue, elle leur désigna la table.

— Voulez-vous vous joindre à nous ? proposa-t-elle. Hutch est parti porter quelque chose à son camion. Il revient dans quelques minutes.

— Vous avez faim, les garçons ? demanda Boone, après avoir accepté d'un signe de tête.

Tous deux hochèrent la tête avec empressement.

— Qu'est-ce que vous voulez ?

Les deux garçons étudièrent les remorques alignées tout le long du champ de foire et qui proposaient un choix allant des hamburgers aux hot dogs, des plats chinois aux tacos et aux galettes à l'indienne, et se décidèrent pour un hot dog et un soda à l'orange.

Madison se rapprocha de sa mère, à l'extrémité du banc, le plus loin possible des garçons. A l'évidence, elle était aussi intriguée et intimidée qu'eux.

— C'est votre père ? demanda-t-elle en désignant Boone qui faisait la queue non loin.

— Oui, répondit Griffin avant de donner un coup de coude à son frère, assis trop près de lui à son goût.

Ignorant la rebuffade de son aîné, Fletcher secoua la tête, indigné.

— Non, c'est pas vrai, c'est oncle Bob, notre papa !

« Oh, oh ! songea Kendra, attristée. Boone n'a pas besoin de ça. » Elle allait orienter la discussion vers un autre sujet quand Hutch les rejoignit. Il s'assit à ses côtés, attira Madison sur ses genoux et réussit en quelques secondes à faire la conquête des garçons.

Quand Boone revint en portant son plateau, Griffin et Fletcher, captivés, souriaient à Hutch en buvant ses paroles.

16

En dépit des appréhensions de Kendra, elle passa un moment agréable à la fête foraine, où ils essayèrent la plupart des attractions. Pendant les tours de manège, Hutch fit tellement rire Madison — simplement en agitant son chapeau et en faisant des sauts de cabri, comme si son tigre bleu menaçait de l'éjecter d'une seconde à l'autre — qu'elle manqua dégringoler du cygne rose qu'elle s'était choisi. Kendra, restée prudemment debout près de sa fille pendant que la machine tournait au son de l'orgue de Barbarie, la regarda rire, à la fois heureuse et pétrifiée.

« Non, je t'en prie, arrête de séduire Madison, se retint-elle de crier à Hutch. Il ne faut pas qu'elle t'aime. Elle a déjà perdu tellement ! »

Malheureusement, c'était trop tard. Hutch avait totalement conquis la fillette. D'abord en l'aidant à choisir ses bottes, puis son chapeau de cow-boy et les bandanas destinés à la troupe des chiens et, surtout, en lui tendant la peluche géante qu'il avait gagnée en faisant carton plein au tir à la carabine — un ours blanc et rose, à présent relégué, jusqu'à la fin des réjouissances, dans le camion.

Même si c'était simplement pour la ranger jusqu'à ce qu'il soit temps de rentrer, il avait fallu batailler ferme pour que Madison lâche l'énorme peluche, car elle aurait voulu se balader avec et la brandir aux yeux de tous en racontant à qui voulait l'entendre les hauts faits légendaires de son idole. Finalement, ce fut Hutch qui réussit à la persuader de l'abandonner provisoirement.

Evidemment, Kendra était ravie, puisque sa fille l'était. Néanmoins, dans sa tête flottait la triste image de Rupert, le kangourou mauve, autrefois compagnon bien-aimé de Madison. Déjà Daisy l'avait relégué à la place d'honneur dans la chambre de Madison, où il trônait, délaissé et oublié. Il ne ferait pas le poids face au nouveau venu rose et blanc ! Kendra avait beau savoir que c'était bénéfique à sa fille d'être libérée de sa dépendance envers la petite peluche râpée qui la suivait depuis le berceau, d'après ce qu'on lui avait dit, elle n'en éprouvait pas moins de la compassion pour le pauvre Rupert… auquel il lui était facile de s'identifier.

A la fin des tours de manège — après que Madison eut sauté du cygne à un éléphant, puis à une girafe pour finir sur un traditionnel cheval —, sonna l'heure fatale du rodéo. La foule se rassembla dans l'allée qui menait aux portes de l'arène, où les gradins se remplirent rapidement. Soudain, tout le monde se leva car le drapeau géant se dressait aux notes de *The Star-Spangled Banner*, entonné par la Miss Rodéo de l'année précédente.

Puisque les taureaux, qui devaient constituer le clou du spectacle, n'arrivaient qu'en fin de programme, Hutch s'assit près de Kendra sur les gradins et prit Madison sur ses genoux.

A la fin de l'hymne national, débuta une cérémonie d'ouverture aussi pittoresque que colorée. Madison ouvrit des yeux ronds en voyant débouler une troupe de petites cavalières de la région, chacune vêtue d'un coquet costume de cow-girl et tenant à la main une bannière étoilée. Les fillettes manœuvrèrent en formation, exécutant une suite de figures parfaitement synchronisée que la foule en délire salua par une ovation si enthousiaste que la voûte céleste sembla se soulever de quelques centimètres.

Après leur prestation, Madison décréta avec un aplomb surprenant pour son âge :

— Je veux faire comme elles, un jour. Maman, est-ce que je pourrais, quand je serai plus grande ?

Amusée, Kendra effleura sa joue encore gluante de barbe à papa, malgré toutes les lingettes passées sur sa frimousse au cours de la journée.

— Bien sûr, quand tu seras plus grande, répondit-elle.

— Plus grande *comment* ?

— Ces filles-là font de l'équitation depuis qu'elles savent marcher, peut-être même avant, intervint Hutch. Pour manœuvrer un cheval aussi bien, il faut beaucoup s'exercer. Si tu veux y arriver, tu devras monter Ruffles le plus souvent possible.

Discrètement, Kendra lui lança un regard noir et un coup de coude dans les côtes, auxquels il répliqua par un sourire narquois.

Heureusement la conversation tourna court. Le rodéo débutait.

Madison fut fascinée par l'ensemble des épreuves, à l'exception de la capture de veaux au lasso qui la fit pleurer. Hutch eut beau lui expliquer que, sur les ranchs, les veaux étaient habitués à être attrapés au lasso, jetés à terre et ligotés, pour être marqués, vaccinés ou soignés, même lui n'arriva pas à la convaincre que les *bébés taureaux* n'étaient ni blessés ni traumatisés. Bien que, rationnellement, Kendra sache qu'il avait raison, elle était secrètement d'accord avec sa fille. La capture des jeunes bovins ne lui plaisait guère et elle fut soulagée que le numéro se termine.

La succession des épreuves, plus spectaculaires les unes que les autres, accapara leur attention. Le barrel racing, une compétition exclusivement féminine, souleva particulièrement l'enthousiasme de Madison, qui demanda si Ruffles et elle pourrait bientôt y participer, en plus de porter la bannière étoilée. Kendra, découragée, laissa Hutch se charger de la réponse.

La monte des taureaux approchait à grands pas, bien trop vite à son goût, et bientôt, Hutch prit congé d'elles.

Comme tout le bétail participant au rodéo, les taureaux étaient fournis par Walker Parrish. Aux yeux de Kendra qui les observait en train de piaffer dans leur enclos, à l'autre bout de l'arène, ces mastodontes n'étaient rien de moins que des monstres mythiques. Donc invincibles.

Son cœur s'accéléra subitement en voyant Hutch rejoindre les autres cow-boys prêts à risquer absurdement leur vie. Son estomac fit un saut périlleux arrière, et elle ravala le flot de salive qui lui montait aux lèvres en priant pour ne pas vomir au beau milieu des gradins.

Le premier concurrent portait un casque au lieu d'un chapeau de cow-boy, choix avisé que Kendra applaudit à deux mains. Il se retrouva éjecté en moins de trois secondes.

Le second tint le coup six secondes avant que le taureau furieux ne l'envoie mordre la poussière d'une violente ruade, manquant de peu de le piétiner.

Madison, tétanisée, observait le spectacle blottie contre elle. Une fois ou deux, elle porta le pouce à sa bouche — chose qu'elle n'avait jamais faite auparavant.

Un nouveau cavalier casqué pénétra dans l'arène. Il tint deux secondes et demie, avant que son taureau ne le projette dans les airs.

Puis ce fut le tour de Hutch.

Telle la marée descendante, l'univers parut refluer autour de Kendra. N'existaient plus que Madison, Hutch et le taureau sur lequel il était en train de se laisser tomber dans l'enclos, coiffé de son chapeau et non d'un casque. Elle vit ses lèvres remuer quand il donna le signal à l'homme chargé d'ouvrir la barrière.

La porte s'ouvrit brutalement et le taureau — plus ou moins du gabarit d'une Volkswagen, selon son estimation angoissée — s'élança fougueusement vers le centre de la piste, avec un sens inné du spectacle.

En quelques mots, le speaker loua l'adresse renommée de Hutch dans la monte des taureaux, mais sa voix lui sembla aussi lointaine que si elle sortait d'un mince tuyau.

Les chiffres se mirent à défiler sur le gros chronomètre.

Malgré une violente série de ruades, de voltes et

de secousses, Hutch n'en resta pas moins fermement campé sur le dos de sa bête. Soudain, la sonnerie retentit — enfin ! — et le cavalier chargé de récupérer les concurrents galopa vers l'animal déchaîné. Hutch sauta triomphalement en croupe derrière lui, avant de bondir à terre, dès qu'ils se furent éloignés de quelques mètres de l'animal.

Huit secondes.

Il avait réussi.

Jusqu'à ce jour, Kendra n'avait jamais imaginé que huit secondes puissent s'éterniser ainsi.

La foule, prise de folie, applaudit en sifflant et en tapant des pieds sur le plancher des gradins, tandis que le speaker enthousiaste annonçait que la performance de Hutch serait difficile à battre.

Madison grimpa sur les genoux de sa mère et, aussi essoufflée qu'elle, demanda craintivement :

— C'est terminé ?

— Oui ma chérie, c'est terminé, murmura Kendra en l'étreignant convulsivement.

— Ouf ! Ce garçon taureau était bien méchant.

— En effet, *très* méchant, répondit-elle en riant, ce qui dissipa en partie la tension qui lui crispait les épaules et lui tordait l'estomac.

Toutes deux regardèrent Hutch bondir souplement de l'autre côté de la palissade pour assister à la performance du concurrent suivant.

La suite du spectacle se déroula dans un brouillard de cow-boys, de taureaux, de mots sans suite braillés dans les haut-parleurs, le tout accompagné de tonnerres d'applaudissements. Figée, Kendra serrait sa fille contre elle en s'efforçant de ne pas penser que le numéro de Hutch aurait pu mal tourner…

Vain effort, car au moment où, après la proclamation de la victoire de Hutch et des gagnants des autres compétitions, la cérémonie de clôture commença, elle avait toujours aussi peur et ne tenait plus sur ses jambes.

Le speaker remercia le public de ses encouragements, puis lui conseilla de rester sur place et d'aller voir les produits en vente dans le hall d'exposition, avant de profiter de la fête foraine et, plus tard, du feu d'artifice.

Comme prévu, Madison et sa mère retrouvèrent Hutch à l'extérieur de l'arène.

Kendra fut si soulagée de le revoir en un seul morceau, qu'elle fut brusquement tentée de se jeter en pleurant dans ses bras. Heureusement, elle résista à cette impulsion, aussi stupide qu'irraisonnée.

— Félicitation, marmonna-t-elle, à la place, en se raidissant, le menton dressé.

En revanche, Madison posa ses mains sur ses hanches et leva la tête vers lui, faisant tomber en arrière son chapeau qui se balança dans son dos au bout de sa ficelle.

— Je n'aime pas te voir monter des garçons taureaux, affirma-t-elle en fronçant les sourcils. Tu pourrais te blesser !

Souriant, Hutch s'accroupit à son niveau et tira sur une de ses boucles.

— Allons, bout de chou, je vais bien, non ?

Il lui parlait sur le ton qu'il aurait employé avec un adulte : fermement et d'égal à égal.

La méthode s'avéra bonne, car Madison s'adoucit aussitôt pour demander :

— Tu montes souvent sur des garçons taureaux ?

— Non, seulement une fois par an, le jour du rodéo.

Madison hocha la tête, ruminant ses paroles. A son âge, elle n'avait qu'une vague conception du temps, et pour elle une année devait paraître une vie.

Kendra, en revanche, savait que ces douze mois passeraient comme l'éclair. Au prochain rodéo, sa fille et elle seraient-elles encore présentes, en train de regarder cet homme risquer délibérément sa vie ? Ou Hutch, lassé d'elle, se serait-il tourné vers une autre femme ?

Trop bouleversée par cette idée, elle resta plantée sur

place, frustrée, effrayée… et plus dévorée de désir pour Hutch Carmody que jamais.

Mais qu'est-ce qui clochait chez elle ?

Pourquoi ne pouvait-elle simplement pas éviter cet homme, trouver quelqu'un d'autre — un agent d'assurances, un instituteur ou, si elle avait tellement besoin de sortir des sentiers battus, un électricien ?

Tout sauf un cow-boy.

Hutch se redressa d'un bond en soulevant Madison dans ses bras.

La fillette posa la tête sur son épaule en bâillant.

Kendra la débarrassa de son chapeau.

— Je connais une petite cow-girl qui aurait bien besoin d'une sieste, fit remarquer Hutch en lui jetant un coup d'œil par-dessus la tête de Madison. Que dirais-tu d'aller passer un moment chez moi ?

Voyant une protestation s'esquisser sur ses lèvres, il ajouta vivement :

— Opal est à la maison et le feu d'artifice ne commencera pas avant des heures.

Kendra acquiesça en soupirant.

Après tout ce tumulte et cette excitation, il était manifeste que sa fille avait besoin de repos. Elle aussi, d'ailleurs.

Ils quittèrent le champ de foire. Madison, qui dormait sur l'épaule de Hutch, se réveilla à peine quand il déverrouilla son camion et l'installa avec précaution dans son siège-auto.

— J'ai raté le feu d'artifice ? demanda-t-elle d'une voix ensommeillée.

— Non, répondit-il en l'attachant. Nous allons passer quelque temps au ranch avec Opal et Ruffles, puis nous reviendrons quand il fera nuit pour voir le ciel s'illuminer. Tiens, regarde ton ours en peluche. Il t'attend, sur la banquette, à côté de toi.

Madison hocha la tête, sourit et ferma les yeux, la tête appuyée sur l'épaule duveteuse de l'ours.

Kendra, avec l'impression d'être devenue la cinquième roue du carrosse, contourna hâtivement le camion, ouvrit la portière côté passager et se hissa sur le siège, soucieuse de ne pas fournir à Hutch une nouvelle occasion de lui pousser sur les fesses, comme il l'avait fait à l'aller.

Souvenir qui lui procura toutefois un petit frisson de plaisir.

Le trajet se déroula en silence, vu que Madison dormait à l'arrière, qu'elle-même ne savait que dire et que Hutch, comme toujours parfaitement à l'aise, était plongé dans ses pensées.

Quand ils arrivèrent à Whisper Creek, Opal était dehors en train d'étendre du linge, surveillée par Lévitique, couché à l'ombre d'un arbre.

Elle sourit en les saluant de la main, ramassa son panier à linge et se dirigea vers la maison.

Comme Hutch portait Madison, ce fut Kendra qui lui prit le panier des mains, après une petite dispute amicale, car Opal ne voulait pas le lâcher.

— Cette enfant est sur les rotules, observa la vieille dame en désignant Madison qui dormait, ses petits bras noués autour du cou de Hutch. Vous avez eu raison de l'amener ici, après tout le vacarme et la poussière de la fête.

— Nous retournerons en ville dans quelques heures, parce qu'elle tient absolument à voir le feu d'artifice, expliqua Hutch.

— Couche-la donc dans mon lit, proposa Opal. Comme ça, si elle se réveille, elle entendra nos voix et ne sera pas effrayée de se retrouver dans un endroit inconnu.

Kendra suivit Hutch et le regarda déposer sa fille sur la couette d'Opal, lui ôter délicatement ses bottes neuves, puis la recouvrir d'une couverture légère.

Madison s'étira avant de s'abandonner de nouveau à un bienheureux épuisement.

A leur retour dans la cuisine, Opal était en train de leur préparer du café. Sur les comptoirs s'alignaient une ribambelle de plats et de tartes.

— Quelqu'un est mort ? demanda Hutch en s'approchant d'une tarte.

Opal s'interrompit brusquement pour lui taper sur les doigts.

— Non, personne n'est mort, répliqua-t-elle avec une sévérité mâtinée de tendresse. Lloyd a décidé de se retirer, Dieu le bénisse ! Et nous recevons le nouveau pasteur. Il sera présenté demain matin à la congrégation.

Kendra, un peu vexée qu'un tel événement lui ait échappé — avait-elle été aussi distraite durant l'office de la semaine précédente ? —, ouvrit la bouche pour faire un commentaire, mais, ne sachant quoi dire, la referma aussitôt.

Opal, qui se préparait une tasse de thé, montra à Hutch un plat posé à l'écart sur la cuisinière.

— Tu peux goûter au crumble aux cerises là-bas. Je l'ai fait spécialement pour toi.

— Opal vous êtes un miracle vivant ! s'exclama-t-il en fonçant littéralement sur le gâteau pour s'en servir une généreuse portion. Kendra, tu en veux ?

— Non, il a l'air délicieux, mais j'ai mangé suffisamment de sucre pour aujourd'hui, répondit-elle avec un pâle sourire. Je reste avec mon café.

Il la rejoignit à la table, et, tout en couvant le crumble d'un œil gourmand, lança à Opal :

— Si vous continuez comme ça, je pourrais bien vous engager définitivement.

La vieille dame éclata de rire.

— Il ferait beau voir ça ! C'est Slade Barlow, mon patron. Je suis ici uniquement pour t'empêcher de tourner au vieux garçon rassis qui tend des draps et des couvertures devant ses fenêtres et se nourrit exclusivement de conserves.

L'image fit tellement rire Hutch qu'il manqua s'étouffer avec la bouchée qu'il avait enfournée.

Kendra, à cran depuis la fin du rodéo, arriva même à sourire.

— Je commence à me dire qu'après tout, il y a peut-être un espoir pour toi, Hutch Carmody, reprit Opal en s'asseyant pour boire son thé. Oui, mon garçon, je crois bien qu'il y a de l'espoir.

Kendra, comprenant où la gouvernante voulait en venir, se crispa sur sa chaise. Soucieuse de détourner la conversation, elle lança avec une gaieté excessive :

— Ainsi, le pasteur Lloyd prend sa retraite. Est-ce qu'une fête est prévue en son honneur ?

— Naturellement, demain, juste après le service, répondit Opal, qui paraissait songeuse. Le nouveau pasteur est la copie conforme de Morgan Freeman, précisa-t-elle, le regard perdu dans le lointain. Il est diplômé d'Harvard. C'est un veuf, comme l'était mon Willie.

Hutch laissa échapper un petit rire, mais s'abstint de tout commentaire, trop absorbé par la dégustation de son crumble aux cerises.

Opal, à qui rien n'échappait d'ordinaire, ne sembla pas s'en apercevoir.

— Vous avez rencontré le remplaçant de Lloyd ? s'enquit Kendra, que l'humeur songeuse d'Opal intriguait quelque peu.

La vieille dame secoua la tête, geste qui la fit émerger de la contrée lointaine où elle s'était égarée.

— Non, mais j'ai vu sa photo. Je fais partie du comité pastoral, tu sais.

Hutch avala sa bouchée, but une gorgée de café, puis repiqua allègrement sa fourchette dans son assiette en jetant sur un ton taquin :

— Si je comprends bien, Opal, vous avez engagé ce nouveau pasteur sur sa bonne mine. A vous entendre, on pourrait penser que vous cherchez à mettre le grappin sur un nouveau mari.

La gouvernante le foudroya du regard puis gloussa, avec un embarras manifeste :

— Oh ! Tais-toi, donc !

— Je danserai à votre mariage, ajouta-t-il en riant.

— Toi et les mariages, ça fait deux ! répliqua-t-elle avec un mépris affecté en se levant de table. Bon, j'ai encore beaucoup de cuisine à faire. Alors je te prierais de me laisser travailler en paix.

Hutch, qui avait terminé son gâteau, porta son assiette et sa fourchette dans l'évier et les lava soigneusement.

— Je prendrais bien un peu d'air frais, déclara-t-il en les posant sur l'égouttoir.

De nouveau, Kendra fut traversée par une étrange onde de chaleur. Son cœur se mit à battre plus fort. Est-ce que Hutch suggérait… ?

— La journée est magnifique, renchérit Opal en évitant soigneusement de la regarder. Pourquoi n'iriez-vous pas vous promener à cheval ? Je serais ravie de veiller sur la petite demoiselle pendant votre absence.

Autour de Kendra la pièce se mit à tourbillonner.

Ce n'était pas la promenade qu'elle redoutait, mais la perspective de se retrouver en tête à tête avec Hutch, sachant comment cela finirait.

Et pourtant, elle n'arriva pas à dire « non ».

A dire quoi que ce soit, en fait.

Comme Hutch lui lançait un regard interrogateur, Opal — apparemment inconsciente qu'une fervente croyante comme elle envoyait délibérément une pauvre âme vers l'abîme, au cœur même du péché — lança joyeusement :

— Va donc avec lui, Kendra. Madison ne craint rien. D'ailleurs, je parie que vous serez de retour avant qu'elle ne se réveille de sa sieste.

Cinq minutes plus tard, sans trop savoir comment, Kendra se retrouva dans l'écurie en train de regarder Hutch seller deux chevaux. Il s'était rasé de près le matin, mais un chaume caramel ombrageait déjà ses joues.

Ils n'échangèrent pas un mot avant qu'il ait fini sa tâche et conduit les chevaux dehors, au grand soleil de l'après-midi.

Là, il la regarda droit dans les yeux, et avec une

expression solennelle, mais dénuée de la moindre fatuité, déclara :

— Si tu veux rester ici, c'est le moment de le dire.

Pour toute réponse, elle déglutit péniblement en secouant la tête.

— Tu sais où nous allons ? insista-t-il en passant la main dans ses cheveux.

Elle avala de nouveau sa salive et hocha la tête. Puis elle rejoignit son cheval — le même que la dernière fois —, mit le pied à l'étrier et monta en selle.

Hutch lui jeta un sourire dévastateur et éperonna son cheval en lançant :

— Alors, amen !

Ils étaient partis.

Résignée à son sort, Kendra le suivit avec l'impression que deux femmes distinctes bataillaient en elle — l'une raisonnable, l'autre irrationnelle et sauvage — et qu'à cet instant, c'était cette dernière qui avait pris le dessus.

Ils n'échangèrent pas un mot durant la traversée de la plaine. Une fois arrivés au pied du sentier qui sinuait à flanc de montagne et après lui avoir lancé un regard par-dessus son épaule, Hutch poussa Remington vers leur clairière secrète.

« Arrête, fais demi-tour et redescends, ordonna la Kendra raisonnable.

— Je veux cet homme, riposta la Kendra sauvage. Je le veux. J'ai besoin de lui et je me fiche de savoir si c'est moral ou pas.

— Très bien ! Mais tu en subiras les conséquences. »

Elle savait que c'était vrai et pourtant, cela ne l'arrêta pas.

Son corps avait pris le contrôle sur son esprit et jeté au loin ses craintes et ses soucis.

La clairière était exactement comme dans son souvenir, ombragée, écartée de tout et offrant, en même temps, une vue exceptionnelle sur Parable et ses environs.

Ils descendirent de cheval, toujours sans dire un mot,

et Hutch conduisit les bêtes vers un tapis d'herbe grasse tout proche, et les laissa paître en paix.

Kendra, intriguée, s'approcha d'un bizarre amoncellement de rochers.

— Qu'est-ce que c'est ? demanda-t-elle, quand Hutch la rejoignit.

— Ma manière à moi de me purger du négatif, j'imagine.

Elle fronça les sourcils, perplexe.

— Ce sont mes remords, mes regrets, expliqua-t-il d'une voix sourde. Chacune de ces pierres symbolise une chose que je n'ai pas réussi à modifier dans ma vie. Je me suis dit qu'il valait mieux les entasser ici qu'avoir leur poids dans ma tête.

La déclaration lui parut étrangement sensée et lui serra le cœur. Hutch n'était donc pas le grand gamin impulsif et immature qu'elle croyait…

Mais elle n'eut pas le loisir de s'attarder plus sur ses réflexions, car Hutch se pencha vers elle et l'embrassa. Au début, ce fut un simple effleurement sur ses lèvres qui s'accentua pour se transformer en baiser passionné. Instinctivement, elle jeta ses bras autour de son cou, et se laissa enlacer par les bras puissants de Hutch, qui la serra contre lui.

Ce baiser fut pour elle aussi réparateur pour son corps que pour son esprit. Oubliant tout ce qui n'était pas les sensations enivrantes que Hutch faisait naître en elle, elle lui rendit sauvagement son baiser.

— J'en déduis que c'est un « oui », murmura-t-il d'une voix éraillée, quand ils reprirent leur souffle.

Elle rit, et ils s'embrassèrent avec une avidité redoublée, puis sans se détacher l'un de l'autre, ils se laissèrent tomber sur l'épais tapis herbeux où ils se déshabillèrent fébrilement.

Non loin, les chevaux paissaient, tranquilles. Parfois ils redressaient la tête, faisant craquer le cuir de leur selle et tintinnabuler les fixations de leur harnais. Des oiseaux passaient au-dessus d'eux en piaillant, de petites créatures s'agitaient dans l'herbe. Kendra, elle, se livrait corps et âme à Hutch, à ses mains, à sa bouche, à ses chuchotements éperdus.

Le temps s'était envolé. L'herbe était douce sous son dos et le ciel les enveloppait comme une couverture.

Il l'embrassa jusqu'à ce qu'elle en ait le tournis, au point que quand elle ouvrait les yeux, le bleu de la voûte céleste semblait se brouiller.

Hutch caressait délicatement ses seins d'une main calleuse en faisant courir ses lèvres sur son cou et son épaule.

Elle hoqueta de plaisir et se cambra, désireuse qu'il la prenne tout de suite.

Mais il ignora sa supplique muette et continua à la torturer, la mordillant partout, taquinant ses tétons de sa langue jusqu'à ce qu'ils soient durs comme la pierre, puis les suçant avidement.

C'était si bon qu'elle lâcha dans un cri une prière absurde et désespérée.

« Maintenant ! », semblaient hurler chacun de ses nerfs, chacune des cellules de son corps.

En amour, il était malheureusement impossible de convaincre Hutch Carmody d'accélérer le mouvement. Continuant à prendre tout son temps, il la caressa de ses lèvres et du bout de sa langue, explorant la moindre parcelle de peau, le moindre repli.

Enfin parvenu au cœur de sa féminité, il effleura de son souffle chaud les douces boucles humides, faisant grimper d'un cran l'intensité de son désir — si tant est que ce soit possible.

Puis il lui écarta les jambes, la prit entièrement dans sa bouche et l'aspira.

Traversée par une déferlante enflammée, elle se cambra pour se tendre vers la moiteur tiède de sa bouche. Il empauma ses fesses de ses mains puissantes pour la plaquer sur ses lèvres et s'abreuver à elle comme à un calice.

A l'instar d'un orage furieux, la passion et le plaisir se déchaînèrent en elle, tonnant et mugissant pour la faire grimper plus haut, toujours plus haut…

Soudain, elle se fragmenta en milliers d'éclats de lumière qui s'éparpillèrent en elle, hors d'elle…

« Un vrai feu d'artifice », songea-t-elle, tandis que son corps secoué de soubresauts se tordait convulsivement sous les vagues successives du plaisir.

Quand il lui eut arraché son dernier cri de jouissance, Hutch, le souffle court, l'étendit délicatement dans l'herbe. Il roula jusqu'à son pantalon, à quelques centimètres de là, et sortit un préservatif de la poche, qu'il enfila avec dextérité.

Puis il revint vers elle et se dressa au-dessus d'elle, l'interrogeant du regard. Elle hocha la tête et empoigna son dos musclé en guise de consentement.

Alors il la pénétra d'un puissant coup de reins, entra en elle jusqu'au tréfonds de son être, là où vivaient ses fantasmes et ses secrets les plus cachés et, soudain, la douce jouissance qui l'avait emportée, quelques secondes plus tôt, se mua en avidité féroce. Elle se cambra en balbutiant le nom de Hutch.

Dès qu'ils eurent trouvé leur rythme, Hutch accéléra l'allure, puis la ralentit pour accélérer encore, s'enfonçant parfois en elle, avant de se retirer.

Bientôt, elle fut secouée de spasmes, ballottée, tel un fétu de paille, par les ondulations d'un orgasme si intense qu'elle crut mourir avant la fin de son assaut.

Les muscles du cou et des avant-bras tendus à se rompre, Hutch lui murmura des mots sans suite, puis il força l'ultime barrière et, s'abandonnant avec un sourd gémissement, s'abandonna enfin.

Essoufflés, haletants, ils s'écroulèrent côte à côte sur l'herbe, caressés par la brise tiède et douce.

Le ciel et la cime des arbres, que Kendra ne distinguait plus tout à l'heure, retrouvèrent peu à peu leur forme et leurs couleurs, mais restèrent légèrement flous, car inexplicablement, ses yeux se remplissaient de larmes.

Hutch se souleva sur un coude, la regarda et essuya ses joues humides du bout du pouce. Heureusement, il ne lui demanda pas pourquoi elle pleurait, car comment aurait-elle pu expliquer que ce qu'elle ressentait était si fort, si violent, si beau qu'elle n'était pas sûre d'arriver à le supporter.

Il l'embrassa tendrement, un baiser fugitif destiné, cette fois, à prodiguer du réconfort et non éveiller la passion.

Assouvis, muets, ils restèrent alanguis dans l'herbe un long moment, le temps de rassembler les morceaux épars de leur être, dispersés telles les pièces d'un puzzle.

Kendra fut la première à parler.

— Tu avais apporté un préservatif, fit-elle remarquer avec un petit sourire.

— Oui, un seul, quel idiot !

Elle lâcha un rire franc, libre et joyeux.

Pour la première fois depuis bien longtemps, elle se sentait comblée.

Mais sa joie était teintée d'une douce amertume, parce qu'elle savait que cela ne pouvait durer.

17

Le corps assouvi de Kendra vibrait encore des ondes de choc du plaisir quand elle se rhabilla, déterminée à s'en aller comme si rien ne s'était passé. Hutch, qui avait déjà enfilé son jean et se débattait avec sa chemise, lui sourit.

Ce genre de situation était tellement plus simple pour un homme.

Il suffisait à ces messieurs de reboutonner leur chemise, de remonter la fermeture Eclair de leur jean, et le tour était joué ! Ils étaient prêts à repartir ! Alors qu'elle avait probablement de l'herbe plein les cheveux, sa natte à moitié dénouée. Et même si ce n'était pas le cas, ses yeux devaient briller et ses joues être rouges — deux signes flagrants que l'on venait de lui faire l'amour comme jamais.

Si, heureusement, Madison ne remarquerait probablement pas ces petits changements, ils avaient peu de chance d'échapper à l'œil acéré d'Opal…

Hutch s'approcha d'elle et passa les doigts dans sa natte emmêlée pour la dénouer.

— Voilà qui est mieux, conclut-il, quand sa chevelure se répandit sur ses épaules. Bon sang ! Que tu es belle !

Elle leva les bras pour tresser de nouveau ses cheveux, mais il arrêta son geste.

— J'ai quitté le ranch avec une natte, pas question que je rentre sans ! protesta-t-elle, reprise d'un brusque accès de nervosité.

Sa remarque fit rire Hutch, qui traçait du pouce des

petits cercles dans ses paumes. Caresse si troublante qu'elle commença à regretter qu'il n'ait prévu qu'un seul préservatif… Avec Hutch, une seule fois ne lui avait jamais suffi. Dans leur jeunesse, après avoir fait l'amour durant des heures, ils s'endormaient dans les bras l'un de l'autre, pour s'aimer de nouveau avec fureur aussitôt réveillés. Rien qu'en la regardant, il ranimait son désir !

Et aujourd'hui… aussi.

Elle pouvait encore sentir sur elle le poids et la chaleur de son corps musclé, à la virilité triomphante. Elle frissonnait encore des plaisirs éprouvés.

— Kendra, murmura-t-il d'une voix rauque.

— Quoi ?

— Ta coiffure est très bien comme ça. Mieux que bien, même.

— Opal va deviner…, répliqua-t-elle en cherchant des yeux son élastique, en vain.

Pour l'empêcher de se détourner de lui, Hutch saisit son visage en coupe dans ses mains et, amusé, lui fit remarquer :

— Opal a *déjà* deviné ! Pourquoi crois-tu qu'elle a proposé de garder Madison afin que l'on puisse s'éclipser ?

Bien sûr, il avait raison, songea-t-elle, mortifiée. Opal était loin d'être une idiote et le stratagème était gros comme une maison. Elle n'en flottait pas moins sur un petit nuage. A l'évidence, et malgré son embarras, c'était toujours la part impulsive de son être qui menait la danse.

— N'empêche que c'est horriblement gênant, répliqua-t-elle.

— Gênant, et pourquoi donc ? Enfin, Kendra ! Personne ne va nous juger. Nous sommes tous deux des adultes.

— L'un d'entre nous peut-être, marmonna-t-elle, la mine sombre.

Il lui embrassa le front, puis le bout du nez, avant de la relâcher en lançant :

— Allons-y ! Avant que je jette ma prudence aux orties et te saute dessus, sans me soucier de préservatif.

— Je pourrais avoir mon mot à dire sur la question, riposta-t-elle, avec un manque de conviction affligeant.

— C'est un défi que tu me lances ? répliqua-t-il en faisant courir son index sur sa joue et le long de son cou pour aller tracer autour de son sein une longue traînée de feu.

Traversée par une décharge électrique, elle recula d'un bond, aussi brûlante et excitée que quand ils avaient roulé la première fois sur l'herbe.

— Non, ce n'est pas un défi, répondit-elle en soutenant son regard.

Il sourit, puis désigna de la main les chevaux qui attendaient placidement à l'écart. Ils remontèrent en selle et firent le chemin du retour dans un silence des plus agréables, encore vibrant de leur étreinte passionnée.

De retour à l'écurie, Hutch pansa les deux chevaux pendant qu'elle allait vérifier si Madison était réveillée.

Cette dernière dormait toujours.

Quant à Opal, elle était en cuisine où une délicieuse odeur flottait dans l'air.

— Fini les hot dogs et les frites ! décréta-t-elle fermement. Vous avez besoin d'un vrai souper, tous les trois.

Si elle remarqua la disparition de sa natte, elle s'abstint de tout commentaire ou signe indiquant qu'elle se doutait de la manière dont s'était terminée leur escapade.

Ce dont Kendra lui fut particulièrement reconnaissante, car elle ne se sentait pas prête à en parler. Même pas à Joslyn et Tara, alors qu'elle leur confiait à peu près tout.

Elle s'esquiva dans le cabinet de toilette pour se laver les mains et s'asperger la figure d'eau froide — si son maquillage n'était plus qu'un souvenir, son émoi le remplaçait avantageusement.

Quand elle ressortit, Madison, debout dans la cuisine, se frottait les yeux.

— On est demain, j'ai raté le feu d'artifice ? demanda-t-elle d'une voix encore endormie.

Emue, Kendra la serra sur son cœur et fit claquer un baiser sur sa joue.

— Non, on est toujours aujourd'hui et, après dîner, nous retournerons en ville pour le feu d'artifice.

Visiblement soulagée, Madison se tortilla dans ses bras pour redescendre. Elle avait beau n'avoir que quatre ans, son esprit d'indépendance était aussi puissant que les flots tumultueux de la Big Sky River.

— Super ! lança-t-elle. Où est Hutch ?

Tiens ! A présent c'était « Hutch » et plus « M. Hutch » !

Kendra ne savait trop quoi en penser — pas plus que du reste, d'ailleurs, car ses émotions étaient en vrac, impossibles à démêler. En revanche elle savait qu'elle serait bientôt la proie du regret. Elle le sentait rôder autour d'elle, se rapprocher insidieusement, à l'instar d'une meute de loups attendant l'agonie d'un feu de camp. Qu'importe ! Ce soir, elle allait voir venir en laissant les choses suivre leur cours.

— Il est à l'écurie, répondit-elle.

Madison, à présent tout à fait réveillée, inclina la tête de côté pour la scruter d'un œil interrogateur.

— Maman, qu'est-ce qui est arrivé à tes cheveux ?

Avant qu'elle puisse bredouiller une réponse, Opal bondit à sa rescousse en lançant :

— J'aurais besoin d'aide pour mettre la table et je sais que tu te débrouilles très bien.

Fière comme Artaban, Madison hocha la tête et cessa de s'intéresser aux cheveux de sa mère.

Opal sourit à Kendra, avec l'air de dire : « Ne t'inquiète pas, tout va bien se passer. »

Mais hélas, elle ne pouvait s'empêcher de s'inquiéter.

Hutch entra dans la cuisine. A part la lueur qui dansait dans ses yeux, il semblait aussi innocent que l'agneau qui vient de naître.

Après s'être lavé les mains, il prit des assiettes dans le placard et les posa entre les couverts que Madison avait soigneusement installés sur la table.

Un quart d'heure plus tard, ils étaient tous quatre attablés devant un poulet frit, des haricots verts et de la purée.

— Opal, venez donc avec nous en ville voir le feu d'artifice, proposa Hutch.

— Merci beaucoup, mais non, répondit la vieille dame. Demain, j'ai une longue journée. J'ai besoin de mon content de sommeil si je veux être en beauté.

— Je me doutais bien que vous aviez le nouveau prêcheur dans votre collimateur, répliqua-t-il, goguenard.

Kendra coula un regard dans sa direction. Ses yeux luisaient de malice, autant que de désir assouvi. Encore toute remuée par leurs ébats, elle rougit comme une pivoine.

— Pas du tout ! s'offusqua Opal. Pour ce que j'en sais, ce doit être un vaurien, comme la plupart des jolis cœurs dans ton genre.

— C'est vrai, on sait quoi de ce type, au juste ? renchérit Hutch, l'air faussement sérieux. S'il se pointe pour vous faire la cour, je veux m'assurer qu'il vous arrive au moins à la cheville.

— Arrête un peu ! le rabroua Opal, qui, manifestement, buvait du petit lait. Pour ta gouverne, sache que la somme de mes connaissances se limite au fait que c'est un bel homme, un veuf, diplômé de théologie de l'une des meilleures universités du pays.

— Un diplômé d'Harvard, mazette ! Je me demande bien ce qui l'a poussé à venir s'enterrer dans un trou comme Parable. Quel est le nom de cet hurluberlu ?

Opal le foudroya d'un regard noir, mais ses yeux pétillaient derrière ses lunettes.

— Si tu tiens tant à le savoir, tu n'as qu'à aller à l'église demain, mon garçon.

— Pas question ! La dernière fois que j'y ai mis les pieds, l'enfer s'est déchaîné contre moi.

— Nous, nous allons à l'église, pas vrai, maman ? intervint Madison.

Un peu de repentir s'imposerait, en particulier pour elle, songea Kendra qui répondit en souriant :

— Oui, à moins que tu ne sois trop fatiguée. Le feu d'artifice va se terminer très tard. Demain matin, tu risques de faire la grasse matinée.

— Tout à l'heure, je pourrai encore monter sur le manège ? Je voudrais essayer le tigre pour voir s'il rue vraiment comme un garçon taureau !

Amusé, Hutch lui ébouriffa les cheveux.

— Tu pourras faire autant de tours que tu veux sur le tigre. Il reste deux bonnes heures avant qu'il fasse suffisamment nuit pour lancer le feu d'artifice.

— Je serai peut-être encore éveillée à *minuit* ! proclama Madison, émerveillée.

Un certain carrosse en forme de citrouille et conduit par des souris devait certainement trotter dans sa tête, songea Kendra, attendrie. Pour les enfants, minuit était vraiment l'heure magique.

— C'est possible, répondit-elle, convaincue qu'elle s'assoupirait sur l'épaule de Hutch bien avant le bouquet final.

— Wouah ! Minuit, c'est *très tard.*

— En effet, confirma Hutch en lançant un regard furtif à Kendra qui fit mine de l'ignorer.

Une demi-heure plus tard, après que Kendra eut aidé Opal à débarrasser la table et à ranger la cuisine pendant que Hutch emmenait Madison dire bonsoir à Ruffles, tous les trois reprirent le chemin de la ville.

Bien que l'ombre commençât lentement à glisser des montagnes pour enfouir la vallée dans l'obscurité, la lumière régnait encore en souveraine à Parable. Brillamment illuminée aux trois couleurs nationales, la bourgade étincelait comme un arbre de Noël.

L'homme posté à l'entrée du champ de foire passa un rayon de lumière noire sur le dos de leur main, ce qui enchanta Madison qui lui demanda de recommencer plusieurs fois.

Ils retournèrent au manège, qui, comme toutes les autres attractions, faisait le plein, car il restait une bonne heure à tuer avant le début du feu d'artifice. Et ce même si, d'après Hutch, la moitié du comté était en train de faire la fête à la Boot Scoot Tavern. Après avoir fait la queue, Madison monta sur le fameux tigre, cette fois surveillée par Hutch, pendant que Kendra prenait des photos d'eux avec son téléphone portable, chaque fois qu'ils passaient devant elle.

Tout paraissait si normal, et pourtant, elle se sentait toujours écartelée entre deux personnalités distinctes et résolument antagonistes, celle qui lui serinait que Hutch était l'homme qui lui avait brisé le cœur, qui avait laissé tomber sa fiancée au pied de l'autel, et l'autre, qui voulait jouir du moment, caresser le délicieux fantasme d'être aimée et désirée par Hutch, et ce, le plus longtemps possible.

Le temps que le public se rassemble à l'extrémité du champ de foire pour assister au spectacle tant attendu, Madison pouvait à peine garder les yeux ouverts.

La journée avait été longue pour une gamine si jeune et, malgré une longue sieste et un bon dîner, elle était épuisée.

Hutch la prit dans ses bras pour regarder les fusées monter dans le ciel, s'épanouir en bouquets multicolores, puis retomber gracieusement en gerbes d'étincelles, semblables à de magnifiques averses de feu.

Kendra, qui observait alternativement le spectacle à couper le souffle et les réactions émerveillées des spectateurs qui l'entouraient, réalisa brusquement qu'elle était au comble du bonheur.

Un bonheur si absolu qu'il en devenait terrifiant.

Il était dangereux de s'ouvrir ainsi à la vie, à Hutch Carmody, au plaisir d'être une femme jeune en bonne santé avec des désirs à satisfaire. Puisque l'amour inconditionnel qu'elle portait à Madison était le seul risque qu'elle était prête à prendre, pourquoi provoquer ainsi sa chance ? Etait-elle dévorée de désir au point d'être incapable de se contenter de la maternité et d'une carrière réussie ?

Dès la fin du spectacle et une fois la foule dispersée, elle se retrouva dans le camion de Hutch, Madison endormie dans son siège-auto, prête à rentrer chez elle. Alors commença pour elle un douloureux et solitaire travail d'introspection.

Hutch, qui avait pourtant dû sentir son changement d'humeur, s'abstint de tout commentaire.

Une fois qu'ils furent arrivés, il prit doucement Madison dans ses bras et la porta dans la maison. Kendra lui indiqua la chambre de la fillette, qu'il déposa doucement sur son lit, avant de sortir sans prononcer un mot.

Tout en déshabillant sa fille, elle dressa l'oreille pour entendre le bruit de la porte d'entrée qui s'ouvrait et se refermait derrière lui. Mais elle n'entendit rien.

Elle enfila sa chemise de nuit à Madison, puis la borda avec un baiser.

En entrant dans la cuisine, elle trouva Hutch, appuyé nonchalamment au comptoir, les bras croisés. Pendant qu'elle couchait Madison, il était allé chercher l'ours en peluche et l'avait assis à table, tel un joyeux convive. Ce geste fit vibrer en elle une corde profondément enfouie dont l'écho lui meurtrit le cœur. Il avait aussi rapporté ses bottes neuves, toujours dans leur boîte, et une bonne odeur de cuir flottait dans la pièce.

— Tu veux qu'on en parle ? demanda-t-il.

— Parler de quoi ? répliqua-t-elle avec une désinvolture affectée en s'efforçant en vain d'éviter son regard. La journée a été épuisante, nous sommes fatigués tous les deux, et demain est un autre jour.

— Si tu crois que nous allons faire comme si rien ne s'était passé dans la clairière, tu te trompes, dit-il avec une brutalité tranquille.

— Nous… nous sommes laissés emporter, c'est tout, éluda-t-elle, incapable de sourire malgré ses tentatives.

— *Nous avons fait l'amour*, Kendra, ça change beaucoup de choses. En tout cas pour moi.

— Tu l'as dit toi-même, nous sommes des adultes, plus des ados, riposta-t-elle, attentive à ne pas hausser la voix. Nous avons perdu la tête un moment, mais maintenant, c'est derrière nous et…

Hutch traversa la pièce en deux enjambées et l'empoigna avec douceur avant de la plaquer au mur en pressant sur elle son grand corps à la fermeté enivrante. Puis il l'embrassa.

Un baiser destiné à conquérir le cœur d'une femme, à revendiquer des droits sur son corps, son âme.

Or, au lieu de se débattre comme elle aurait dû le faire, elle lui rendit son baiser. Comment s'en empêcher, alors que la faim qu'elle s'ingéniait depuis si longtemps à refouler était remontée à l'assaut, plus vigoureuse que jamais ?

Elle était rouge et essoufflée quand Hutch se recula pour la libérer.

Quelques secondes plus tard, il était parti.

Elle écouta son pick-up démarrer et s'éloigner, puis alla fermer le verrou.

Machinalement elle retourna dans la cuisine et se laissa tomber en face de l'énorme ours en peluche que Hutch avait gagné pour Madison et qui semblait la considérer avec un petit air supérieur. Furieuse, elle repoussa sa chaise en lançant :

— Oh ! Toi, ça suffit !

Puis elle fonça dans la salle de bains se faire couler un bain.

Elle se dévêtit, entra dans la baignoire et, pressée de se détendre, plongea avec délice dans l'eau chaude parfumée. Mais à la seconde où elle ferma les yeux, elle se retrouva étendue sur l'herbe de la clairière, chevauchée par Hutch Carmody avec autant de maestria que le taureau du rodéo ou le tigre du manège.

Paniquée, elle rouvrit les yeux et se retrouva chez

elle, dans son bain, enfouie jusqu'au menton dans un océan de bulles.

Manifestement, la Kendra réaliste avait repris la main, bien résolue à se venger. En revanche, celle qui l'avait mise dans le pétrin était aux abonnés absents.

Elle resta un moment dans l'eau, tenta de lire le journal laissé sur la lunette des toilettes, mais en vain.

Elle était à cran.

Soudain, la voix de sa grand-mère retentit dans sa tête.

« Voilà, tu l'as fait ! J'ai toujours dit que tu n'étais qu'une traînée, comme ta mère. »

Déprimée, elle sortit de la baignoire, se sécha et enfila sa chemise de nuit. Une fois prête, elle se traîna jusque dans la cuisine, alluma la lumière et se prépara une tisane à la framboise.

La boisson chaude apaisa quelque peu sa nervosité, mais si elle réussit à trouver le sommeil, ce fut uniquement à cause de son épuisement, aussi bien physique qu'émotionnel. Toute la nuit, ses rêves furent hantés par des attractions foraines endiablées, des clowns de cauchemar vêtus en cow-boy, et par sa grand-mère qui, agitant un index vengeur, la suivait partout en répétant en boucle : « Tu n'es qu'une traînée, comme ta mère. »

Le lendemain matin, elle se réveilla avec une migraine carabinée, et Madison, rayonnante d'énergie en bottes neuves, chapeau de cow-girl et chemise de nuit, sautait comme un cabri sur son lit en claironnant :

— Maman, réveille-toi ! On doit aller à l'église voir le nouveau pasteur !

Avec un soupir, elle regonfla ses oreillers et se redressa.

— D'accord, ma puce, mais arrête de sauter, je te prie, marmonna-t-elle.

Vive comme une gazelle, Madison bondit aussitôt sur le sol, puis, le chapeau de travers et les yeux écarquillés, elle lança :

— Lève-toi ! S'il te plaît, maman !

Accablée, Kendra poussa un nouveau soupir, repoussa

les couvertures et se leva. Elle marcha au radar jusqu'à la salle de bains, ouvrit la porte de l'armoire à pharmacie, versa dans sa paume deux cachets d'aspirine et les avala avec une gorgée d'eau du robinet.

Durant toute l'opération, Madison, intarissable, n'arrêta pas de babiller sur la fête foraine, le rodéo, l'achat de ses bottes, de son chapeau, des bandanas pour les chiens et, surtout, sur le feu d'artifice.

L'aspirine ne fit vraiment effet qu'au bout d'un quart d'heure, durant lequel Kendra écouta patiemment le bavardage incessant de sa fille, hochant la tête aux endroits appropriés, tout en découpant des fraises pour en parsemer les céréales.

— Je parie que Daisy s'ennuie de nous, dit Madison en grimpant sur sa chaise, avant de s'emparer de sa cuillère. On pourra aller la chercher tout de suite après l'église ? Et après retourner au ranch pour que je monte Ruffles ?

— Du calme, ma chérie. Nous irons à l'église, nous assisterons ensuite à la fête en l'honneur du pasteur Lloyd, puis nous nous rendrons chez Tara récupérer Daisy et basta ! C'est déjà pas mal pour la journée.

— Mais, et Ruffles ? La pauvre va rester toute seule.

— Pas du tout, elle n'est pas toute seule, elle a tous les autres chevaux pour lui tenir compagnie, sans parler de Lévitique, répondit patiemment Kendra qui se forçait à avaler quelques bouchées de céréales, craignant, si elle faisait l'impasse sur le petit déjeuner, que son estomac ne gargouille au beau milieu des prières.

— Mais je veux…

— Madison, nous rentrerons *directement* à la maison après être allées chercher Daisy, fin de la discussion.

Sa fille arbora une moue dépitée, mais elle était trop intelligente pour insister davantage. Si sa mère ne croyait pas aux fessées, en revanche, elle pouvait très bien l'envoyer au coin, ce qui pour elle était un calvaire, parce que cela signifiait rester assise sans bouger ni parler.

— Tu es méchante, murmura-t-elle toutefois.

— Oui, ma chérie. Un vrai monstre. Mange tes corn-flakes !

En effet, le révérend Walter G. Beaumont était bien le portrait craché de Morgan Freeman, comme Kendra le constata, une fois que Madison et elle se retrouvèrent assises sur un banc de l'église, à côté d'Opal. Le nouveau venu se tenait sur une chaise en retrait, à gauche du pupitre où le révérend Llyod Ahterton officiait pour la dernière fois.

Une belle cérémonie, même si Kendra n'en suivit pas la moitié… Même si elle ne s'était pas vraiment attendue à ce que Hutch participe à l'office, elle était la proie de sentiments contradictoires, à la fois soulagée et désappointée par son absence.

En revanche, Lloyd Ahterton semblait absolument ravi de prendre sa retraite.

Après le service, toute la congrégation se rassembla pour sa fête d'adieu dans la salle qui jouxtait l'église.

Opal n'était visiblement pas la seule à avoir préparé de bons petits plats — il y avait là de quoi nourrir la ville entière ! Lloyd remercia tous ceux qui lui avaient offert un cadeau et présenta son successeur avec enthousiasme, proclamant que c'était un honneur d'avoir un tel lettré dans leur assemblée.

Kendra remarqua avec beaucoup de tendresse qu'Opal ne quittait pas des yeux le nouveau révérend. Et elle la comprenait ! L'homme, grand, mince et souriant, était élégamment vêtu d'un costume sombre sur mesure, et il avait une belle voix, profonde et grave.

A l'évidence, il n'avait rien d'un fanatique religieux, Dieu soit loué ! Pourtant, tout comme Hutch, la veille au soir, elle se demanda ce qui avait pu attirer un homme aussi cultivé et sophistiqué dans une petite commune rurale comme Parable.

Ce ne fut qu'à la fin de la fête que le pasteur Ahterton demanda à son successeur de prononcer quelques mots.

Manifestement, le nouveau révérend n'avait nul besoin de pupitre ou d'estrade pour captiver son auditoire. Tel un orage contenu, sa voix s'éleva, paisible mais puissante, et même autoritaire.

— C'est un honneur de rejoindre une si belle communauté dit-il, souriant et enveloppant l'assemblée d'un regard chaleureux. J'ai hâte de faire votre connaissance à tous, et de me remettre à la pêche, car j'ai entendu dire que l'on faisait de sacrées prises dans la région !

Une salve de rire secoua la foule, conquise. Normalement, après la messe, la majorité des paroissiens serait retournée au champ de foire faire des emplettes ou profiter des attractions, mais, retenus par leur affection pour Lloyd Ahterton et leur désir d'accueillir comme il se devait le nouvel arrivant, tous restèrent.

Kendra éprouva un élan d'affection pour tous ces gens, *sa* communauté. Elle les connaissait depuis son enfance. Ils étaient tous des travailleurs acharnés qui s'attachaient à mener une vie honnête, heureux de vivre dans un endroit comme Parable, où la pêche était fructueuse, et le 4 Juillet, le plus grand événement de l'année.

C'était son foyer, songea-t-elle, apaisée. Elle avait eu raison d'amener Madison ici. Parce que, quoi qu'il puisse arriver, leur place à toutes les deux était ici.

Il se faisait tard et les enfants commençaient à s'énerver. Avant d'assister à la messe, la plupart avaient suivi le catéchisme, et leur réserve de patience était épuisée. La foule commença donc à se disperser.

Une fois son tour arrivé, Kendra fit ses adieux à Lloyd et serra la main du révérend Beaumont, puis elle fit exécuter un demi-tour à une Madison surexcitée et se dirigea vers le parking.

Elles allèrent récupérer Daisy chez Tara, puis rentrèrent à la maison.

Là, Madison ôta ses habits du dimanche pour enfiler

un short, des baskets et un T-shirt, avant d'aller jouer dehors avec Daisy.

Kendra, qui n'avait pas quitté la robe bleue toute simple qu'elle portait à l'église, envoya valser ses chaussures à talons et alla s'asseoir sur les marches du perron pour les regarder. Mais très vite son esprit s'égara.

Elle espérait que Hutch passerait ou téléphonerait, tout en espérant qu'il… s'abstienne.

Elle avait besoin de temps pour prendre du recul et réfléchir à ce qui s'était passé dans la clairière, mais brûlait du désir de le voir.

La sonnerie du téléphone interrompit sa méditation. Le cœur battant, elle courut chercher son portable et lança :

— Kendra Shepherd, à l'appareil.

— Bonjour, Kendra Shepherd, répondit gaiement une voix féminine vaguement familière. C'est Casey Elder. Walker Parrish m'a donné votre numéro.

— Oh ! Oui, bonjour, madame Elder, répondit-elle, à la fois intimidée et éblouie de parler à son idole.

— Appelez-moi « Casey », je vous appellerai « Kendra », qu'est-ce que vous en dites ?

— D'accord, répondit-elle, conquise d'emblée par cette femme qu'elle n'avait jamais vue. Walker m'a dit que vous songiez à vous installer à Parable.

— En effet. A l'entendre, votre ville est un endroit formidable, confirma Casey, qui semblait rayonner d'énergie.

Ce qui était d'autant plus impressionnant qu'en tournée avec son orchestre, elle avait dû se produire la veille sur scène.

— Je confirme, répondit Kendra. C'est un endroit formidable.

— J'aimerais venir jeter un coup d'œil. Est-ce que mardi vous conviendrait ?

— Bien sûr.

Elles convinrent de se retrouver à l'agence à 10 h 30, le mardi matin, et prirent congé.

Kendra, le portable toujours à la main, ressortit sur le perron, le sourire aux lèvres. Madison et Daisy étaient toutes les deux allongées sur le dos dans l'herbe, et le chiot avait les quatre pattes en l'air à demi fléchies.

— Nous revoyons le feu d'artifice, expliqua Madison.

— Oh. Très bien

— Daisy n'y était pas, mais je lui ai tout raconté.

A l'instant où elle reprenait sa place sur les marches du perron, son téléphone sonna de nouveau.

« Faites que ce soit Hutch. »

« Faites que ce ne soit pas Hutch. »

— Allô, c'est moi ! lança Joslyn.

— Salut.

— Comment s'est passé ton fameux rencard ?

Kendra se mordilla la lèvre en cherchant comment formuler sa réponse. Elle aurait bien voulu rétorquer que la sortie n'avait rien d'un *rencard*, mais cela aurait été du déni pur et simple. Après tout, elle avait fait l'amour avec Hutch dans la montagne, non ?

— Très bien, répondit-elle.

— Très bien ? C'est tout ? Je parie que tu me caches le plus croustillant.

— Et je ne t'en dirai pas plus. Du moins, pas au téléphone.

— Si c'est comme ça, viens avec Madison à la maison, vous resterez dîner. Shea et Trace distrairont ta fille, pendant que tu me diras *tout*.

— Je ne crois pas être encore prête à le faire.

— Il s'est donc passé quelque chose ! s'exclama Joslyn.

— Oui, et je suis persuadée que je vais m'en mordre les doigts.

— N'en sois pas si sûre. Alors, vous venez dîner ?

— Pas ce soir. Hier, Madison a eu une longue journée. Elle a besoin de repos.

— Je comprends. Toujours d'accord pour être la marraine de Trace ? Slade et moi voudrions organiser le baptême dimanche prochain, après l'office. Si le nouveau pasteur est d'accord, bien sûr.

— Evidemment. J'en serai très honorée.

— Slade va demander à Hutch d'être le parrain, précisa Joslyn après quelque hésitation. Ça te pose problème ?

— Même si c'était le cas, je n'aurais pas mon mot à dire.

— C'est vrai. Dis-moi, je dois venir en ville, demain. Je pourrais passer à l'agence. J'emmènerai Trace, bien sûr.

— Bien sûr.

— Tu n'arrêtes pas de botter en touche, ce n'est pas sympa ! Kendra, tu ne comprends donc pas que je meurs d'envie d'en savoir plus ?

— Alors, mets ton mouchoir sur ta curiosité. Parce qu'il n'est pas question que je te raconte quoi que ce soit au téléphone.

— D'accord, très bien, répondit Joslyn dans un soupir théâtral. Je vais donc devoir attendre jusqu'à demain, si j'ai bien compris.

— Tu as bien compris. A demain !

S'il n'était pas question de confier à sa meilleure amie les détails intimes de sa vie, Kendra était tout de même pressée de lui raconter ce qui s'était passé dans la clairière. Joslyn était tolérante, pondérée et totalement digne de confiance. Discuter avec elle de l'événement semblait une bonne idée.

Peut-être que cela l'aiderait à mettre le problème en perspective. Car problème il y avait. Les hommes avaient avec le sexe une attitude bien différente des femmes ; après *une partie de jambes en l'air*, ils ne se sentaient pas obligatoirement impliqués.

Pourtant, hier soir, après leur étourdissant baiser dans la cuisine, Hutch n'avait-il pas prétendu qu'avoir fait l'amour avec elle avait changé beaucoup de choses ?

Le temps apportera la réponse, songea-t-elle en contemplant sa fille et Daisy faire les folles.

18

« Laisse un peu d'espace à cette femme », songea Hutch, alors qu'il étrillait ses chevaux dans l'écurie par ce radieux après-midi de dimanche.

En dépit de ce sage conseil, il était sur des charbons ardents, obsédé par une idée fixe : foncer en ville retrouver Kendra… Mais pour quoi faire ?

Lui parler ? Lui refaire l'amour ?

Il la connaissait de longue date et son instinct l'avertissait qu'elle risquait de l'envoyer promener s'il se montrait trop pressé, trop empressé.

Non, il allait contenir son impatience et y aller en douceur. Il avait perdu Kendra une fois et cela ne devait plus se reproduire.

S'il était certain d'une chose, c'était qu'il l'aimait.

Il était arrivé au bout de sa tâche. A quoi allait-il bien pouvoir s'occuper les mains afin d'épuiser son énergie jusqu'au soir ? C'est alors qu'il entendit un véhicule s'arrêter devant l'écurie. Lévitique, pitoyable chien de garde, poussa un jappement peu convaincu.

C'était probablement Opal, de retour de l'église, songea-t-il en se dirigeant vers la sortie, le sourire aux lèvres. Ce matin, la gouvernante avait beau s'être toute pomponnée avant de partir, elle avait nié mordicus vouloir en mettre plein la vue au nouveau pasteur.

Mais ce fut Boone qu'il vit descendre de sa voiture de patrouille. Ses deux fils se bousculèrent pour sortir de l'arrière grillagé de la cabine et le saluèrent avec de grands sourires.

Hutch s'avança vers eux en souriant et leur ébouriffa les cheveux d'un geste tendre. Les deux garçons étaient sur leur trente et un, ce qui l'attrista un peu, car c'était probablement leur tenue de voyage.

— Ils veulent te dire au revoir avant de reprendre le car pour Missoula, annonça Boone sur un ton aussi terne que sa mine.

Il était pâle, mal rasé et il lui semblait qu'il portait les mêmes vêtements que la veille, au rodéo.

— Nous ne voulons pas partir mais papa dit qu'il le faut, expliqua tristement Griffin, l'aîné.

— C'est oncle Bob notre papa, protesta Fletcher.

Hutch lança un regard en coin à Boone, qui semblait avoir reçu un direct à l'estomac, s'attendant à ce qu'il corrige les paroles de son fils. Mais Boone n'ouvrit pas la bouche.

— Bien, j'espère que vous reviendrez nous voir bientôt, les garçons, dit Hutch.

Griffin leva sur lui un regard assombri par la colère et le chagrin, semblant l'implorer d'intervenir pour changer la donne, ramener son père à la raison, lui faire comprendre la gravité de son refus, de son rejet.

Hutch sentit ses yeux le picoter. Il détestait son sentiment d'impuissance, mais qu'y faire ? Que les gamins partent ou restent n'était pas de son ressort. C'était à Boone d'en décider. Lui n'avait pas le droit d'intervenir — du moins pas devant les garçons.

En revanche, à la première occasion il ne se gênerait pas pour dire à son copain ce qu'il en pensait en privé.

— Il vaut mieux y aller, lança Boone, après avoir consulté sa montre. Nous n'avons pas envie de rater le car.

— Si, on en a envie, répliqua Griffin. Papa, on veut rester avec toi.

— C'est *pas* vrai ! s'exclama Fletcher, la lèvre tremblotante et les yeux étincelants.

Boone soupira et croisa les yeux de Hutch. « Aide-moi, je t'en prie », disait son regard, aussi clairement que s'il s'était exprimé à haute voix.

— Tu connais mon opinion, répondit prudemment Hutch.

Tremblant de tous ses membres, Fletcher semblait prêt à taper son père. A l'évidence, il avait encore des choses à dire.

— D'abord, tu ne veux pas de nous de toute façon ! s'écria-t-il. Il te tarde qu'on débarrasse le plancher !

Boone, qui avait blêmi, avala péniblement sa salive avant de répondre :

— Fletcher, nous avons déjà eu cette discussion. Montez tous les deux dans la voiture.

Griffin, résigné, baissa les yeux et prit la main de son petit frère qu'il tira vers la voiture de patrouille.

— Bon sang, Boone, ce n'est pas bien, grommela Hutch, dès que les gamins furent à l'intérieur, portières fermées. Les renvoyer comme ça équivaut à dire à Fletcher qu'il a raison, que tu ne veux pas d'eux.

Boone le fusilla du regard, puis il le considéra longuement en silence avant de hocher la tête et de regagner sa voiture, sans un mot.

Hutch le regarda s'éloigner, à la fois triste et en colère. Il aurait voulu secouer son ami pour le ramener à la raison. Mais que savait-il de son chagrin ?

Il rentra dans la maison, erra sans but de pièce en pièce, trop agité pour faire quelque chose de constructif.

Une fois qu'il eut évacué une partie du malaise provoqué par le passage de Boone, il prit une douche rapide, enfila des vêtements propres et prit la direction du centre-ville.

Malgré son intention de garder ses distances avec Kendra, il aurait voulu foncer droit chez elle pour lui avouer qu'il l'aimait toujours — qu'il n'avait, en fait, jamais *cessé* de l'aimer — et que, si elle voulait bien de lui, il était prêt à l'épouser.

Malheureusement, il connaissait d'avance sa réponse :

que, dans la clairière, ils s'étaient juste *laissés emporter*, que lui-même, encore sous le coup de sa rupture avec Brylee, n'était pas en position de s'engager sur le long terme.

Pourtant elle l'aimait, il en était sûr, car son corps lui avait confié des choses qu'elle ne lui aurait jamais avouées, même si elle l'avait voulu. Mais ce n'était pas pour cela qu'elle lui faisait confiance. Or, sans confiance, l'amour, même passionné, ne pouvait suffire.

Il devait donc ronger son frein. Attendre son heure.

Et ce serait certainement la pire épreuve de sa vie.

Quand il arriva en vue du champ de foire, la fête foraine fermait ses portes. L'arène de rodéo était plongée dans le noir et les vendeurs à l'extérieur du hall d'exposition remballaient leurs invendus.

Ce spectacle accentua son sentiment de solitude, comme si un petit monde féerique s'était entrouvert devant lui et qu'il se refermait en le laissant à la porte.

Pour se changer les idées, il serait volontiers allé boire une bière à la Boot Scoot Tavern et faire une ou deux parties de billard, mais le bar était fermé le dimanche. Tout comme le Butter Biscuit Café qui tirait le rideau et éteignait ses lumières, une fois terminé le coup de feu d'après l'office.

Il repensa à Boone et la désastreuse situation dans laquelle s'était fourré son ami en éloignant ses enfants, après la mort de Corrie, par peur d'être incapable d'élever correctement ses deux fils.

Il ne lui fallut pas longtemps pour sauter des angoisses de Boone aux siennes propres, parmi lesquelles figurait en bonne place l'engagement. L'idée que, s'il se mariait et que les choses tournaient mal, il puisse perdre la moitié de son ranch dans le règlement du divorce lui donnait des sueurs froides. Whisper Creek faisait partie de lui, ne plus en posséder l'intégralité serait comme être amputé d'une part de lui-même.

La seconde chose qui le terrorisait, c'était le château d'eau.

Il roula donc jusqu'à la tour, se gara dans les hautes herbes et observa l'édifice dans la lumière du crépuscule. Comme d'habitude, l'échelle se balançait en grinçant sur le côté, mais il y avait autre chose…

Perchée tout en haut, sur la passerelle, Shea, la belle-fille de Slade, lui fit signe. Elle semblait toute seule. Un rapide examen des alentours lui confirma qu'en effet, elle avait décidé d'effectuer ce rite de passage en solitaire.

— Salut, Hutch, cria-t-elle d'une voix chevrotante.

— Shea, qu'est-ce que tu fabriques là-haut ? demanda-t-il sévèrement.

— Je ne sais pas trop. Tu ne le diras pas à papa et Joslyn, hein ?

— Non, c'est juré, mais redescends, bon sang !

— Je voudrais bien, mais j'ai trop peur.

Malgré la distance, il voyait qu'elle était livide et qu'elle pleurait. Soudain, il sentit sa chemise s'imprégner de sueur et ses tripes se nouer.

— Voyons, Shea, tu as su monter, non ? répliqua-t-il, radouci. Tu dois pouvoir redescendre.

— Grimper ne fait pas peur, mais descendre c'est une *autre* histoire.

Hutch avait beau savoir ce qu'il avait à faire, ce n'était pas pour autant que l'idée lui plaisait. Jurant tout bas, il s'approcha de l'échelle et examina les barreaux. Tous étaient vieux, certains manquaient, d'autres tenaient par une simple vis rouillée. Il garda les yeux rivés en l'air, sachant que s'il regardait de côté, même les deux pieds à plat sur le sol, il aurait l'impression de tourbillonner sur une attraction foraine lancée à pleine vitesse.

— D'accord, accroche-toi ! cria-t-il d'une voix aussi lointaine que s'il se trouvait dans le comté voisin. Je vais monter te chercher et on redescendra ensemble.

— Me… merci.

Toute terreur mise à part, l'entreprise semblait absurde.

Si Shea pesait à peine cinquante kilos, lui frisait les quatre-vingt-dix. Imaginer que cette échelle branlante pourrait supporter leurs deux poids réunis était pure folie.

Mais un jour, il s'était retrouvé dans la même position que Shea et savait que, pétrifiée par la peur, elle avait besoin d'une présence à ses côtés pour la rassurer et la persuader de redescendre.

Comme Slade l'avait fait pour lui.

Après avoir fermé les yeux un moment, il inspira à fond et commença à escalader l'échelle en gardant le regard rivé sur le visage de Shea, qui penchée au bord de la fragile passerelle l'observait, les yeux baignés de larmes.

— Du calme, détends-toi, ma chérie, lança-t-il, autant à son intention qu'à celle de l'adolescente. Tu seras sur la terre ferme avant d'avoir dit « ouf ».

Sa remarque fit naître sur les lèvres crispées de l'adolescente un petit sourire. Dès qu'il avait empoigné les montants de l'échelle, ses paumes étaient devenues moites et son estomac était remonté dans sa gorge comme s'il voulait se frayer un chemin vers l'extérieur.

« Un échelon après l'autre, surtout ne baisse pas les yeux », s'ordonna-t-il en continuant à grimper.

— Tu ne diras rien à papa, répéta Shea.

— Non, je ne lui dirai rien, c'est *toi* qui t'en chargeras.

— Il me tuera.

« Et cela vaudrait mieux qu'une chute de quinze mètres », songea Hutch avec une ironie amère, avant de répliquer :

— Si j'étais toi, je m'inquiéterais de ça plus tard.

Il était presque arrivé au sommet, ce qui lui procurait un sentiment de triomphe légèrement étourdissant.

— Et maintenant, on fait quoi ? s'enquit l'adolescente.

Bonne question !

— Tourne-toi et pose un pied sur l'échelle, répondit-il, après avoir réfléchi. Je suis juste en dessous de toi.

« Parce que tu crois pouvoir la rattraper si elle tombe, pauvre idiot ? »

Les conseils que Slade lui avait lancés le jour où il s'était retrouvé dans la même position fâcheuse que Shea revinrent à son esprit.

— Tu peux le faire, dit-il fermement. Ne réfléchis pas. Il suffit de mettre un pied derrière l'autre et, avant que tu t'en sois rendu compte, nous nous retrouverons en bas.

Après une seconde d'hésitation, Shea enjamba le bord de la plate-forme, posa un pied sur un barreau et appuya dessus pour tester sa solidité.

— Doucement, du calme, voilà, c'est bien, l'encouragea Hutch.

L'adolescente était sur l'échelle. Cependant, elle resta tétanisée, les mains crispées sur les montants, comme si elle n'allait plus bouger de là.

— J'ai tellement peur, gémit-elle.

— Tout va bien. Descends simplement d'un cran. Allez, Shea. Juste un cran de plus.

Lui-même descendit quelques échelons pour lui laisser du champ.

Soudain, un barreau céda sous son pied. Il manqua tomber et sentit des échardes métalliques se planter dans ses paumes et dans ses doigts. Mais il réussit à se rétablir et à retrouver un appui.

— Avant de te poser sur un barreau, teste-le et vérifie qu'il tiendra le coup, conseilla-t-il calmement, alors que les gouttes de sueur dégoulinaient de son front, lui brûlant les yeux comme un acide. Voilà. Parfait. Tu t'en tires à merveille.

La descente lui parut interminable. D'autres barreaux se brisèrent en chemin, aussi bien sous les pieds de Shea que sous les siens, mais ils finirent par arriver à bon port.

De nouveau sur le plancher des vaches, il tituba, éprouvant une étrange envie de baiser la terre ferme.

— Sans toi, je ne sais pas ce qui me serait arrivé, murmura Shea, éperdue, en se jetant à son cou.

Il la serra sur son cœur, puis se recula et la prit par les épaules pour fixer son visage blême, barbouillé de larmes.

— Tu serais redescendue toute seule, affirma-t-il, même s'il en doutait fort. Tu te sens bien ?

Elle hocha la tête et resserra les bras sur sa poitrine en frissonnant, malgré la douceur de la soirée.

— Merci, murmura-t-elle. Merci d'être venu et de t'être porté à mon secours.

— Je te ramène chez toi.

— Papa et Joslyn sont allés dîner chez mamie avec Trace, expliqua-t-elle.

— Alors, on va aller chez Callie.

— Je dois vraiment leur dire ce que j'ai fait ?

— Oui, répondit-il en lui ouvrant la portière côté passager de son camion.

— Pourquoi ?

— Parce que tu l'as fait, répliqua-t-il en grimpant au volant. Autrement, ce serait un secret et je ne peux pas m'en rendre complice. Malgré nos divergences d'opinions, ton père est mon frère, il t'aime, et il a le droit de savoir ce que tu fabriques. Mais qu'est-ce qui t'est passé par la tête ? demanda-t-il, alors qu'ils s'éloignaient en cahotant sur le chemin de terre. Qu'est-ce qui t'a pris de grimper là-haut ?

Questions toutes rhétoriques simplement destinées à entretenir la conversation. Accomplir cet exploit n'obéissait à aucune raison rationnelle, et pourtant, année après année, génération après génération, des gamins se lançaient dans l'aventure.

— Si je suis montée sur le château d'eau, c'est parce que je ne voulais plus en avoir peur, répondit-elle.

— J'espère que tu n'as pas l'intention de remettre ça, répliqua-t-il en réprimant une grimace amusée.

Du diable si la gamine n'avait pas raison ! Soudain, sa peur à lui s'était envolée.

— Oh non ! Une fois c'est bien suffisant ! s'exclama-t-elle, horrifiée.

— En effet, plus que suffisant.

Dès que, quelques minutes plus tard, ils se garèrent

sur le parking du salon de coiffure de Callie, Slade surgit du mobil-home où vivait sa mère.

— Vas-y Shea, dis-lui, ordonna Hutch en voyant son frère, le visage anxieux, se diriger vers eux.

Après avoir poussé un soupir théâtral, Shea ouvrit la portière et descendit. Il attendit quelques secondes avant de descendre à son tour.

— Papa, j'ai escaladé la tour. Mais j'ai eu la trouille et je suis restée bloquée en haut. C'est Hutch qui est venu me récupérer. Est-ce que je vais être punie pour ça ?

— Sans aucun doute, répondit Slade en pointant le pouce en arrière pour lui signifier de rentrer dans le mobil-home. Je te suis très reconnaissant, Hutch, ajouta-t-il, dès que tous deux se retrouvèrent seuls sur le parking.

Plus que tout autre, il savait le calvaire que Hutch avait enduré en escaladant cette satanée échelle. Qu'il aurait préféré chevaucher le propre taureau du démon, plutôt que d'accomplir cette épreuve.

Ils échangèrent une poignée de main, qui rappela désagréablement à Hutch les échardes qu'il allait devoir extraire de ses paumes à son retour chez lui.

— A plus tard, lança-t-il en retournant vers son camion.

— Attends. J'ai quelque chose à te demander.

— Je t'écoute.

— Joslyn et moi… Eh bien, nous aimerions que tu sois le parrain de Trace, si tu veux bien. La cérémonie a lieu dimanche prochain, à la fin du service.

— C'est d'accord, répondit-il d'une voix rauque en s'efforçant de ne rien laisser paraître de son émotion. Mais tu connais mes rapports difficiles avec les églises. Un éclair pourrait s'abattre ou le toit s'effondrer.

— Si j'étais toi, je tenterais le coup tout de même, répliqua Slade en riant.

— J'y serai, mais tu dois me donner l'heure et me jurer que je ne serai pas obligé d'enfiler un smoking.

— Rassure-toi, tu peux t'habiller normalement. Merci encore d'avoir sorti Shea de ce mauvais pas.

Hutch, qui ne portait pas son chapeau, fit le geste d'en tapoter le bord imaginaire, avant de répondre :

— Je me suis souvenu qu'autrefois, quelqu'un avait fait la même chose pour moi.

Et il remonta dans son pick-up avec la sensation d'être un autre homme.

Le lundi matin, Kendra s'était réveillée les idées un peu plus claires. Il faut dire que la veille, elle avait discuté du problème Hutch avec Joslyn, et que leur échange l'avait aidée à mettre les choses en perspective. De plus, son rendez-vous avec Casey Elder la mettait en joie.

Comme prévu, à 10 h 25 tapantes, une puissante voiture de sport s'arrêta devant l'agence, et une petite femme en jean, affublée d'un T-shirt démesuré, d'une casquette de base-ball et de lunettes de soleil en descendit. Elle attendit que Walker Parrish gare son pick-up quelques mètres plus loin.

Une fois arrivé à sa hauteur, le rancher posa un baiser fraternel sur sa joue, avant de lui ouvrir la porte de l'agence.

Des friselis de la légendaire tignasse rousse de Casey Elder s'échappaient de la casquette et un petit sourire espiègle flottait sur ses lèvres quand elle entra.

A l'évidence, la star était ravie de son déguisement.

Kendra préféra donc garder pour elle la première réflexion qui lui était venue à l'esprit : « Je vous aurais reconnue n'importe où. »

Comme s'il lisait dans ses pensées, Walker lui adressa un clin d'œil discret.

Kendra qui se souvenait de ce qu'il lui avait avoué — que les deux enfants de Casey étaient aussi les siens — sentit sa curiosité augmenter d'un cran. Mais comme il était hors de question de les interroger sur leur vie privée, elle s'approcha, la main tendue.

— Bonjour, je suis Kendra Shepherd.

— Moi, c'est Casey, ravie de vous connaître, répondit la chanteuse avec un accent du Sud à couper au couteau et une poignée de main énergique pour une femme aussi frêle.

— Elle s'imagine qu'elle va abuser tout le monde et passer inaperçue, ironisa Walker. C'est sa conception de l'incognito.

Casey ôta ses lunettes, révélant d'impressionnants yeux verts aux cils interminables et lui fit la grimace.

— On a bien le droit de s'amuser, non ? rétorqua-t-elle sur un ton léger. Il me tarde de voir la maison. Depuis que Walker m'a envoyé les photos, je suis sur des charbons ardents.

— Votre curiosité sera vite satisfaite. Nous allons prendre ma voiture, annonça Kendra en s'emparant de ses clés.

Ce matin, avant de déposer Madison au jardin d'enfants, elle avait nettoyé à fond l'intérieur de son véhicule, puis avait installé Daisy sur une couverture pour le trajet. Elle pouvait donc sans honte inviter quelqu'un dans sa voiture. De plus, pour ne pas attirer l'attention des curieux, elle s'était garée à l'arrière du bâtiment.

Tous trois sortirent donc par la porte de service. Daisy, désolée d'être oubliée, se mit à gémir comme une malheureuse.

— Oh ! Laissez-la donc venir avec nous, implora Casey.

— Elle perd ses poils.

— Aucune importance.

Déjà conquise par la simplicité et la décontraction de Casey Elder, Kendra emmena donc Daisy avec eux. A l'évidence, si la chanteuse choisissait de s'installer à Parable, elle s'y intégrerait parfaitement.

Kendra emprunta des rues transversales, ce qui n'empêcha pas les passants de les dévisager avec curiosité.

Néanmoins, ils atteignirent sans incident le manoir où, puisque les travaux de réfection étaient terminés, ils ne risquaient pas de croiser un peintre ou un membre de l'équipe de nettoyage.

— Eh ben, dis donc, quelle bâtisse ! s'exclama Casey avec son accent traînant.

— Tu vas être sage, murmura Kendra à Daisy, qui frétillait à ses pieds, en déverrouillant la porte principale.

Une fois entrés dans l'imposant vestibule, elle les guida à travers les pièces de réception, puis, sentant que Walker et Casey avaient envie d'explorer les lieux seuls tous les deux, elle leur proposa de les attendre avec Daisy dans le jardin.

Ravie, Casey la remercia, puis Walker et elle commencèrent leur visite non guidée.

Kendra emmena Daisy dans le jardin et la laissa s'ébattre en liberté pendant qu'elle examinait les massifs. Les jardiniers qu'elle avait engagés avaient bien travaillé ; ils avaient désherbé, taillé, arrosé. Puis elle alla ouvrir la maison d'amis, au cas où Casey aurait eu envie de la visiter.

Après avoir ramassé un bouquet de zinnias, elle se planta au milieu de la pelouse et regarda autour d'elle, s'attendant à éprouver de la tristesse ou au moins un accès de nostalgie à l'idée d'abandonner le manoir. N'avait-il pas représenté pendant un temps la maison de ses rêves ? Elle avait adoré cette demeure et s'était enorgueillie d'y vivre. Elle y avait une foule de souvenirs heureux, datant aussi bien d'avant qu'après sa rupture avec Jeffrey. Enfant, elle avait joué sur cette pelouse et cette maison était devenue son refuge. Plus tard, Joslyn s'était installée provisoirement dans le cottage — c'était d'ailleurs là qu'elle était tombée folle amoureuse de Slade Barlow. A la même époque, c'était dans ce jardin qu'elle avait organisé une somptueuse garden-party afin de souhaiter la bienvenue à Tara, qui venait d'acheter son élevage de poulets.

Et pourtant, la tristesse attendue ne venait pas.

Alors qu'elle se tenait là, son bouquet à la main, elle

eut la soudaine conviction que Casey allait acheter le manoir, s'y bâtir un foyer et y élever ses enfants.

Et que cela était une belle et bonne chose.

En réalité, elle n'avait jamais été propriétaire des lieux, c'était Jeffrey qui avait acheté cette demeure, qui l'avait meublée, entretenue, et ce, même après leur divorce. A présent, le manoir allait changer de mains et, comme de juste, l'argent de la vente irait alimenter le fonds destiné à Madison.

Sa vie avait été bien agitée, ces derniers temps, et elle avait pleuré plus que son compte, mais tout ce qu'elle ressentait à cet instant, c'était un immense sentiment de paix à l'idée de tous les changements qui s'étaient produits dans sa vie, depuis la première fois où, petite fille perdue, aspirant de toute son âme à être acceptée, désirée, choyée, elle avait vu cette maison.

Et Dieu sait qu'elle y avait été choyée ! Par Opal et Joslyn d'abord, et aussi par Dana, la mère toujours joyeuse de Joslyn, une femme qui avait le cœur sur la main.

Mais aujourd'hui, elle n'était plus la petite fille délaissée et rejetée d'autrefois. Elle était une adulte en pleine possession de ses moyens, avec une fille à aimer et à éduquer au mieux. Elle aimait sa vie, son travail, elle aimait celle qu'elle était devenue et elle savait qu'elle serait heureuse — avec ou sans Hutch Carmody. Simplement parce qu'elle avait décidé de l'être.

Il était temps de laisser ses doutes et ses peurs derrière elle. De tourner la page pour pouvoir avancer et accueillir le meilleur à bras ouverts, tout en sachant qu'elle pourrait s'arranger du pire.

Au bout d'une demi-heure environ, Casey et Walker la rejoignirent dans le jardin.

— Elle est parfaite, où dois-je signer ? lança Casey, radieuse.

Kendra, médusée, jeta un coup d'œil intrigué à Walker avant de reposer les yeux sur la chanteuse.

— Vous ne voulez pas réfléchir un peu ? demanda-t-elle,

n'ayant, de toute sa carrière, jamais reçu d'offre d'achat aussi rapide et spontanée.

— Certes pas ! répliqua Casey. Elle correspond exactement à ce que je recherche. Pourquoi attendre ? J'aime cette maison. Je la veux.

L'affaire était donc réglée.

Sans marchandage, ni inspection minutieuse des lieux, ni aucune réserve d'aucune sorte.

Dès leur retour à l'agence, Casey signa le contrat, rédigea un énorme chèque de garantie pour prouver sa bonne foi et annonça que plus tôt la transaction serait conclue, mieux ce serait, car elle désirait que ses enfants soient installés à Parable avant la rentrée scolaire.

Kendra promit de tout faire, dans la mesure de ses moyens, pour accélérer la procédure.

Dès que le couple fut parti, elle se mit à faire des bonds au milieu de l'agence en poussant des cris de joie qui provoquèrent la retraite de Daisy sous un bureau, d'où elle l'observa d'un air méfiant.

Pour l'heure, il était hors de question de travailler. D'autant plus qu'elle n'avait pas grand-chose à faire. Après avoir enfermé le monstrueux chèque de Casey dans le tiroir de son bureau, elle récupéra Daisy, ferma l'agence et regagna sa voiture.

Le bouquet de zinnias était posé sur le siège passager, ses couleurs vives rappelant le feu d'artifice explosant dans le ciel en gerbes multicolores avant de s'éparpiller en milliers d'étincelles.

Elle roula jusqu'au cimetière des pionniers, se gara, prit son bouquet et, après avoir laissé Daisy dans la voiture, vitres baissées, marcha entre les rangées de tombes jusqu'à la sépulture de sa grand-mère.

« Alva Shepherd », lisait-on sur la pierre nue, avec en dessous, les dates de naissance et de mort. Aucun mari n'était enterré là, aucun membre de sa famille.

Sa grand-mère avait été totalement seule dans sa vie.

La brise jouait dans les cheveux de Kendra quand

elle s'accroupit pour poser délicatement le bouquet sur la tombe poussiéreuse.

— Tu as fait de ton mieux, déclara-t-elle à voix basse. A ton âge, cela n'a pas dû être facile d'élever un enfant, avec le manque d'argent et les problèmes qui t'accablaient de tous côtés. Pourtant tu m'as gardée avec toi, même après la mort de maman. Et c'était l'essentiel. Tu m'as nourrie, habillée, hébergée, et je t'en suis reconnaissante, grand-mère. Très, très reconnaissante.

Elle se releva, les yeux secs et le cœur en paix.

Voilà ! La page était tournée. Elle allait cesser de se lamenter sur son passé, car la seule chose qui comptait, c'était le présent. Ce qu'elle faisait, pensait et ressentait *aujourd'hui*.

Elle dit adieu à sa grand-mère, à toutes les choses qui auraient dû ou n'auraient pas dû être. Ensuite, elle dit adieu à Jeffrey, et enfin au garçon instable et sauvage qu'était Hutch à l'époque où elle était tombée pour la première fois amoureuse de lui.

Puis elle salua l'homme qu'il était devenu.

Elle n'était pas pressée. Les choses finiraient bien par arriver. Elle était prête à patienter.

Ce matin-là, après avoir distribué leurs tâches journalières à ses employés, Hutch sella Remington et grimpa seul dans la montagne.

Arrivé dans la clairière, il sauta de selle, laissa son cheval paître et marcha vers l'entassement de pierres. Passant à l'endroit où Kendra et lui avaient fait l'amour, le samedi précédent, il sourit.

Faire l'amour avec Kendra avait été merveilleux. D'une part, parce que c'était dans l'ordre des choses, d'autre part parce que, de son point de vue, ils avaient bien trop attendu.

Il rejoignit le monument érigé par sa rage et sa frustration, monta dessus, souleva la plus grosse pierre et la jeta sur le sol.

— C'est fini, vieil homme, déclara-t-il, même si seuls les oiseaux, le vent et son cheval préféré pouvaient l'entendre. J'en ai ma claque de te haïr pour ne pas avoir été le père dont j'avais besoin. Tu n'y pouvais rien, tu étais tel que tu étais. Mais moi, je n'ai pas honte de dire que je souhaite devenir un homme d'une autre trempe. Si Kendra est d'accord, j'ai l'intention d'en faire ma femme, de l'aimer jusqu'à ma mort, et peut-être même après, et d'aimer sa petite fille comme si elle était mienne.

Il commençait à se sentir ridicule de s'adresser à un mort, mais qu'importe ! Puisqu'il avait enfin réussi à exprimer ce qu'il avait sur le cœur.

Une à une, il dispersa les pierres aux alentours et se laissa tomber à genoux sur le sol, en sueur, l'esprit léger, et libre, extraordinairement libre.

19

Hutch ne revit Kendra qu'à l'église, le jour du baptême du petit Trace. Vêtu d'une chemise blanche et d'un pantalon noir, il portait, enfoui au fond de la poche de sa veste, un secret qu'il réservait pour plus tard.

La plupart des membres de la congrégation étaient restés après le service pour assister à la cérémonie et, mal à l'aise, il jetait de temps en temps un regard au plafond en priant pour qu'il tienne.

Le nouveau pasteur, le révérend Beaumont, débuta l'office par une prière.

Comme tout le monde, Hutch baissa la tête, mais lorgna en douce Kendra, debout à côté de lui. Le tissu fluide de sa robe verte semblait particulièrement doux au toucher…

A la fin de la prière, la jeune femme rouvrit les yeux et, surprenant son regard posé sur elle, esquissa un sourire.

Le révérend Beaumont prit délicatement le bébé des bras de sa mère et, le tenant avec précaution, l'aspergea d'eau bénite pour le baptiser au nom du Père, du Fils et du Saint-Esprit.

Ensuite, toute l'assemblée répéta les promesses du baptême.

Enfin, après une dernière prière, Slade prit son fils dans les bras, avec tant de fierté qu'il semblait sur le point d'exploser. Sa ressemblance avec le vieux John Carmody était plus forte que jamais, sauf que ses yeux à lui brillaient d'une tranquille confiance. C'était cela, la différence, se dit Hutch. Slade était en paix avec lui-même, heureux d'être Slade, et prenant la vie comme elle venait. Alors que pour leur père, la vie avait été une bataille de tous les jours, un combat sans merci où il s'agissait de vaincre ou de mourir.

La partie religieuse de la célébration étant terminée, la petite foule commença à se disperser. Bientôt allait débuter le pique-nique du baptême sur la pelouse du cimetière des pionniers.

Hutch, arrivé en avance sur les lieux, se retrouva, sans trop savoir comment, devant la tombe de son père.

Il n'avait plus de problème à résoudre. Il avait fait, une bonne fois pour toutes, la paix avec John Carmody quand il avait détruit pierre après pierre le monument de la clairière.

Maintenant, tout son contentieux, sa rancune et ses blessures s'étaient envolés, dispersés là-haut, comme les pierres, dans la montagne.

Néanmoins, il lui semblait juste de venir offrir en silence cette marque de respect à ce père, qu'en dépit de tout, il avait aimé et qui, il le savait, lui avait donné le maximum de ce qu'il pouvait donner.

Les gens commençaient à arriver. Après avoir déposé leur pique-nique sur les tables, les adultes, laissant les enfants jouer aux alentours, discutaient et riaient à l'ombre des arbres.

Du coin de l'œil, Hutch vit Slade se diriger vers lui. Son frère avait ôté sa veste et roulé ses manches de chemise. Arrivé à sa hauteur, il demanda d'une voix enrouée :

— Alors, tu vas bien ?

— Très bien, et toi ?

— Mieux que bien. J'ai tout ce qu'un homme peut désirer, et plus encore.

Hutch baissa les yeux sur la pierre tombale luxueuse qui portait le nom de leur père avec ses dates de naissance et de mort. Il était difficile de croire qu'une vie entière puisse se résumer à ces quelques mots et ces deux chiffres — fussent-ils symboliques. Et pourtant, c'était le cas.

John Carmody était né, avait vécu et était mort.

Mais, derrière ces dates gravées dans la pierre, se dissimulait toute une histoire, que son frère et lui ne connaîtraient jamais entièrement.

— Slade, il aurait dû te reconnaître plus tôt et te traiter mieux qu'il ne l'a fait.

Slade haussa les épaules.

— Il m'a donné la vie, peut-être qu'il ne pouvait pas faire mieux. Et puis, il savait que Callie serait à la hauteur. Une fête a lieu sous les arbres, là-bas, ajouta-t-il en posant la main sur son épaule. On t'attend.

Hutch leva la tête et sourit en voyant Madison courir vers lui dans sa robe à pois, les bras grands ouverts.

Il la souleva et la porta tout en regagnant le coin des festivités, tandis qu'elle lui racontait à quel point il lui avait manqué et à sa maman aussi, et qu'elle voulait remonter sur Ruffles pour pouvoir, quand elle serait plus grande, porter une belle bannière et concourir à l'épreuve de barrel racing.

Les voyant arriver, Kendra s'avança vers eux.

Madison, qui avait aperçu Shea, se tortilla dans les bras de Hutch pour qu'il la dépose à terre. Dès qu'elle eut touché le sol, elle s'élança vers l'adolescente en jetant à peine un regard à sa mère. Shea accueillit la fillette avec un grand sourire.

Hutch et Kendra se trouvaient à quelques pas l'un de l'autre, immobiles, se regardant comme si le premier qui bougeait aurait un gage.

Au bout d'un moment, estimant que cela faisait trop longtemps qu'il différait cette conversation, Hutch s'éclaircit la gorge, la rejoignit et lui prit les mains. Elle sentait la lavande et le soleil, et ses yeux étaient aussi verts que l'absinthe.

— Je t'aime, Kendra, dit-il d'une voix nouée par

l'émotion. Peut-être est-ce trop tôt pour le dire. Ou peut-être trop tard, je ne sais pas. Mais c'est la vérité.

Il plongea sa main dans sa poche et en sortit un petit écrin en velours qu'il ouvrit. A l'intérieur se trouvait la bague de fiançailles de sa grand-mère, une composition de diamants et de rubis à l'élégance épurée. Après enquête discrète de Joslyn pour connaître la taille de Kendra, il l'avait fait ajuster à ses dimensions, puis nettoyer et polir chez le bijoutier. A présent, le bijou resplendissait dans la lumière.

A la vue de la bague, Kendra écarquilla les yeux, mais ne dit pas un mot. Et Hutch vécut les instants les plus longs qu'il avait jamais connus. Kendra et lui avaient traversé bien des épreuves et, malgré sa conviction qu'elle l'aimait, comment être sûr qu'elle accepterait de s'engager avec lui pour la vie ?

— Tu me demandes de t'épouser ? murmura-t-elle enfin.

— Oui, si… si tu ressens la même chose que moi, bredouilla-t-il.

— Je t'aime depuis l'enfance, Hutch, et cela n'a jamais changé.

— Alors tu veux bien te marier avec moi ?

Kendra se jeta à son cou, puis le fixa droit dans les yeux.

— Je t'épouserai quand le moment sera venu pour tous les deux.

— Je suis prêt à le faire, *tout de suite*.

Elle éclata de rire.

— Nous avons d'abord certaines choses à régler, des décisions à prendre, dit-elle. En particulier, réfléchir à la question de Madison.

Il avait déjà réfléchi : il voulait adopter la fillette, l'élever comme une Carmody. Mais ce n'était ni le lieu ni l'heure pour en parler. Il avait déjà brûlé ses cartouches en faisant sa déclaration et en offrant la bague à Kendra — dans un cimetière, qui plus est, et sous les yeux d'une petite foule curieuse. Cette fois, pas question de tout gâcher !

Elle se recula et lui tendit la main gauche. Fou de joie

mais la gorge serrée par l'émotion, il sortit la bague de son écrin et la glissa à son doigt.

Puis il l'embrassa, sous les applaudissements et les sifflets d'une bonne moitié de la ville.

Un mois plus tard…

Opal, raide comme la justice, s'assit sur son banc favori — celui qui offrait la meilleure vue sur Walter Beaumont, le pasteur. Elle se l'était approprié le jour de son premier prêche et, depuis, le réquisitionnait chaque dimanche.

Aujourd'hui, par ce radieux après-midi d'août, Hutch Carmody se tenait devant l'autel, exactement à la même place qu'à son *presque mariage* avec Brylee, et Boone, de nouveau garçon d'honneur, était à ses côtés.

Une fois de plus, l'église était bondée et bruissait de murmures. Et, à moins qu'Opal n'ait perdu son flair, la plupart des gens présents se demandaient si l'histoire n'allait pas se répéter.

Elle s'installa confortablement et jeta un coup d'œil au petit Trace, bien installé dans son landau, à côté d'elle. Joslyn et Tara, les demoiselles d'honneur, étaient au fond de l'église, attendant le début de la cérémonie. Slade se trouvait lui aussi dans le fond, à côté de Kendra, car c'était lui qui devait la mener à l'autel. Si on ne voyait pas encore la future mariée, on distinguait un nuage de dentelles.

Opal vit le regard de Slade croiser celui de Joslyn, et il lui sembla que leurs deux âmes illuminaient leur visage, les nimbant dans la même aura diaprée.

Satisfaite, elle sourit et retourna son attention sur Hutch qui attendait près de l'autel avec le pasteur, qu'elle trouva éblouissant. Ça, on pouvait dire que le révérend Beaumont était bel homme, avec ses cheveux blancs et ses manières empreintes de dignité ! Mais c'était le grand jour de Hutch et de Kendra, et c'était sur eux qu'elle voulait se concentrer.

Tout en se carrant avec satisfaction sur son banc, elle s'adressa mentalement au Seigneur. « Nous avons fait du bon boulot, tous les deux. Bien sûr, il nous faut encore ramener Boone dans le droit chemin, et nous occuper de Tara. Mais nous pouvons au moins rayer Hutch et Kendra de notre liste, comme nous l'avons fait pour Slade et Joslyn. Mission accomplie ! »

Soudain, le révérend Beaumont croisa son regard et un petit sourire malicieux flotta sur ses lèvres. Qu'elle soit damnée s'il ne lui avait pas décoché un clin d'œil ! Là, au beau milieu de l'église, devant toute l'assemblée réunie, et les Saintes Ecritures à la main !

Avait-il vraiment fait une chose pareille ?

A présent, elle n'en était plus si sûre. Peut-être n'était-ce qu'un effet de son imagination.

Quoi qu'il en soit, l'idée lui fit chaud au cœur, même s'il était hors de question de lui rendre son clin d'œil.

D'abord, parce qu'elle savait se conduire. Ensuite, parce qu'elle n'était pas si pressée de mettre le grappin sur Walter Beaumont. Certes, elle l'aimait beaucoup et l'avait même accompagné une ou deux fois à la pêche — ils avaient tellement parlé et ri qu'ils avaient fait fuir toutes les truites. Et le dimanche suivant le baptême du petit Trace Barlow, à l'issue de la messe, ils étaient allés ensemble déguster un brunch au Butter Biscuit, où ils s'étaient attardés si longtemps qu'Essie avait presque dû les mettre dehors pour pouvoir fermer à 14 heures, comme elle le faisait toujours le dimanche.

Eh oui, les choses se présentaient au mieux sur le front de l'amour, et pas seulement pour Kendra et Hutch, mais pour Walter et elle aussi.

Tout ce qui lui restait à faire, c'était attendre avec confiance et laisser le Seigneur décider, vu que Lui seul savait ce qui était le mieux.

*
* *

Kendra souleva son voile et, les yeux brillant de larmes de joie, se pencha pour embrasser la joue de Madison, sa petite fille en fleur.

— Tu n'as pas peur, mon cœur ? murmura-t-elle, car, dès que l'organiste entamerait le prélude, Madison serait la première à remonter l'allée.

— Non, aujourd'hui, j'ai un papa ! répondit la fillette, très sérieuse dans sa robe de soie bleue au jupon bouffant.

Sa remarque souleva des rires attendris sur les bancs proches.

C'est le moment que choisit l'organiste pour plaquer les premiers accords retentissants. A ce signal, Madison s'engagea dans l'allée en jetant à la ronde des pétales de roses, exercice auquel elle s'exerçait depuis plusieurs semaines.

Attendris, les paroissiens murmurèrent en souriant sur son passage.

Dès qu'elle atteignit le chœur, elle se dirigea droit sur Hutch et le tira par la manche. Souriant, il se pencha vers elle, écouta ce qu'elle lui murmura à l'oreille, et lui désigna la place où elle était censée se tenir.

Le rythme du prélude s'accélérait. A son tour, Tara s'avança dans l'allée, parcourant le sentier de pétales de roses tracé par Madison, d'une suprême élégance dans sa robe jaune pâle, alors que Joslyn était en bleu, comme Madison. Kendra n'avait pas voulu imposer de diktat de coupe ou de couleur pour la tenue de ses amies.

Joslyn se retourna pour presser furtivement la main de la mariée puis, après avoir échangé un regard avec Slade, marcha d'un pas gracieux entre les deux rangées de bancs pour aller rejoindre Tara.

— C'est à nous, tu es prête ? murmura Slade en prenant le bras de Kendra.

— Oui, répondit-elle d'une voix assurée.

Mais elle inspira à fond et serra plus fort son bouquet de marguerites et de zinnias.

La Marche nuptiale retentit, mais avant qu'ils aient pu amorcer un pas, Hutch bondit de l'estrade et fonça sur eux.

Un chuchotement choqué s'éleva de l'assemblée tandis que les notes de musique se bousculaient, avant de sombrer dans le silence.

Le cœur battant la chamade, Kendra regarda Hutch approcher, le cœur gonflé d'amour. Il était si incroyablement beau dans ce smoking qu'il n'avait accepté de porter qu'avec réticence et uniquement pour l'occasion.

Arrivé à sa hauteur, il lui sourit en lui offrant son bras et lança à Slade :

— A partir d'ici, c'est moi qui m'en charge.

Slade se mit à rire et lui céda la place.

La congrégation entière laissa échapper un soupir de soulagement. La musique reprit, d'abord hésitante, mais bientôt un tonnerre joyeux de notes recommença à faire vibrer les murs de la petite église.

Bras dessus, bras dessous, Hutch et Kendra remontèrent vers l'autel et s'immobilisèrent ensemble devant le pasteur.

Tous deux avaient rédigé leurs vœux, mais sans se les communiquer. Kendra, bouleversée par la joie et l'amour qu'elle éprouvait pour Hutch, craignit soudain de ne pas retrouver son texte, pourtant préparé et répété avec soin.

Elle allait devoir improviser. Eh bien, tant pis !

Hutch fut le premier à parler. Il se tourna vers elle, lui prit les mains et la fixa en proclamant d'une voix rauque mais puissante :

— Parfois, qu'il le mérite ou pas, un homme a la chance de se voir offrir une seconde chance. C'est ce qui m'est arrivé. Kendra. Je t'aime, je t'ai toujours aimée et je t'aimerai toujours. Je promets de t'être fidèle, de t'écouter, de te protéger, de te fournir tout ce dont tu auras besoin et…

— Et d'être mon papa ! claironna Madison, radieuse.

Sa déclaration spontanée provoqua une nouvelle vague de rires et quelques applaudissements.

Hutch baissa les yeux sur la fillette et sourit.

— Et d'être ton papa, confirma-t-il haut et fort. Madison, as-tu autre chose à ajouter ou pouvons-nous continuer ?

Madison réfléchit un instant.

— Non, c'est tout ! répondit-elle en secouant la tête, ce qui fit de nouveau rire toute l'assemblée.

Hutch se tourna vers Kendra et finit de lui jurer fidélité.

C'était son tour. Elle inspira à fond, leva sur lui un regard débordant d'amour et déclara sans le lâcher une seconde des yeux :

— Hutch Carmody, je t'aime. A partir d'aujourd'hui, je serai ton amie et ta partenaire, tout autant que ta femme, dans les bons comme dans les mauvais jours. Je serai la meilleure mère possible pour Madison et tous les enfants que j'espère avoir avec toi. Je promets de te faire confiance et, en retour, d'être digne de la tienne.

Quand elle eut terminé, durant le court silence qui suivit, ils se contentèrent de se regarder, échangeant d'autres vœux, en silence cette fois. Des promesses plus intimes et qui allaient bien au-delà des mots.

Ensuite, le révérend Beaumont leur posa les questions rituelles, auxquelles ils répondirent « oui », puis bénit l'échange des alliances.

Enfin, d'une voix forte et joyeuse, il les proclama mari et femme.

— Vous pouvez embrasser la mariée, ajouta-t-il, comme pour corriger un oubli, car Hutch avait déjà soulevé le voile de Kendra pour poser un baiser sur ses lèvres.

L'orgue se déchaîna, tandis que l'assemblée se levait comme un seul homme pour les acclamer et les applaudir.

Madison laissa tomber son panier et se glissa entre sa mère et Hutch, puis tous trois se prirent par la main pour quitter l'église.

*
* *

La réception, qui avait lieu au centre communautaire, s'éternisa — du moins, de l'avis de Hutch. Non seulement il y avait une débauche de nourriture et de musique, et assez de cadeaux pour remplir un semi-remorque, mais il dut poser pendant des heures pour les photographes et découper artistiquement une pièce montée.

Bien sûr, il appréciait la fête, mais il avait hâte d'entamer sa lune de miel. Tout comme Kendra, il le savait. Pour différentes raisons, ils avaient décidé de ne plus faire l'amour avant le mariage, et ils s'y étaient tenus — ce qui n'avait pas été sans mal ! Et maintenant que la ligne d'arrivée était en vue, il brûlait d'envie de la franchir.

Au lieu de partir en voyage de noces, ils avaient décidé de rester au ranch. La première nuit, Madison dormirait chez les Barlow avec Opal, qui venait de s'y réinstaller.

Piaffant d'impatience, Hutch avait l'impression que le temps s'écoulait aussi lentement que la mélasse en janvier, comme disait le dicton.

Alors qu'il dansait avec Kendra — un vrai supplice de Tantale, car elle se pressait contre lui —, il chuchota à son oreille :

— Il me tarde de me retrouver seul avec vous, madame Carmody.

— Eh bien, vous allez devoir prendre votre mal en patience, monsieur Carmody.

En effet, il lui fallut encore patienter une bonne heure, avant que Kendra accepte de filer à l'anglaise. Madison, qui était assise avec Shea au piano en train d'apprendre à jouer la basse de *Heart and Soul*, leur adressa un joyeux « A demain ! » quand ils lui dirent au revoir. Visiblement, ses craintes d'être abandonnée par sa mère avaient totalement disparu.

Le nouveau camion de Hutch les attendait dehors, entièrement décoré de serpentins, de mousse à raser et d'un tas d'autres accessoires, parmi lesquels une grande pancarte « Nouveaux Mariés ».

Hutch hissa Kendra sur le siège passager, puis passa cinq bonnes minutes à enfourner les jupons de sa robe dans la cabine, ce qui la fit mourir de rire.

Ils devaient former un sacré tableau, songea-t-il en grimpant au volant. Lui en smoking et Kendra enfouie dans toute cette soie et ces dentelles en train de s'esquiver de leur mariage dans un pick-up.

Il avait beau être pressé de rentrer chez lui, de se retrouver seul avec sa femme pour la débarrasser de cette robe infernale et tout ce qui se trouvait en dessous, il ne put s'empêcher de la contempler, ému.

Kendra était incroyablement belle.

Et elle était sa femme.

Elle le scruta à travers le nuage de tulle immaculé qui l'enveloppait et éclata de rire, peut-être à cause de son air ahuri ou simplement parce qu'elle était heureuse.

— J'ai l'impression d'être une meringue géante !

— Miam ! J'adore les meringues, répliqua-t-il avec un sourire en coin, avant de démarrer.

Une fois arrivés au ranch, ils trouvèrent la maison tout illuminée, et ce, bien que le soleil brille encore de tous ses feux en cette fin d'après-midi d'été. La nuit précédente, Slade, Boone et lui avaient passé des heures à fixer des guirlandes lumineuses sur toute la bâtisse, qui clignotait à présent comme un sapin de Noël.

Il se gara, descendit, puis fit le tour du camion pour soulever Kendra dans ses bras.

Au lieu de la reposer à terre, il la fixa droit dans les yeux en disant :

— Bienvenue chez vous, madame Carmody.

— Je t'aime tellement, si tu savais, bredouilla-t-elle, les yeux mouillés de larmes.

Il répondit par un baiser.

Puis il la porta jusqu'au perron, monta les marches et franchit le seuil de la maison, où ils furent accueillis par

Lévitique, ravi. Mais rapidement, le chien se désintéressa d'eux et se retira dans un coin.

Hutch posa Kendra à terre en faisant mine d'être épuisé.

Elle le traita de petite nature et rassembla la masse de ses jupes pour s'engager dans l'escalier, non sans lui jeter un regard par-dessus son épaule.

— Tu ne vas pas m'aider à m'extraire de cette robe ? lança-t-elle avec une timidité feinte.

— Bien sûr que si, c'est le moins que je puisse faire.

Il s'élança à sa suite en dénouant son nœud papillon, puis arracha sa veste de smoking qu'il abandonna sur la rampe du palier.

Sa ceinture de soie prit le même chemin et, quand il rattrapa Kendra dans la chambre, il ôtait déjà ses boutons de manchette.

Debout au milieu de la pièce, Kendra, vision féerique de pureté et de blancheur, observa l'antique lit à baldaquin, la cheminée démodée et les étagères artisanales.

Elle s'approcha de la cheminée, glissa la main sur son manteau, puis se tourna vers lui en soufflant d'une voix empreinte de respect :

— C'est notre chambre, là où nous allons concevoir nos enfants.

Hutch la contempla un long moment, désireux de graver à jamais son image dans sa mémoire, pour s'en souvenir quand ils seraient devenus un vieux couple.

— Quelques-uns d'entre eux, peut-être, car je compte te faire l'amour dans bien d'autres endroits, répondit-il.

Elle le rejoignit, se haussa sur la pointe des pieds et, les yeux brillants, l'embrassa furtivement sur la bouche.

— Est-ce que ça te convient, comme début ?

Puis elle fit volte-face et lui désigna la longue rangée de minuscules boutons qui fermaient le dos de sa robe.

Alors commença pour Hutch la longue et délicieuse opération du déboutonnage de la robe de la mariée. Il tâtonna bien un peu — qui avait eu l'idée saugrenue de créer des boutons si petits quand les hommes avaient de si gros doigts ? — mais la chose finit pourtant par s'ouvrir. Une fois qu'elle en fut sortie, Kendra alla déposer avec précaution la robe sur une chaise devant la cheminée, où le monceau de soie prit l'apparence d'un gros nuage tombé du ciel.

— Un jour, Madison portera cette robe, et peut-être d'autres de nos filles, murmura-t-elle d'une voix émue.

L'idée plut à Hutch, sans toutefois s'attarder dans son esprit. A cet instant, il se fichait éperdument du long terme. Seul lui importait le présent.

Bien que débarrassée de sa robe, Kendra était encore affublée de tout un tas de jupons en tulle, caraco en dentelle, soutien-gorge et culotte de soie assortis, bas et porte-jarretelles sexy... Elle envoya valser ses escarpins en satin, dégrafa ses bas, dénuda ses jambes et se dressa devant lui en culotte et caraco, tel un ange jouant les pin-up.

Comme il restait sans voix, elle marcha jusqu'à lui, déboutonna sa chemise, la tira hors de son pantalon et finit par demander :

— C'est moi qui dois me charger de tout ici ou quoi ?

Il secoua la tête, l'attira doucement à lui et l'embrassa, passionnément, cette fois, et sans aucune réserve. Elle noua ses bras à son cou et plaqua contre lui son corps tendre et tiède pour lui rendre son baiser.

Il gémit et la dévora, gagné soudain par une faim qui lui semblait impossible à assouvir.

A un moment, tous deux se retrouvèrent nus, mais Hutch s'était égaré trop loin pour pouvoir dire quand et comment. Il souleva Kendra dans ses bras et la porta jusqu'au lit.

— Hutch, aujourd'hui, pas de préliminaires, compris ? murmura-t-elle, une fois étendue sur les draps, en accompagnant son regard sensuel d'un petit sourire effronté. Je te veux en moi tout de suite. Cela fait si longtemps que nous n'avons pas fait l'amour que je...

— Inutile de se presser, nous avons tout le temps

du monde, la coupa-t-il en piquant sa bouche, son cou et sa gorge de petits baisers, avant de gober un de ses tétons qu'il chatouilla de sa langue. Nous avons tout le temps du monde…

Une traînée de feu électrisa Kendra, tandis qu'il continuait à taquiner ses seins tout en caressant d'une main douce son ventre, avant de glisser vers la source secrète de son désir.

Elle poussa de faibles supplications avant de s'abandonner au plaisir. Autant se résigner. Hutch allait prendre tout son temps avant de la posséder, car il adorait explorer chaque centimètre, chaque millimètre de son corps en usant de ses lèvres, de sa langue, de ses doigts.

Eperdue, elle balbutia son nom, mais sa voix s'évanouit dans un cri quand il posa la tête entre ses jambes pour la prendre à pleine bouche.

Il la suça jusqu'à ce qu'elle approche du point de rupture. Alors, il se recula et lui mordilla l'intérieur des cuisses et la peau sensible derrière les genoux.

Elle haletait de plus en plus fort. Elle lui ordonna de la posséder, bon sang ! Mais il se contenta de l'aspirer de nouveau dans sa bouche, puis de la taquiner avec sa langue, prenant tout son temps…

Kendra, dont les hanches se soulevaient et s'abaissaient à un rythme de plus en plus frénétique, plongea les doigts dans ses cheveux pour le plaquer sur elle en le suppliant de la prendre. Cependant, arrivée au bord de la jouissance, elle chuchota :

— Ne t'arrête pas, je t'en supplie. Mon Dieu, ne t'arrête pas…

Enfin l'éruption arriva et, telle une fusée de feu d'artifice, elle explosa dans son ciel intérieur, puis retomba lentement sur terre en pluie d'étincelles enflammées.

Le temps qu'elle retrouve ses esprits, Hutch était dressé au-dessus de son corps tremblant de désir assouvi.

Il la pénétra lentement et se cambra en arrière quand il atteignit le cœur de son être.

Son insatiable envie de lui était revenue, encore plus désespérée qu'avant. Cette fois, il ne se retint pas, et ses impitoyables poussées la firent grimper si haut qu'elle crut ne pas pouvoir supporter le voyage.

Et brusquement, ils atteignirent ensemble le septième ciel. Hutch la pénétra une dernière fois, et elle sentit sa chaleur se répandre en elle.

Ils n'avaient pas utilisé de préservatif.

Puisque tous deux désiraient un bébé, à quoi bon perdre du temps ? Ils en avaient perdu suffisamment comme cela.

Foudroyé par la jouissance, Hutch, haletant, s'écroula à côté d'elle, une jambe en travers de ses cuisses.

Un long moment s'écoula avant qu'ils puissent parler.

— Mais qu'est-ce que tu as avec les préliminaires ? demanda-t-elle, la tête nichée contre son épaule.

— Je les adore, répondit-il en lui baisant la tempe. Pour certaines choses, il faut savoir prendre son temps. Et te faire l'amour en fait partie.

— Vraiment ? répliqua-t-elle en traçant des cercles du bout du doigt sur ses abdominaux.

Soudain, elle descendit plus bas et l'emprisonna dans sa main. Il gémit et son sexe durcit comme une barre de fer.

— Là, tu joues avec le feu, hoqueta-t-il.

— Ah bon ?

Elle le sentait palpiter, chaud et énorme dans sa main. Elle le caressa de plus en plus fort, de plus en plus vite, avant de ralentir le rythme.

Le temps d'un battement de cœur, Hutch se retrouva sur elle.

Elle le fixa et murmura, moqueuse :

— Tu oublies les préliminaires…

— Tu as gagné, avoua-t-il d'une voix rauque, avant de la pénétrer dans une longue et inflexible poussée.

*
* *

Des heures plus tard, dans la cuisine chichement éclairée, Hutch, uniquement vêtu d'un jean, et Kendra, d'un large T-shirt, dégustaient les lasagnes qu'Opal avait préparées pour eux.

— Cela n'a rien d'une vraie lune de miel, marmonna Hutch, assis en face d'elle, sa chevelure en bataille et un chaume doré luisant sur ses joues à la lueur du crépuscule. J'aurais mieux fait de t'emmener à Las Vegas ou Hawaii.

— Allons, cow-boy, je ne te reproche rien. On pourra y aller plus tard. D'ici là, nous avons un tas de choses à régler.

Sa déclaration sembla soulager Hutch, qui parut soudain plus détendu. Elle le contempla en silence, se demandant comment elle avait pu douter qu'ils soient faits l'un pour l'autre.

Pour elle, sa nuit de noces resterait à jamais gravée dans sa mémoire.

Après s'être douchés ensemble, ils avaient de nouveau fait l'amour, et elle vibrait encore de tous les puissants orgasmes que Hutch avait déchaînés en elle. Pourtant, elle n'était pas assouvie et savait qu'il en était de même pour lui.

— Tu crois que, aujourd'hui, on a fait un bébé ? demanda-t-il.

— Pour s'en assurer, mieux vaut continuer à essayer, répliqua-t-elle en haussant les épaules.

Il éclata de rire et serra brièvement sa main, puis il recouvra son sérieux.

— J'ai quelque chose à te donner, annonça-t-il.

— J'espère bien…

— En dehors de *ça*, répliqua-t-il en souriant, avant de se lever et de quitter la cuisine.

Il revint presque aussitôt, une enveloppe dans les mains.

Déconcertée, Kendra fronça les sourcils. Ils n'avaient ni signé ni même discuté d'un accord prénuptial. Hutch avait-il reconsidéré la question ? Croyait-il vraiment que s'ils se séparaient avant de mourir — Dieu les en préserve ! —, elle exigerait la moitié de son ranch ?

— Qu'est-ce que c'est ? demanda-t-elle.

— C'est un document que Maggie Landers a rédigé pour moi.

Les mains de Kendra tremblaient un peu quand elle ouvrit l'enveloppe. Elle parcourut les feuillets et découvrit, ébahie, qu'elle était déjà propriétaire de la moitié de Whisper Creek. La seule chose qui manquait au document, c'était sa signature authentifiée par un notaire.

— Je ne comprends pas, murmura-t-elle. Ce ranch représente tout pour toi.

— Et toi aussi, déclara-t-il d'une voix éraillée par l'émotion. C'est vrai, Kendra, ce ranch est toute ma vie. Il fait autant partie de moi que mes jambes, mes bras ou mon cœur. Je serais prêt à tout pour le garder. Pourtant, si un jour tu décides de divorcer, tu resteras propriétaire de la moitié de Whisper Creek.

Bouleversée, Kendra ne sut que répondre à cela. Ce que Hutch lui offrait, c'était non seulement la plus grande preuve d'amour, mais la marque de sa confiance inconditionnelle. Il mettait en jeu ce qu'il chérissait le plus au monde en pariant que leur mariage, leur engagement mutuel à vivre comme mari et femme, durerait toute la vie.

Après avoir pressé quelques instants le document sur son cœur, non pas à cause de ce qu'il lui apportait, mais à cause de ce qu'il représentait, elle le reposa entre eux d'une main tremblante, au milieu de la table.

— Je retourne en haut. Tu viens ? lança-t-elle.

Hutch éclata de rire et repoussa sa chaise.

— Tu en doutes ?

Le 1er Octobre

Prélud' n°399

Un avenir en famille - Ellen Hartman

La vie n'est pas simple lorsqu'on est père célibataire d'une jeune fille de treize ans en pleine crise d'adolescence : Bryan ne sait plus comment s'y prendre avec sa fille Allie. Il vient d'apprendre qu'elle tourmente l'un de ses camarades de classe, et qu'ils sont tous les deux convoqués à un entretien avec le jeune garçon et sa mère ! Excédé, Bryan est bien décidé à obtenir d'Allie qu'elle s'excuse sincèrement auprès de Tim, son camarade. Et sa détermination se renforce encore quand il rencontre Clare, la mère de Tim, une jeune femme fascinante dont la vulnérabilité le touche au plus profond de lui-même...

Prélud' n°400

Un baiser sous la neige - Mary Sullivan

Callie MacKintosh n'a aucune intention de s'éterniser dans ce coin perdu au milieu des montagnes. Plus vite elle pourra rentrer à Denver, mieux ce sera ! Il faut juste qu'elle réussisse à faire signer ce maudit contrat à Gabe Jordan. Son patron l'a prévenue, convaincre Gabe de céder sa propriété familiale risque de ne pas être facile. Mais, lorsqu'elle le rencontre enfin, Callie comprend que sa mission va être encore plus compliquée que prévu : non seulement Gabe est l'homme le plus têtu qu'elle ait jamais croisé, mais il est aussi le plus séduisant...

Prélud' n°401

Petit miracle à Noël - Kay Stockham

Jenna Darlington ne serait pas contre un miracle de Noël, cette année : quand on élève seule deux enfants, les fins de mois sont particulièrement difficiles... Alors lorsque Chance McKenna lui propose un poste dans son magasin, Jenna accepte immédiatement – on dirait presque un miracle ! Oui, *presque*. Car évidemment, il y a un hic : dès l'instant où Jenna commence à travailler aux côtés du séduisant Chance, elle tombe follement et irrémédiablement amoureuse de lui. Elle, Jenna, mère célibataire de deux enfants, est bel et bien amoureuse de son patron. Et pour se sortir de ce mauvais pas, c'est un miracle dont elle aurait besoin. Et un vrai, cette fois !

Prélud' n°402

SÉRIE : « LE SOUFFLE DE L'OCÉAN 3/3 »

Le temps d'un battement de cœur - Sherryl Woods

Samantha Castle est comme George Clooney : elle a juré de ne *jamais* se marier. Pourtant, maintenant qu'elle a assisté toute émue aux mariages de ses deux sœurs, elle est à deux doigts de changer d'avis... Que lui arrive-t-il ? Ces derniers temps, elle ne se reconnaît plus : elle qui n'aimait rien tant que sa vie d'actrice à New-York, elle se surprend à passer de plus en plus de temps dans sa ville natale, au bord de la mer. Evidemment, ces séjours n'ont absolument rien à voir avec les fréquentes apparitions que fait Ethan Cole dans ses nouveaux rêves de vie à deux. Ni avec le fait qu'il soit lui aussi de retour en ville... Ce qui ne veut rien dire, n'est-ce pas ?

Prélud' n°403

SÉRIE : « LES COW-BOYS DU MONTANA 3/3 »

Un shérif pour Tara - Linda Lael Miller

Le shérif Boon Taylor est parfaitement satisfait de sa vie bien rangée : il exerce un métier qu'il aime, il a de bons amis, un ranch correct quoiqu'un peu délabré, deux chiens fidèles et un bon cheval. Il n'a envie de rien de plus – surtout pas d'une histoire d'amour. Il est veuf, et a le sentiment d'avoir déjà souffert amplement pour une vie entière. Mais lorsqu'il fait la connaissance de sa nouvelle voisine, il sent immédiatement que sa vie calme et tranquille va changer pour toujours. Car Tara Kendall n'est pas une femme comme les autres, et remue bientôt en lui des émotions qu'il croyait bannies à jamais de son cœur.

Prélud' n°404

SÉRIE : « BELLAGIO&CO 1/3 »

Une mariée en talons hauts - Leanne Banks

Créer des chaussures de luxe, voilà la passion de Kara Windsor. Alors quand Bellagio – marque prestigieuse et célébrissime – lui demande de dessiner les chaussures de mariage d'une héritière très en vue, Kara se sent pousser des ailes. Le retour sur terre ne tarde pas, hélas : Kara découvre que son héritière est une jeune femme capricieuse, une véritable peste, qui réclame une patience infinie. Et les ennuis de s'arrêtent pas là : il lui devient de plus en vite difficile de travailler avec son nouveau boss, Marc Waterson. Ce n'est pas qu'il soit désagréable, non ! Bien au contraire... Or, si Kara a un principe auquel elle ne déroge pas, c'est celui-ci : ne jamais, *jamais,* mélanger vie professionnelle et vie privée...

A paraître le 1er juillet

Best-Sellers n°609 • suspense

Le secret du tombeau - Amanda Stevens

Lorsque le cadavre d'une jeune femme est découvert dans le vieux cimetière de Charleston dont on lui a confié la restauration, Amelia Gray comprend que sa vie solitaire et tranquille est en train de voler en éclats. Car le meurtrier, comme s'il prenait un plaisir sadique à la provoquer, a dissimulé des indices pouvant mener jusqu'à lui au milieu des pierres tombales. Des indices qu'elle est la seule à pouvoir déchiffrer…

Aussi, quand l'inspecteur John Devlin lui demande son aide pour résoudre cette affaire, Amelia pressent qu'elle n'a pas le choix : elle va devoir mener l'enquête avec lui. Pourtant, elle qui cache depuis l'enfance un don terrible et étrange sait aussi qu'il lui faudrait à tout prix garder ses distances avec cet homme sombre et ténébreux, hanté par des ombres du passé. Sauf que l'attirance qu'elle ressent pour Devlin ne fait que s'intensifier à mesure que les indices la rapprochent du tueur… mais aussi du voile ténu qui sépare les vivants du monde des morts.

Best-Sellers n°610 • thriller

Capturée - Elizabeth Heiter

Appelée en renfort sur une scène de crime dans le bois de Bakersville, Evelyn Baine, profileuse au FBI, ne s'attendait pas à découvrir une mise en scène aussi macabre : les cadavres de deux jeunes femmes ont été enterrés à la verticale, les têtes émergeant du sol et exposées comme des trophées… Bouleversée, Evelyn pressent aussitôt qu'un tueur en série rôde dans la nature. Pourquoi a-t-il choisi ces femmes ? Et que signifie le cercle scarifié sur leur poitrine ?

Autant de questions qui l'amènent peu à peu à dessiner les contours d'un meurtrier à la personnalité violente et sadique. Un meurtrier qui, elle le devine, est proche, tout proche… et prêt à tuer de nouveau. Résolue à tout mettre en œuvre pour le faire arrêter, Evelyn prend alors une terrible décision : elle servira d'appât pour le forcer à se dévoiler…

Best-Sellers n°611 • roman

Là où la vie nous emporte - Susan Wiggs

Depuis des années, Daisy Bellamy est déchirée entre deux hommes – Logan, très séduisant mais tourmenté par une histoire familiale complexe, et Julian, dont le charme éclatant dissimule une profonde révolte intérieure. Même si, à l'âge de dix-neuf ans, un choix s'est imposé à elle et a conduit Julian à disparaître peu à peu de sa vie.

Quatre ans plus tard, accaparée par une carrière de photographe en plein essor dans la ville d'Avalon, Daisy mène une vie très agréable avec Charlie, son petit garçon adoré qu'elle a eu avec Logan, un père aimant et attentif. Pourtant, au plus profond d'elle-même, elle sent parfois que quelque chose manque à son bonheur.

C'est alors que Julian revient et, avec lui, la mémoire de l'été merveilleux de leur rencontre au bord du lac des Saules. Bouleversée, Daisy se retrouve confrontée au choix qu'elle croyait avoir laissé à tout jamais derrière elle…

Best-Sellers n°612 • roman

Le parfum de l'automne - Brenda Novak

Alors qu'elle vient d'envoyer promener Simon O'Neal, l'acteur le plus viril et le plus sexy d'Hollywood, parce qu'elle ne supportait plus ses frasques, Gail DeMarco se demande si elle n'a pas commis une erreur. Une erreur ? Il s'agit en fait d'une vraie catastrophe, oui ! Du jour au lendemain, tous ses clients quittent son agence pour se tourner vers la nouvelle attachée de presse engagée par Simon. Désespérée, et se sentant responsable de l'avenir de ses employés, Gail n'a pas le choix : il lui faut présenter des excuses à Simon. Sauf que celui-ci, qui cherche à redorer son image pour obtenir la garde de son fils de cinq ans, lui propose alors un marché : l'épouser pour qu'on le croie rentré dans le rang. Forcée d'accepter cet arrangement insensé, Gail se demande comment elle va bien pouvoir vivre avec cet homme chez qui elle déteste tout, absolument tout. Ou presque…

Best-Sellers n°613 • suspense

Le frisson de la peur - Lori Foster

Quand Arizona Storm se présente chez lui pour lui demander son aide, Spencer ne pense pas une seconde à refuser : comment le pourrait-il, alors que la jeune femme éveille en lui, depuis qu'il la connaît, un puissant sentiment protecteur ? Cependant, même s'il est persuadé de pouvoir l'aider dans l'enquête qu'elle mène sur un réseau de proxénétisme, Spencer sait aussi qu'Arizona s'attaque à de dangereux criminels, prêts à tout pour parvenir à leurs fins, et qu'elle n'hésitera pas une seule seconde à se mettre en danger pour les arrêter. Dès lors, il devra tout faire pour la protéger. Mais il sait aussi qu'en travaillant avec elle, il va devoir faire face aux réactions et aux sentiments étrangement intenses, brûlants, que fait naître en lui Arizona, dont l'émotion à fleur de peau, la fragilité et la féminité incandescente le touchent profondément…

Best-Sellers n°614 • historique

Fiançailles à Brentmore Hall - Diane Gaston

Angleterre, 1816

Anna ne sait si elle doit être heureuse ou terrifiée à l'idée d'avoir trouvé une place de gouvernante dans la somptueuse demeure de Brentmore Hall. Car si ses élèves Cal et Dory semblent adorables, leur père, Lord Brentmore, fait quant à lui l'objet d'étranges rumeurs. Ne dit-on pas qu'il a un passé plus que douteux ? Mais dès qu'elle rencontre le mystérieux marquis, un trouble profond l'envahit face à cet homme si séduisant et si sombre à la fois, visiblement marqué par la mort de sa femme. Mais ce drame peut-il expliquer qu'il se montre aussi distant avec ses propres enfants ? Puisqu'elle est désormais la gouvernante de ces derniers, Anna se doit de lui rappeler son rôle de père. Tout en se demandant si c'est uniquement par devoir qu'elle agit ainsi… D'où lui vient en effet cette curiosité brûlante qui la pousse à percer les secrets du marquis, alors même qu'il s'apprête à annoncer ses fiançailles avec celle qui est destinée à devenir une nouvelle mère pour les enfants ?

Composé et édité par HARLEQUIN

Achevé d'imprimer en juillet 2014

BRODARD & TAUPIN

La Flèche
Dépôt légal : août 2014

Pour l'éditeur, le principe est d'utiliser des papiers composés de fibres naturelles, renouvelables, recyclables, et fabriquées à partir de bois issus de forêts qui adoptent un système d'aménagement durable. En outre, l'éditeur attend de ses fournisseurs de papier qu'ils s'inscrivent dans une démarche de certification environnementale reconnue.

Imprimé en France